张桂梅

李延国　王秀丽　著

云南人民出版社

果麦文化 出品

目录

序章 　　　　　　　　　　　　　　　　　　　001

第一章　童年的童话　　　　　　　　　　　　003
　　1. 出生的波折　　　　　　　　　　　　　003
　　2. 喧闹的幼年　　　　　　　　　　　　　005
　　3. 上学啦　　　　　　　　　　　　　　　006
　　4. 毛毛虫事件　　　　　　　　　　　　　008
　　5. 差一点儿被狼吃掉　　　　　　　　　　014
　　6. 爱的启蒙　　　　　　　　　　　　　　018
　　7. 柳暗花明　　　　　　　　　　　　　　021
　　8. 父母夜语　　　　　　　　　　　　　　023
　　9. 跳级　　　　　　　　　　　　　　　　027

第二章　窈窕少女　　　　　　　　　　　　　032
　　1. 中学第一课　　　　　　　　　　　　　032

2. 世纪遗留的伤害　　　　　　　　034

3. 张家有女初长成　　　　　　　　037

4. "江姐"打了"甫志高"　　　　　043

5. 一场大病　　　　　　　　　　　048

6. 死而复生　　　　　　　　　　　051

7. 慈母永在　　　　　　　　　　　054

第三章　花样年华　　　　　　　　　　062

1. 深山老林　　　　　　　　　　　062

2. 沙马洛娃的入团申请书　　　　　065

3. 夜校也是学校　　　　　　　　　067

4. 笑破肚子了　　　　　　　　　　069

5. 父亲的遗产　　　　　　　　　　071

6. 爱情的样子　　　　　　　　　　075

7. 没有糖果的婚礼　　　　　　　　078

8. 装作很开心　　　　　　　　　　080

9. 幸福蹑手蹑脚走来　　　　　　　082

第四章　师路风雨　　　　　　　　　　086

1. 生命的苏醒　　　　　　　　　　086

2. 初登讲台　　　　　　　　　　　089

3. 优秀班主任　　　　　　　　　　093

4. 洱海之畔　　　　　　　　　　　099

5. 刻骨铭心的两封信　　　　　102

　　6. 美丽的生活　　　　　　　　109

　　7. 爱情之殇　　　　　　　　　114

　　8. 碑从心来　　　　　　　　　121

第五章　命运的钥匙　　　　　　　　125

　　1. 洱海不是忘情水　　　　　　125

　　2. 喜洲古镇的悲情　　　　　　128

　　3. 拥抱大山　　　　　　　　　130

　　4. 向死而生　　　　　　　　　132

　　5. 我深爱着你们　　　　　　　134

　　6. 民族中学的新老师　　　　　137

　　7. 陷阱边的陪伴　　　　　　　140

第六章　写在大山里的教育诗　　　　143

　　1. 傈僳族小姑娘的叹息　　　　143

　　2. 丈夫的毛背心　　　　　　　145

　　3. 抽烟的男孩　　　　　　　　146

　　4. 壮族姐弟　　　　　　　　　148

　　5. 一次特殊的假日聚餐　　　　154

　　6. 心灵的陪护　　　　　　　　156

　　7. 三年转三个学校的学生　　　159

　　8. 一次特殊的班会　　　　　　163

9. 歌声抵达的地方	165
10. 世纪承诺	170
11. 感恩母校	174

第七章　生死苦旅　177

1. 死神又来敲门	177
2. 买早点的学生	182
3. 挑战极限	183
4. 全体起立	185
5. 第二次手术	187
6. 和孩子们休戚与共	189
7. 空座位	194
8. 再次拒绝手术	197
9. "校园妈妈"	200
10. 难忘《乡村女教师》	207

第八章　为母则刚　213

1. 做妈妈	213
2. 是梦想还是天方夜谭?	220
3. 没着正装的十七大代表	228
4. 生命的转折点	234
5. 招生波折	237
6. 艰辛办学路	241

7. 党旗所在　　　　　　　　　　　　247

　　8. 又闻歌声　　　　　　　　　　　　256

第九章　长征十万里　　　　　　　　　　258

　　1. 堪比蜀道难　　　　　　　　　　　258

　　2. 老奶奶的歌　　　　　　　　　　　262

　　3. 使人流泪的阳光　　　　　　　　　265

　　4. 热情的"佐罗"　　　　　　　　　272

　　5. 三顾土屋　　　　　　　　　　　　274

　　6. 自古以来第一个大学生　　　　　　281

　　7. 把笑容归还你　　　　　　　　　　285

　　8. 孩子，不要败给愚昧　　　　　　　292

　　9. 走进被遗忘的角落　　　　　　　　298

　　10. 永远在路上　　　　　　　　　　 302

第十章　路漫漫兮　　　　　　　　　　　307

　　1. 天涯乡愁　　　　　　　　　　　　307

　　2. 党员就是学校围墙　　　　　　　　310

　　3. 挺立的脊梁　　　　　　　　　　　312

　　4. 红色精神播校园　　　　　　　　　315

　　5. 为什么是华坪？　　　　　　　　　317

第十一章 桃李不言	322
1. 再打我一次呗	322
2. 寻找往事	323
3. 怎一个"谢"字了得?	324
4. 压岁钱	327
5. 再坚持一下,攀登高峰	330
6. 垃圾与成绩的关系	332
7. 背影的力量	334
8. 孩子,妈妈心疼你	336
9. 精神脱贫的女孩	346
10. 她变成了你	351

尾章	358

山有桂兮,
金秋飘香。
崖有梅兮,
傲雪凌霜。
桂兮梅兮,
国之芬芳。

——题记

序　章

张桂梅校长，不，还是称你为桂梅老师更亲切一些。

2021年最后一个夜晚，狮子山下，丽江华坪女子高级中学宿舍楼里灯火通明。新旧岁月交替之际，宿舍楼里的姑娘们放下书本，趴在窗边向还在守夜的你大喊："张老师，新年快乐！"

越来越多的青春女声汇聚在一起，震撼着狮子山无际的夜空。

你对着手中的喇叭回应："孩子们新年快乐！知道啦，快睡觉吧！"

旧的一年已在夜色中隐去，新的一年正随着启明星的辉光到来。两代中华女儿相互致意美好的明天！

她们的生命如此美丽！一切的美丽都源于你的一个梦想。

你把自己作为一棵树种在丽江华坪女子高级中学的校园里。

两千多名大山女孩的命运在这里发生了翻天覆地的变化。你的奉献堪称"国之大者"！

你伸出贴满止痛胶布的双手，阻断了贫困的代际传递，把大山里的女孩从贫困中拔出来，砸断愚昧和厄运的锁链，让她们在狮子山下茁壮成长，然后撒向大江南北。她们成为大国脊梁的组成部分——女军人、女医生、女教师、女法官、女警察、女检察官、女公务员、女科研人员、女工程师、女建筑师、女会计师、女技工、女乡村干部……

她们还将成为母亲，用文明的乳汁哺育下一代；她们将改变故乡山村的价值观、伦理观、人生观；她们将把文明的生活方式传递给无穷无尽的后代……

你生命的美丽深藏于你的信仰中，你生命的美丽植根于你的刚强中，你生命的美丽凝聚于你的坚守中。

而你孑然一身，少时失怙，壮年失偶，没有子女，没有家庭，没有私产。曾经有位哲人说过，那些为大家而献身的人，就是灵魂里有黄金的人，因此，他们不需要现实世界的黄金。

你因肿瘤手术住院，面对来看望你的县领导，你说："能否提前支取丧葬费，用来帮助大山里的孩子们？"

你身患骨质疏松症、类风湿关节炎、肺间质纤维化、脑动脉供血不足、脾血管瘤、颅骨骨瘤、慢性阻塞性肺疾病等多种疾病，虽九死一生而无悔，你将自己奉献于中华民族伟大复兴的时代。

你到底是一个什么样的女性？你生命的轨迹从何处起始？

第一章　童年的童话

1. 出生的波折

回忆是一种重逢。

我们就用长焦距镜头去追寻你的背影,与你生命的起点和轨迹相逢吧。

你的出生地在牡丹江市郊一个美丽的屯子里。

那是一片辽阔的平原,到处盛开着野玫瑰,花的芳香弥漫在黑土地上。祖先称此地为"赤玫火笼",大意是野玫瑰花开得像火一样艳丽和旺盛。

你并非生来就卓尔不群,更没有显赫的家庭背景和书香的遗传基因。

你出生在一个农耕世家,你的父母都没有读过书。对于这个世代务农的家庭来说,你这个小生命刚降生世间就引起了争议。

"又是个丫头片子。送人吧。"邻居大婶当着刚生下你的妈妈这样说。

妈妈刚经历了生产的剧痛,此时却像犯下了十恶不赦的罪行,蜷缩在炕角自责地啜嚅着。

48岁的她,因生活艰辛、多产,早已病魔缠身。此刻,却因为没有为这个农耕家庭再生下儿子而陷入愧疚和自责。

你是家里的第十二个孩子,十二个孩子中存活下来五个姑娘(算你在内)和一个儿子。在传统的农业社会,一个大家庭需要强壮的男劳力才能维系生存,因而,在重男轻女的宗法观念下,你的出生无疑带着"原罪"。

你是母亲一生中的最后一个娃。她是一位无法挺直腰杆面对族亲的可怜的母亲。

你一出生就没有奶吃,哭声微弱。妈妈没有抱你,她蜷在炕角对姐姐们发话:"把她送人吧……"

一个姐姐说:"不要送人,挺好看的,养着吧。"

四个姐姐达成了共识:这个小五不能送人!

几个姐姐你一口米汤、我一口苞谷饼地喂你,你竟然顽强地活了下来。

你那时细细的脖子,大大的脑袋,整天噘着小嘴巴,活脱脱一个"小萝卜头"。

该起个名字报户口了。爸爸在院子里望着田野上盛开的玫瑰说:"就叫玫瑰吧。"

姐姐去报户口,管户籍的同志竟不会写"玫瑰"两个字,便说:"改叫'桂梅'行不?这两个字我会写。"

2. 喧闹的幼年

终于有一天,你懵懵懂懂地被姐姐领进了幼儿园。老师给你试穿幼儿园园服时发现,你是全园里最瘦的一个娃,园服穿在你的身上显得空空荡荡。在幼儿园睡觉时,你大哭不止,把小朋友们都惊醒了,你成了幼儿园里不受欢迎的人。老师让爸爸把你背回家,不要再送回来。

此后,你便成了学龄前的野孩子,因为瘦,也因为无拘无束,大家都叫你"五猴子"。

除了瘦,你还患有哮喘,喘得厉害了,家里人就给你一点儿药吃,不喘了,又到处乱跑。

妈妈是个不幸的女人。从你记事起,每当季节变换,妈妈都要到鬼门关走上一回。一到这时,全家人就乱成一团,准备棺材,准备停尸的门板,姐姐们都哭得天翻地覆,一副生离死别的场面。

那时你太小,混迹在人堆里窜来窜去,家人顾不上管你,东邻大娘给你一口吃的,西邻婶子给你一口吃的,她们还悄声地问你:"你妈妈走了,你想不想她?"

你只是愣愣地看着她们。你不懂得死亡意味着什么,没有恐惧。

你甚至觉得,此种时刻,你会得到更多的关爱,不再因为淘气而被责骂,哥哥姐姐对你也更加温和。

从你生下来,妈妈就痛苦地挣扎在死亡线上,没有精力来照顾你,她手不能洗衣、缝补,肩不能挑担、背筐,你的吃穿全靠姐姐们，你是同姐姐们的儿女们一起长大的。

姐姐们非常孝顺，她们会想尽一切办法来让你们的日子过得好一点儿。但她们自己也有儿女，经常自顾不暇。

幼小的你，和家人一起见证了生活的艰辛。你已经懂得，姐姐们不但要照顾爸爸妈妈，还要照顾小小的你，一旦他们都不在了，你必须得自食其力。你盼望自己快些长大，这也许是你比别的孩子早熟的原因吧。

很快你就到了读书的年龄。

3. 上学啦

你的父母似乎没有觉得"五猴子"该上学了。

你看着小伙伴们被爸爸妈妈牵着上学校，你就跑回家，翻出户口本，一个人拿着去学校报了名。老师给你登了记，安排了班级，你又向爸爸要钱买了书和铅笔、练习本，就正式上学了。

家人甚至带有一种欣赏和赞许默认了这一切。姐姐给你绣了一个花书包，你喜欢得舍不得放下，晚上睡觉都抱着。

开学第一天，你早早起床，爸爸非常高兴地起来做早点，妈妈也显得格外高兴，坐在炕沿上，目光里洋溢着浓浓的母爱，用手抚摸着书包，抚摸着算术书和语文课本，最后抚摸着你的小脑袋，嘴里不断念叨：我的老姑娘上学了。在你的故乡，"老姑娘""老儿子""老疙瘩"，都是指最小的那个孩子。

你是多么兴奋和开心，因此回到家里变得更勤快，一会儿扫地，一会儿擦桌子，小屋被你收拾得干干净净、亮亮堂堂，似乎在报答家人默许你上学之恩。你还费了好大劲,把自己那几根稀疏发黄的头发用红头绳扎了起来。

你穿上姐姐给你买回来的红色皮鞋、天蓝色的裤子、金黄色的条绒上衣,忙不迭地跑到左右邻居家去显摆,让人家夸你上学了。

大姐是裁缝,十多岁就挑起了全家人的生活重担。也许她过早地承受了生活的艰辛,平时和你说话很少,只是默默用行动表达着亲情。

爸爸虽识字不多,但是在你的心目中爸爸是那么高大,他非常能干,靠勤劳挣下了家业——土地、牲口、马车,可是都给母亲治病花光了。这也使你懂得,这个高大的男人,是多么深爱他那柔弱多病的妻子。

有一次家里来了很多乡亲,说是要推选爸爸当屯里的什么领导,他一直固执地摆手:"不干!不干!"

你童言无忌:"等我长大些,我来干。"

话音刚落,满屋子的人都哈哈大笑起来。

你认为那是一种嘲笑,羞愧而懊恼,竟然哭了起来。

这时,性格倔强的爸爸温柔地把你抱了起来,用长满胡子的脸,贴贴你稚嫩的小脸说:"好闺女,将来看你的啦。爸爸老了,不想再做什么了。"

话虽不长,你却懵懂地感到了上辈对下辈的一种期待。这种期待,悄无声息地生长在每一个家庭平凡的日子里。

上学读书改变了你的性格,你再也不是那个到处乱跑乱蹦的小疯妮儿了。你学会了唱歌、跳舞,背课文时,你常常是领读,至今那清脆的童音还让你记忆犹新：

  向日葵，
  花儿黄，
  朵朵花儿朝太阳……

  滴答滴答下雨啦，
  下吧下吧，
  我要发芽，
 &emDash;下吧下吧，
  我要长大……

  夏天，家家门窗敞开着，屯子里的小巷子，乡亲们都可以看见你那一蹦一跳的身影，并听见你边跑边背诵课文的声音。

  左邻右舍的大娘大婶，把你看成一个懂事的小大人儿，见面和你唠唠嗑，有的会让你去商店里替她们买东西，你在这个屯子里有了极高的信誉度。

  可你也是一个能惹事的女娃儿。

4. 毛毛虫事件

  你在学校里学会的第一首歌是《东方红》。你去问老师："毛泽东是谁？"

  女老师面孔严肃，对你说了一句"笨蛋！"

这两个字不啻一声炸雷,让你失去了欢声笑语。你怎么会变成笨蛋了呢?

在儿童的成长期,表扬和鼓励是最好的"生长素"。情绪化的批评,往往会摧毁童心的自信。

你不负师望,真的成了一个小"笨蛋"。邻居让你去买酱油,你买回了醋;作业本上也经常出现老师画的红叉。

"笨蛋"两个字是一个魔咒吗?

捧着作业本,你伤心地哭了。看着黑板,就好像是看到魔鬼的大黑脸;老师写的粉笔字,就好像是魔鬼龇出的白牙。恐怖啊!

竟然,你还被选为班里的第一任班长。

你却高兴不起来,因为你不管当了什么,在老师眼里都是个"笨蛋"。你强打精神喊"起立",日复一日。

你祈望老师说一句"你是一个聪明懂事的孩子",可是老师像是什么也没有察觉。她总是穿一身黑衣服,像一个童话里的巫婆。

她照旧手里拿着一根长长的板子,站在讲台上严肃地对全班学生说:"完不成作业的打左手,作业做错的罚站!"

她手中的长板子统治着你幼小的心灵。

"笨蛋"两个字使你变得自卑,不敢正眼去看她。她一来上课,你的心就紧绷起来,手不知往什么地方去放。以前,听写生字,你每次都得满分,她会笑眯眯地看着你,让你浑身上下奔腾着一股暖流,觉得学校的天都格外的蓝,教室里的空气都格外的新鲜,那种幸福的感觉真让人难以忘怀。可是,这一个月,你连续得了几次60分,刚刚及格。每次发下卷子,她念着你的名字,目光中失去了暖意，你的身体像在冬季。

叛逆心使然，你跑到街上，把头发剪成了男孩式的分头。走在那古老的泥巴小巷里，大娘婶婶们都笑得前仰后合，喊你爸爸："老张头，快来看看你家的假小子！"

爸爸从大门走出来，脸上看不出是高兴还是生气，不等你走到他的眼前，他已扭头回屋去了。

往常放学回家，门没开，你就放声大喊："我放学了，我饿了！"有如建功立业归来的将军。而今，你竟像一个小偷似的，轻轻推开门，先探头望风，再轻轻地往屋里挪步。妈妈在炕上扭头不看你，爸爸闷头不吱声，往日那欢快的气氛像蝴蝶一样飞得无影无踪。

更奇葩的是，你竟爬到树上，抓了几条毛毛虫，回教室放到几个男同学的书桌里。同学们陆陆续续地就座后，教室里发出了惊叫声。男同学又拿着毛毛虫去吓唬女同学，桌子和椅子全都不在原来的位子上了，几个女同学边躲边喊，教室里乱成一团。

看着这混乱的场面，你后悔起来，开始阻止大家，把毛毛虫一个一个全都弄死，抓紧时间把桌椅摆回原处。这时，上课铃响了。

女老师抱着厚厚的一沓作业本进来了，没等她把作业本放下，你就喊："起立！"同学们齐声喊："老师好！"老师忙着回答："同学们好！坐下！"

你在下边暗自庆幸：老师没发现这场闹剧。

老师开始津津有味地讲作业。"5+2-3 等于几？"有的同学说等于3，有的回答等于2，没有一个答对的。

老师发脾气了："把手举起来！"

同学们全都乖乖地举起手。

老师继续发问："五个指头加上两个指头等于几？"

你突然站起来回答："等于八。"

全班哄堂大笑起来，那是五十多名儿童组成的童声大合唱，充满了爆发力和冲击力。老师的脸色由红变白，又由白变红，眼里含着泪。老师要哭了。

就在这时，你惊讶地发现，有一条毛毛虫在不慌不忙地往老师面前的作业本上爬。

你的心提到了嗓子眼儿，真想跑上前去把它拿走，以免吓着老师，但又不敢动，怕又惹了老师。

全班顿时静了下来，没有一点儿声音。你猜想，全班同学都已看到了作业本上的那个小东西了吧。

老师气得手发抖，正准备往作业本上摸，你突然惊叫一声："老师，虫！"并不由自主地伸出手，向老师指去。

老师扭头跑出教室，找教导主任告了状，说你骂她是"虫"，扰乱课堂秩序——还身为班长呢！

教导主任当即到班里宣布撤掉你的班长职务，点名叫一个男同学接任。

当那个男同学应声站起来时，你回头看了看这个"接替班长"：个子不高，很老实的样子。他一个劲儿地对教导主任说："我不行，我不行。"

同学们又一次哄堂大笑，都学着他说"我不行，我不行"。尴尬至极的你，也忍不住跟着一起笑了。

毛毛虫啊毛毛虫，似乎跟你没完没了。它一直都没有离开那个讲桌，此时爬到了讲桌的正中央，而教导主任没有看见，他对哄笑非常不满，右手往讲桌上一拍，想制止满堂的哄笑，可巧正拍着了毛毛虫，毛毛虫当即成泥。

教导主任也感觉到了什么，他抬起手，五指张开，瞪大眼睛看着手上虫的皮毛和肉浆，掌心由白变红。

他弯下腰，使劲地甩了两下手，顾不上追查和批评，匆忙托着手腕离去。

你的内心生长出恐慌：学校一旦追查，你会被开除的。你多么喜欢读书，被开除了怎么办？

不一会儿，校长进来了，说："哪位是原来的班长？"

你蔫蔫地站了起来。

校长说："跟我走吧。"

你低着头跟着往外走。走到教室门口，你回头看了一眼，所有同学都张大嘴巴，瞪着惊恐的眼睛：你摊上大事了！

你跟在校长身后，进了他和老师共用的办公室。你的女老师，两眼哭得红肿，也不看你。你忽然感到了内疚。她是一个还不到20岁的女老师，不批评人的时候还挺美的。

你向所有的老师深深鞠了一躬，老师们都拿着笔，抬起头来带着责难的目光看着你这个刚满6岁的女童，似乎在琢磨：这么小点儿个女娃，咋就这么能折腾？

校长发出了严厉的声音："抬起头，看着我！"

这是一张典型的老知识分子的脸，干净瘦削。校长上身穿着灰色的中山装，裤子比上衣的颜色略微深点儿，手有点儿细小，手背上绽露着青筋。

"小班长,你心里在想什么,告诉我好吗?"校长声音温和而亲切,"你不要怕,说说班里为什么会这样,是对老师有意见吗?"

办公室里所有老师的目光,都集中在你这个奇葩的小东西身上。

这加重了你的恐慌。

校长那慈祥的面容、亲切的话语,女老师那红肿的眼睛,教导主任那只受伤的手,唤醒了你的愧疚和自责。你用最低的音量发出忏悔:"所有的事,都是我做的。毛毛虫是我抓来放在男同学书桌里想吓唬他们,谁知道又吓到了老师……"

所有的老师全都惊呆了!

有一个男老师平时对你喜爱有加,教你唱歌,教你跳舞。他说:"不要把别人干的事情往自己身上揽,谁能相信你敢上树去抓毛毛虫?"

他的辩护,使你更觉得辜负了他的信任,鼻子一酸,"哇"的一声哭了出来,而且越哭声音越高,校长怎么安慰都不行。你把这段时间的委屈和苦闷,全都用哭声一股脑儿地发泄了出来。

校长掏出手帕,给你擦了擦脸,平和地对你说:"回家吧,别哭了。错了,改了就行了。以后不要再搞这种恶作剧了。"

你向校长和老师们鞠了个躬,飞也似的跑了出去。

教室里,同学们一个也没有走,整整齐齐地坐在各自的位置上,就像在等老师来上课。你想到会被开除,径直走到了自己的课桌前,拿起书包背上,脚刚迈出教室门槛,却情不自禁地回过头来,看到一双双天真无邪的眼睛都在望着你,你尽职地喊了一声:"放学了!"

身后的桌椅稀里哗啦响,孩子们涌出了教室。不知为什么,同学们没有一个走到你的前面。

你不想回家,也不敢回家,心里沉沉的,低着头,走出了那个非常大的屯子,没有回牡丹江边上的家,而是朝一个叫转山湖的地方走去。

你遇上大麻烦了!

5. 差一点儿被狼吃掉

从小听大人说:从屯子走十几个小时的山路,就可以到达另一个国家。那个国家的红军当年就是从那条路走来打过日本鬼子。夏天的那条路非常美丽,到处开满了鲜花,丹顶鹤非常多。

美丽的传说成了你的向导,把你引进了密密的青纱帐里。

青纱帐里的小路只有一尺来宽,路边的蒿草长得比你高出许多,转头已经看不到你来时的路。你被无边的绿色所淹没。

你突然害怕起来,毛毛虫引发的迷茫被惊天的恐惧所替代。

时值黄昏,你肚子饿得咕咕叫,想起了爸爸每次从地里回家给你掰回来的高粱"乌米"——出穗季节,有的高粱特立独行不出穗,而是长出一束黑黑的东西。这种东西很好吃,吃完满脸都会被染黑。

你钻进了高粱地,一个穗包一个穗包地去摸,碰上比较硬一点儿的就扒开来看,不大一会儿,就找到了好多个。你感受着丰收的喜悦,一边掰一边吃,吃不完的就装进了书包里,书包装不下了,就用脱下来的外衣包起来,上身就只剩下一件小红肚兜。

你抬头望向天空，夕阳的余晖在淡去，暗夜即将降临。

你走出了高粱地，遇到了一座小山包。山包上长着密密的蒿草，再加上那簇簇松树，看上去就像藏着无数鬼怪的大墓，令人毛骨悚然。

小小的"五猴子"却相信：只要有路就能找到家。

沿着小山包往前走呀走，终于见到一条马车路。你知道，一定要顺路往山外走，因为你们屯子靠江边，那里可是好大的一片平原。

你曾听爸爸说过快立秋了，但此时天气非常闷热。因为害怕，你越走越快，后来简直就是小跑，跑得浑身是汗，却没舍得把身上背的东西扔掉。

顺着马车路走到了一个坡上，远处的一片灯光在向你眨着眼睛。

累呀，怕呀，疼呀，全飞走了，你真想长出一双翅膀一下子飞回到家里，去摸摸爸爸的胡子，听听妈妈的呻吟声……

你刚迈开腿，忽然发现眼前蠢着一个会喘息的东西。

它长着一身灰灰的毛，长长的身子，像一条狗，尾巴粗得像扫帚，扑扑地扫着地，双眼发着蓝色的荧光，大嘴巴吐着长长的舌头，屁股坐在地上，个头比你高出许多。

这是谁家的大狗，这么晚还不回家，还凶凶地对着你？

你忽然意识到它可能是一只传说中的狼，你身上的东西全都落在了地上。

你不敢往前走，它也不挪动，你们互相对峙着。

你想起了所有关于"狼外婆"的故事。

它会把你吃掉，只剩下你的鞋子和书包。你虽然干瘦，但对它来说，可能还算一顿鲜嫩的美餐，它会吃得你连骨头也不会剩下。

一瞬间，小小的你忽然感受到了人必须面对生与死，明白了为什么妈妈在生死之间，不管多么痛苦，她总挣扎着选择生！

不知是眼泪还是冷汗，你的整个脸如水洗，热乎乎的汗液湿透了全身。

恬静的月光之下，青禾万顷之间，一只狼和一个小女孩默默对视，这情景组合进了你童年记忆的画框里，永生难忘。

就在你幼小的生命体验着绝望之时，突然一个人影从你身后靠近过来。

哗啦一声，是大捆柴落地的声音。紧接着，来人抡起长长的扁担向狼砸去。

"狼外婆"扭身逃跑，你获救了。

这时你看清来人是个砍柴的中年人，两个小山似的柴捆，撂在他身边。

你像遇到了亲人，哇哇大哭起来。

陌生男人开始说话了："别哭了。家是哪个屯子的？"

你说出了屯子的名字，乖乖地拿起东西，紧跟着他的柴担走。

担柴人无言地在田间小路上急行，扁担发出有节奏的颤声。不一会儿，你们就看到了灯火闪烁的村庄。

回到家，屋子里的情景惊到了你：屋子里挤满了邻居，妈妈身边还站着一位医生。此时已是半夜，他们共同无眠，等待着那个捉毛毛虫的小姑娘！

你体会到了人世间最温暖的爱的等候!

你小小的心灵萌生出思考:人是不能独自生存的,离不开相依相助。

一向严厉的爸爸一下子紧紧把你抱在了怀里,你第一次看到他两行老泪滴在了胡子上,又沾到了你的脸上。

妈妈不知哪里来的力气,竟然自己坐了起来,嘴里长一句短一句地使劲喊着:"小五啊小五,你可把妈吓坏了,没了你,妈妈还活个什么劲啊……"

砍柴人把你与狼的事说完,屋子里静得让人害怕。爸爸继续紧紧地抱着你,好像生怕再失去这个带着体温的小生命。

原来你这个小小的生命,竟系着如此沉重的牵挂!

砍柴人连碗水也没喝就道别出门,邻居们也都散去。

这时,你发现还有一个人没走——是校长。

你心里又怯又怕。你从爸爸的怀里挣脱出来,走到校长跟前,仰起小脸看看他,又低下头等待着严厉的批评。

他的手在你的头上抚摸着,亲切地说:"你是个好孩子,非常聪明的好孩子。去洗洗脸吧。"

你从他的包容中感受到了温暖!

校长转过脸去擦着泪水。

这时大家发现了你的身上被地里的野草和高粱的叶子划出的血痕,还有满脸被"乌米"染出的黑痕。

爸爸突然严肃地说:"站到屋地中间!把最近的事,一点儿一点儿给我讲清楚!"

你边哭边诉说着由"笨蛋"引发的心灵旅程。

校长边听边沉下脸。

若干年后,你仍在想一个问题:校长是旧社会过来的教书先生,意识不到老师打手板的老规矩可还适用?是不是老师说的话就是铁律?是不是儿童就不该有任何自己的想法?

彼时,他也许不会想到这些。但他一定会意识到:一个6岁的小女孩竟有这么强的自尊心,由此引发的叛逆和任性,竟差点儿让她丢掉了性命。

校长临走时特意叮嘱爸爸:"不要难为她。"

爸爸对你进行了罚站。

他坐在炕里面,妈妈依靠着炕柜坐在炕边,你知道,她怕爸爸打你。进门时爸爸还洋溢着慈爱的眼睛里,此时冒出了令人胆寒的凶光。他应该知道你饿了,也应该看到了你吃"乌米"嘴上留下的黑色痕迹,他应该让你吃点儿东西睡觉去。有什么话不能明天说?

一个晚上你经历了三种场面:与狼对峙,跟砍柴人回家,现在又同爸爸对视。那个砍柴人,把你从狼口里救下来,你又面对爸爸狼一样的目光。

他一会儿紧紧地抱你,一会儿变脸凶你。

他到底是个什么样的爸爸?

6. 爱的启蒙

爸爸是个非常严厉的男人,你一直把他看成是封建式的家长。哥哥姐姐都不敢同他大声说话。你小时候就听邻居讲:他最疼爱的是哥哥,哥哥是这个家唯一传宗接代的人。

有一个腊月天,大雪下得没了膝盖,不知哥哥犯了什么错误,爸爸硬把他的鞋扒掉,推到雪地里站着。最后还是邻居偷偷把哥哥抱走,哥哥才没被冻残。

家里还藏着这么一件事:新中国成立前,为给妈妈治病,爸爸就狠心把二姐卖给山里一个较富有的人家。当时只有6岁的二姐,到了那家以后,天天给人家放猪。新中国成立后,爸爸把她和那个小姐夫一起接了回来,等小姐夫在家里长到能够自立之后,才让小姐夫一个人回家去。当时,二姐已经十六七岁了,虽然没上过学,但通过夜校学习已脱了盲。她考进了外省的国棉二厂,可是爸爸死活都不准她进工厂。姐夫家来人提出要办婚事,爸爸当时就应了下来。二姐哭着求爸爸,她不喜欢这个对象,把花的钱还给人家,她要出去工作。

爸爸低着头,半天才说出了这样几句话:"咱不能干不仁不义的事,不能不讲信义。当初是用你换钱,救活了你妈,条件是你当人家的媳妇。现在虽说是新社会了,人民当家做主了,我们家也不能这么做。"

简单的几句话,就把二姐的终身定了,毁了她一辈子。

当时二姐反抗说:"那我就去死!"

爸爸没说话。他的话就是法律,就是终审判决!

结婚之日,对方花轿进了门,二姐趁人不注意跑了出去。众人呼唤新娘上轿时,却到处找不到新娘子,家里立刻乱成一锅粥。

有人说,看她往江边去了。当一群人赶到江边时,她已被打鱼的给救了上来,自杀未遂。

乡亲们把她架了回来。当落汤鸡似的二姐出现在爸爸面前时，他面无表情地对婆家人说："抬走。"

爸爸的倔脾气远近闻名。虽如此，但还是能把闺女和儿子一样看待（被迫嫁人的二姐除外）。

比如，不管别人怎么说，他还是让女儿们都去读书，直到考不上学校为止。

生活再困难，他也不向儿女们张嘴。他的烟瘾很大，没钱，就让你"五猴子"去山边给他采野菜叶子，晒干了抽。

他经常自豪地拿你去同姐姐的孩子们比，说你聪明，敢做敢当。你敢于替他去教训偶犯家规的哥哥姐姐，所以，他总喊你"老儿子"。

不过，你也知道，毛毛虫的事，他一定不会原谅你。这个错误犯得太大了，超出他的想象。

你一边被罚站着，一边还在想入非非，忽听爸爸严厉地喊道："听我说话！"你一抖神望着他，准备听他大发雷霆。

没料想他用缓和的口气对你说："要不是今天有人把你从狼口救下，我会打你个半死。注意听，我来给你讲你向老师提问的那个毛泽东是谁。毛泽东在北京，是他领导八路军赶走了日本鬼子，是他指挥解放了全中国。他是最大的父母官，他管全国老百姓的衣食住行，就像爸爸管着你们一样。"

你似懂非懂。他接着说："你不是笨蛋，我的女儿怎么会是笨蛋？那是老师说走嘴了。如果你这样任性下去，一会儿毛毛虫，一会儿再去干别的坏事，那才真的是笨蛋。"

你第一次听到有人说老师错了，你哇哇地哭了起来。

爸爸下地把你抱上了炕，又把你从炕上抱起来。你已经非常困倦，不知不觉睡在了爸爸宽大而温暖的怀里……

童年的毛毛虫事件，给了你后来从教的启蒙：没有爱，就没有真正意义上的教育！

可在当时，你面临着一个选择：要不要继续去上学？那个学校成了你的伤心之地。

7. 柳暗花明

第二天早上，你迟迟不去上学，妈妈也不催你，因为家里什么事情都是爸爸做主。她问爸爸："今天她还去不去上学？"

爸爸什么都没说，拿起你的书包，拉着你的小手往外走。你执拗不动，没想到他蹲下身要背你。

你没有挣扎，服帖地趴在他的背上，忽然心里想：天天这样趴在爸爸的背上多好啊。你还记得，小时候幼儿园嫌你有病，通知家人把你接回家，就是爸爸把你背回家的。

今天他又背起你向学校走去。你把两只小手放在他那秃秃的脑门上，心里想：他不是大灰狼，他是亲爱的爸爸……

路上，同学们纷纷羡你、羞你。你听到：

"这么大了还让爸爸背。"

"我也想让爸爸背呢。"

走进学校，你惊呆了。像举行一场盛典，校长、教导主任、老师全都站在教室门口，迎接差一点儿被狼吃掉的你。老师把你从爸爸的背上接了下来，牵着你的手，一同走进教室。所有的目光,集中到了你的身上。你低头无语。

老师讲话了:"昨天的毛毛虫事情,已经结束了。这件事,与同学们没有关系,是因为老师没有处理好,请大家原谅。我们的小班长,昨天遇到了大灰狼,经历了生死关,非常惊险,一会儿请她给我们讲讲。"

热烈的掌声响起来。你抬起了头,真诚而愧疚地说:"是我做得不对,我犯了错。今后,我不会这样了,我会改正的。"

让你没想到的是,老师和同学们仍然一致举手通过,让你继续当班长。

人的成长有时只在一瞬间。

你变了,上课专心致志,下课后经常留下来帮值日生打扫教室,非常热心班级的工作。你的学习成绩又恢复到了原来的水平,而且看到老师心中就感到非常亲切。假小子式的短发也和快乐一起生长出来了。

学期快要结束时,你和那个没有当上班长的男同学都被评为少先队员,戴上了红领巾。到烈士墓前宣誓时,你满脑子都是要学习革命先烈精神,做革命先烈的接班人。那段时间,你嘴里经常哼着那首歌曲:

翻过小山岗,
走过青草坪,
烈士墓前来了红领巾,
举手行队礼,
献上花圈表表心。

想起当年风雨夜,

手铐铁镣响叮叮,

不是你们洒鲜血,

哪有今天的好光景?

我们是红色的接班人,

不怕山高路不平。

我们要踏着烈士的脚印,

永远奋勇向前进!

岁月远去,歌声依旧,至今你都可以把这首歌完整地唱出来。

你的童年不断地创造着童话。不久,又一个童话故事被你创造出来——

8. 父母夜语

你的学习成绩一路领先。到了小学二年级,老师每讲新课,你听完就明白,老师留的作业,你在课堂上就可以完成。

你精力过剩,不知不觉喜欢上了看小人书,课本放在桌上,小人书藏到课本下面,一天能看一本。

班主任是一个男老师,身材高大,篮球打得特好,说话瓮声瓮气,脸上少有笑容。你有些怕他。

当时学校六年级的学生都有二十几岁的了,女生还特别少,全班40多人,只有4个女同学。你们二年级50多人,却有12个女同学。这说明社会在进步,人们正从封建意识中逐渐走出来了。

你和班里的小女生们在妇女解放的大形势下,也在顽皮地追求"男女平等"。

二年级的下学期,你觉得上课实在太轻松,于是在一个下午上课时,趁老师在往黑板上写字,你约了近桌的三个女生,跳窗子溜了。

四个小女生坐在一棵大树底下打扑克,打得非常起劲。不会打"升级",只会打"吹牛",虽然没有赌资,但大家都很在乎输与赢,打着打着,其中两个小女生就吵了起来,你连忙制止:"小声点儿,让老师抓住,我们就完了。"

你的脖子上挂着红领巾,胳膊上戴着"两道杠",可是你把纪律和责任忘得一干二净。

你原来打算把这节课玩完就收手,下一节课还是要回去上的,谁知玩着玩着就忘记了时间,看着各个教室门口涌出的人群,才知道放学了。

四个小女生慌慌张张地起身,拍拍身上的泥土跑回教室,准备拿书包回家。

你一推开教室门就愣住了——班主任在教室里正襟危坐,四个书包整齐地摆在他面前。

你们变成了四个一动不动的大布娃娃,也像童话中的四个小木偶,不敢发出一点儿声音。

班主任脸色冷漠,喊了一声:"过来!"

四个小女生战战兢兢地蹭到了他面前。

好女做事好女当,你承认了你是主谋。

班主任气得说不出话,那蒲扇似的大手,在你腮旁挥来挥去,要打耳光子。你的眼睛随着他挥手的节奏，一左一右，一睁一合，准备他的大巴掌随时落在你脸上。但他的蒲扇大手反复挥了几次之后，最终落在了自己的裤缝上。

他对另外三个小女生说："你们回家吧。"这就意味着要把"首犯"留下了。

他提着你的书包朝办公室走，你在后面跟着。

他在前边迈着大步，你模仿他也迈着大步，一蹦一蹦地踩着他的脚印前行。

到了办公室，你站在门口，没敢往里进。

办公室里只有班主任，你听到他瓮声瓮气地说："进来。"

"你作为班长，为什么上课时把同学带出去打扑克？"

"老师讲的课，我已经听懂了，实在是坐不住了。本来只想玩半节课，谁知一下子就玩了两节半呢。老师，我知道错了。"

"都懂了？你回家还自己看书吗？"

"不看。我还在上课时偷看了好多小人书呢。"

"回家做作业吗？"

"不做。课堂上就完成了。"

"那你在家里都干什么呢？"

"洗碗，给妈妈倒尿盆，然后就出去跳格子、跳皮筋了。"

班主任用他那蒲扇般的大手，把你歪斜的红领巾正了正，拍拍你的头说："回家吧。"

你边走边跳地回了家，到大门外就喊："妈妈，我回来啦！"

爸爸笑眯眯地说："这条街就听见你的声音。"

妈妈说："今天为什么这么晚才回来？"

你支支吾吾地说:"上课时和同学跑出去打扑克,被老师发现留下了……"

爸爸一愣,二话没说,抡起胳膊给了你一巴掌。

你的脸火辣辣地痛。你捂着脸,抬头迷惑不解地看着爸爸:刚才还那么和蔼可亲,怎么说翻脸就翻脸?

你晚饭也没有吃,闷闷地看着爸爸和妈妈把饭吃完。

你的几个姐姐和哥哥已经长大,哥哥把书读了出来,新中国成立后政府就给安排了工作,现在一个星期去苏联出一趟差。大姐没读书,可她聪明,自己学了裁缝技术,十几岁就嫁出去了,生活也挺好。唯独欠下了二姐的账,她是家里最苦的一个,被卖到大山里,爸爸一直想把他们接到附近条件好一点儿的地方落户,离家近一些……

你一边想着,一边继续听爸爸和妈妈的夜谈:"三姑娘人长得俊,干什么像什么,歌也唱得好,从不惹是生非,不像这小东西(当然在指你),这么事多。可是,她也没考上初中。想把她送到少年之家去学唱歌,又舍不得。她又难过得哭。还有,我不让她同那个公安局的侦查员好,她也就同他断了,咳!"

妈妈说:"还不是哭了一晚上,那小伙子不错啊。"

爸爸说:"是不错的,可是那工作危险哪。"

你忽然想起来,有一个经常和三姐在一起的男青年,高高大大的,是南方人,到家来什么活都干。他说的话你一句也听不懂。家里人让你喊他姐夫。他也喜欢地背你。好好的一对有情人,咋就忽然各奔东西、永不相见了呢?

你又听妈妈说:"……这小东西到底像谁呀?天不怕地不怕

的。你还记不记得？她三姐出嫁那天，她拼命地哭，不让她三姐上车，把屋子里的人都弄哭了。当时你不是也掉泪了吗？"

"是呀，要不是有规矩，不准妹妹送姐姐，我就让她上车去了……"

你在父母的对话中，不知不觉地进入了梦乡。

你同时也读到了一部沉重的家史。

从那个晚上开始，你这个二年级的小女生有了一种朦胧的感觉：男女之间是有秘密的……

从此，你不再让爸爸背，也不让爸爸抱，同爸爸有了男女之分。

爸爸以为你是记那一掌之仇，他似乎还想像从前一样，让你趴在他怀里读书，他走到哪儿，你就扯着衣角跟到哪儿。由于你是"老儿子"，不知道的人还问："这是你的孙女吗？"他会自豪地说："是我老姑娘。"对方往往会自打圆场："真像你，长得真俊……"

打扑克事件还没处理，后面是福是祸？

9. 跳级

第二天，当你心怀忐忑地走进教室，一个同学告诉你，班主任让你去一趟。于是，报告，进门，行礼，你走到了班主任面前。

班主任对你说："给你一个星期的时间，把你那两本课本自己学完。不懂，就来问我。学完后，对你进行两科考试。行吗？"

你没敢多问，回答了一声"行"，认为可能是惩罚。

上课时，你一动不动地听老师讲课。老师讲完，你就自己看书，有时都忘记了喊"起立"。

回到家也看书，看到很晚。有看不懂的地方，就去找别人问。七天，你不但看完了，还把后面的习题全做完了。

爸爸以为你还在赌气，小孩子闹情绪，几天就会好的，也没管你。

七天后，你把所有的作业拿给老师看。老师二话没说，就拿出了数学、语文试卷让你做。

两个小时后，你把两张卷子交给了老师。这时，你发现，有个女老师一直在看着你。她头发烫成卷卷的，衣着非常合身，面容姣好，看起来非常顺眼。

他们把批阅完的卷子送到校长面前，校长仔细看着。

不久，班主任就把卷子还给了你，然后认真而有些严肃地对你说："通过测验，学校决定让你跳级。"

跳级？也就是你要去上三年级了吗？

班主任问你："同意吗？"

你感到意外，稍有迟疑，回答："同意。"

班主任说："我领你见见三年级的班主任。"

走近一看，原来就是目光一直在关注着你的那位你喜欢的女老师。

女老师像得到了一份美丽的馈赠，笑着对你说："不要害怕，我帮你把三年级的课程补上。每天吃完晚饭就到我家来，回家我送你。"

从此，晚饭后，你放下碗筷就走，9点左右回来，进了家，又继续看书。

爸爸妈妈为什么也不来问一问？难道他们要让你自然长大？

期末考试，你得了三年级的第三名。

放假了，爸爸向你要卷子，你拿给他看。他看到两科都不是100分，通知书上写着排名第三，气得半天才说出一句："你的第一名哪里去了？你白天晚上背着书包干什么去了？"

"学习去了。"

这时一个同学来找你，要同你对卷子。

爸爸问："这个小同学，我怎么没见过你？"

同学回答："我是她的新同学。"

爸爸目光诧异："这是怎么回事儿？"

你只好如实回答："我跳级了。"

爸爸火冒三丈："谁同意你跳级的？"

"是老师。我自己也同意。"

他接着吼道："这不是拔苗助长吗？我们自己家都不着急，他急的是哪门子？我去找他们！"

你说："学校放假了，没人了。"

妈妈说："算了吧。考都考完了，拿了第三名，也不错嘛。再说，当着别人家孩子的面，发什么火呀？"

爸爸冲妈妈吼了一声："你懂个屁！"

之后他在屋里转来转去，把那个同学也吓跑了。

爸爸终于平静下来，对你说："孩子，你要记住，不管干什么，都要脚踏实地，一步一个脚印，就像那大树一样，要把根扎稳了，长得再高，大风也不能把它吹倒，更不可能连根拔起。"

爸爸没正式进学堂读过书，但人生实践便是他的学校。他平时注重文化学习，每当叮嘱你好好念书时，一定会谈他的童年、少年、青年和壮年时代，勾出他满肚子的苦水。

"……小五啊，爸的老家在岫岩，有兄弟五个，因为小日本侵占了家乡，兵荒马乱，四处逃生，你奶奶爷爷死在什么地方都不知道。我和你太爷还有你老叔，来到了这块地方。你老叔结婚刚六个月，就活活地被日本鬼子用刺刀挑死了，老婶也改嫁自找生路去了。

"那年，爸爸不在家，在外做工，日本鬼子扫荡，屯里的人都在往外逃。你妈妈领着你三个姐姐和哥哥，抱着东西往村外逃，你的三个姐姐怎么也跑不动，这时正好碰上你舅老爷，妈妈的亲舅舅哪，求他帮着拿点儿东西，抱你最小的姐姐。他却说：'一帮丫头片子，全丢了算了，自己逃自己的命吧。'说着，他自己跑了。

"你三个姐姐哭着说：'妈妈，我们能跑，别丢下我们！'你妈说：'孩子，我能忍心丢下你们吗？你们是我的骨肉，咱们生死在一起。'她们躲在一块豆角地里蹲着，天上还下着小雨，蚊子叮得受不了。怕被小鬼子发现，你几个姐姐既不哭也不动，特别懂事……"

爸爸接着又说："我五个姑娘，四个已经不读书了，有的是爸爸没有能力，有的是自己考不上。剩下你，还这么胡闹，能读得出去吗？

"小学是在打一生的文化底子呀，跳级这么大的事，为什么不同家里人商量一下呢？读了几天的书，你就不知道天高地厚了啊？"

你那高大的班主任是在"因人施教",没有错;爸爸的理论"打好基础"似乎也有道理。他算不算隐身于稼穑之中的民间教育家?

人生苦短,你的童话时代很快就会结束,你将成长为一个少女。

你会有一个怎样不同的少女时代?

第二章　窈窕少女

1. 中学第一课

国家改革学制，实行"七年一贯制"。

不需要通过升学考试，你便顺利迈进了中学门槛。

你再也不是人称"五猴子"的那个瘦小女童了，已经出落成一个可爱少女。

那是一个特殊的年代。

天天都在背《毛主席语录》，二百多页的《毛主席语录》，你能从头背到尾。你还是班里的文艺骨干，能歌善舞、才艺出众，不少女同学都在模仿你的一举一动。

大姐给你做了一套灰色带横条纹的海军装、一双黑布鞋。这身装扮，一副青春、典雅的淑女范儿，引起了女同学的羡慕。没有老师上课，你领着同学们走村串巷，去"向工农兵学习"，宣传毛泽东思想，编排节目和同学们一起四处演出。

你的独唱和独舞深受群众欢迎，你自豪并自信。

有一天，一个在农场劳动的老师，突然在路上把你叫住。他消瘦的脸上长满胡子,和蔼地说:"光会唱歌跳舞不行,要有知识才行啊!这样蹦蹦跳跳,有一天你想上大学,要考试,怎么办?你长大了想干什么?"

你说:"我想当科学家,制造非常厉害的武器。"

他笑了:"不读书,能当科学家吗?想学习就来找我,好吗?"

晚上你拿着纸和笔,悄悄地去了他家。

他的妻子像你的妈妈一样常年卧病在床;女儿虽然18岁了,但生活还不能自理,只会哇哇地叫——她患有严重的小儿麻痹症。家里简陋凌乱。这个场面使你震惊。

作为家里的顶梁柱,他每天要早起出去劳动,不管多晚回来,还要给妻子和女儿做饭、洗衣。怪不得他的衣服缝补得那么难看,蓝色中山服却用白线来缝补。

看着看着,你心里发酸,眼泪在眼窝里打转儿。

寒舍无来客。你的到来,对这个家庭来说是社会送来的唯一尊重!

他的病妻对你说:"这个家全靠他了。"停顿了一下,她又接着说:"连姑娘换月经纸都得是他。这个姑娘什么都不知道。"

他开始给你讲课文。

他讲了些什么你没有听进去,只想为他做点儿什么。

你回到家里,翻箱倒柜大半天也没有翻出什么来,只好去了姐姐家的菜园子里,摘了很多新鲜蔬菜,第二天晚上,悄悄地给他送了过去。同时你又拿了团黑线,告诉他不要用白线补衣服了。

他什么都没说,又开始给你讲解课文。

而这却是"最后的一课"。

第二个学期，老师就都来上课了，而那位老师因病离世，竟没有等到这一天。

第一节课是几何。几何老师把课本发下来，你翻着看了看，任性地站起来说："我不想当工程师，这个几何不学了。"

全班同学一齐响应，纷纷往回退书。

老师倒还沉着，笑容满面地说："同学们，我给你们讲个真实的故事。在一次战斗中，我们的志愿军叔叔冲锋之前，炮兵部队的一位指挥员，因为算错了角度，把炮弹打到了自己的阵地上。战士们当时非常奇怪，敌人的炮火，这次打得怎么这么准？马上向上级汇报。经调查发现是自己人计算错了角度，造成了战斗的损失。这位指挥员因此受到了严厉的处罚。"

这故事充满了说服力，你又带头把几何书拿了回来。

那一节课同学们听得特别认真。

2. 世纪遗留的伤害

没过几天，爸爸说："请两天假吧，同我进山里去买柴。"

你爽快答应，戴上了爸爸的布帽，把绑腿裹上，穿上解放鞋，背上军用水壶，真像一个英俊的"小八路"。妈妈看着你，脸上露出平日少有的笑容。

走了很远很远的路，进了山里，到了妈妈的一个亲戚家。他们很热情地接待了你们，但家里的卫生条件太差，你就想跑出去玩，爸爸再三嘱咐你："这里狼多、长虫多，还有老虎和豹子。"他这么一吓唬，本来无所顾忌的你还真不敢出门了。

炕上没有席子，只铺了些草，你睡在爸爸的一边，听着他们谈些你不懂的事。

这家的柴不够一车，第二天上午，你同爸爸又上山砍了一些码好，准备下次带车来拉。在亲戚家随便吃了点儿东西，你们便告辞回家。

夕阳西下。你一路走，一路玩，一路唱歌，一路还在心中编织着美丽的童话故事。不知不觉，你落在爸爸身后，在月光下追着他模糊的身影。

突然，山崩地裂般一声巨响，你身旁腾起冲天火光，头上像有无数鸟儿吱吱尖叫，你被一股气流推倒在地，那声响惊心动魄，还没等你回过神，腾空的黑土兜头便盖了下来。

你费尽力气，才从土里拱出头来，深深地吸了一口气，耳朵嗡嗡响，也不敢睁开眼睛。恍惚中你听到爸爸往回跑的脚步声，他边跑边声嘶力竭地喊着你的小名儿，凄惨而又恐慌。土石、弹片，还在四处纷纷坠落。

爸爸把你身上的泥土扒掉，小心地把你扶起，轻轻地掸掉你身上的土，摸你全身上下，看看有没有什么地方受伤。他以为你被炸死了，或至少是受了重伤。他在嚷着什么，声音一直都是颤抖的。月光下，你看见他苍老的脸上流淌着闪亮的泪水，心一酸，大喊一声："爸爸！"就抱着他的脖子大哭起来。

爸爸边流泪边笑："我姑娘活着！我老儿子活着！一点儿伤都没有，就是成了小土人儿了……"

他紧拉着你的手，生怕你再离开他。他边走边讲——

这片小山，原来是日本鬼子的大兵营。日本投降时，把所有的炮弹都草草埋在了地下，几十年风雨剥蚀，埋得浅的就露了出来，有些即使没暴露，也仅是隔着一层薄土。有的小孩子上山采野果碰到了，不知是什么东西，骑上去敲打着玩，瞬间就被炸得血肉横飞。砍柴割草的大人也有不小心踩着了被炸伤、炸死的。今天可巧炮弹是在山坡的高坎上爆炸，高坎掩护了你，你只是被炸起的土捂倒了，与死神擦肩而过。

回到家已经是半夜。家里离爆炸地虽有十多公里，但万籁俱寂，村里的乡亲们几乎都听到了那一声巨响。邻居们议论：不知道又轮着谁遭难了？

第二天去上课，老师和同学们都用异样的眼光看着你。故事已经传开，并且加上了渲染，变形为你被炸飞到半空中，又落到地上。有几个同学还说你"命真硬，炮弹都炸不死"。

后来得知，炮弹是当地农民翻地时挖出来的。天黑收工时，他们怕炸着人，想用火把它引爆，就用柴草盖上，从边上点燃……

这个事件几乎成为传奇，很久以后，还不时有人提起它。这使你的生命蒙上了一层神秘色彩。

那一次爆炸，给一个北国少女上了一堂生动的历史课。亲人和乡亲们说你"命硬"，这饱含着他们的祈愿和祝福。因为，从一个瘦弱的小女婴成长为能经历生活磨难的少女已然不易。

当然，少女时代亦少不了少女的烦恼。

3. 张家有女初长成

学校组建了毛泽东思想宣传队，把各班能歌善舞的文艺尖子抽了出来，排练大型歌剧《江姐》。让你心花怒放的是：你主演江姐。

你13岁，人不像以前那样干瘦了。一个美丽可爱的少女脱颖而出。

邻居们喜欢你，老师和同学们更喜欢你。在家里，爸爸揽去了所有的"功劳"，说你长得像他。

边学习边排练节目，你忙得整天不着家。

少女之心萌生出了对异性的好奇和喜欢。班长是一个英俊少年，你喜欢找话题和他谈点儿什么，晚上排练完后，他都要约几个同学一起送你回家。

张家少女并没想到将来要和他结婚什么的，只是毫无理由地喜欢和他在一起而已，觉得他的举手投足都看着顺眼。

有一天，班级的板报上出现了一条爆炸性新闻：班长和学习委员、文艺委员谈恋爱。

学习委员、文艺委员都是你。板报的指向何其鲜明！

你对"恋爱"一词还似懂非懂，却意识到这条消息会使你颜面扫地，也是爸爸的家规绝不允许的，"风骚""无耻""乱搞"的脏水会泼在你身上，今后家人、老师、同学乃至村里人，会对你投来轻蔑、不屑的目光……

这是谁干的？你决心要把造谣的人找出来。

不等你去找造谣人，老师先找你谈话了。

老师说："张桂梅同学，我相信你。但男女是有别的，别的女同学见着男同学都躲着走，可你还和男同学一起走路、说说笑笑，成什么样子？自己去好好想想吧。"

老师的话，使你越发糊涂：男女同学交往就像犯了天规，男女之间到底是怎么一回事儿？

你毕竟是个听话的学生，从此不敢同男同学讲话，也不敢同男老师讲话，排练时，对完台词就走。

幸运的是，心无旁骛的排练加深了你对江姐的印象。你从心底敬佩江姐这个巾帼英雄。她的坚定信仰，她的坚强，她的忠诚，她的无畏——她是你一生的榜样。你暗下决心，此生当做江姐那样的人。

不再和同学嬉闹的你静下心来看了很多小说。《青春之歌》里林道静的成长经历对你影响很大。你喜欢她的性格，更欣赏她的反抗精神。

你背下了《雷锋日记》中的格言：

> 人的生命是有限的，可是，为人民服务是无限的，我要把有限的生命投入到无限的为人民服务之中去。

你还一直记下了《钢铁是怎样炼成的》一书中保尔的名言：

> 人最宝贵的东西是生命。生命对于我们只有一次。人的一生应该这样度过：当回忆往事的时候，他不会因为虚度年

华而悔恨，也不会因为碌碌无为而羞愧。在临死的时候，他能够说：我的整个生命和全部精力，都已经献给了世界上最壮丽的事业——为人类的解放而斗争。

《红岩》一书中的英烈使你感叹不已，甚至羡慕他们赶上了那个献身的年代。在和平年代，如何去慷慨而悲壮地献身呢？张家少女还真苦恼了一段时间。

你最爱唱的歌是《红梅赞》，每次参赛都会获奖。学习成绩也名列前茅，你有了良好的自我感觉。

有一天，大姐给你做了件花衣服，蓝格底，点缀有一朵朵红色的小花。当时，学生们穿的衣服全是蓝、灰、黑几种颜色，红色很少，你穿蓝格底带红花的衣服走进学校是独一个。

你美滋滋地走进教室，一个男同学突然喊："黄世仁他妈来啦！"

全班哄堂大笑，齐声喊："黄世仁他妈来喽！地主婆来喽！资产阶级小姐来喽！"

你恼羞成怒，扭头回家，不去上课了。

爸爸哭笑不得，充满谅解地相劝，你虽然不反驳，但心里想：你们懂什么？

第二天，忽然一大群同学涌到家里来，向你道歉，拉你一起去学校，你断然拒绝。

过了两天，老师登门温和地说："张桂梅同学，你从来没有这么小气过呀，这次是怎么了？难道就因为你有点儿成绩吗？就因为你有点儿特长吗？你知道那个剧已经排练得差不多了，即将上演了,你可以不演江姐这个角色,就你这种状态,也不配演这个角色。江姐的胸怀是那么宽广,品格是那么高尚。你曾说,要做她那样的人,可现在你竟连书都不想读了。好吧,你自己在家想想吧!"说完,领着同学们走了。

你看见他们有说有笑地离你远去,突然感到一种失落和孤独。这是你第一次感受到离开群体的滋味:你被遗弃了!

你静下心来,反思自己这段时间的所作所为,你把所有的怨恨,都倾泻在红花袄上,把姐姐熬夜缝制的红花袄抛到了一边。

第二天,你自己悄悄地背着书包走向学校。你心里最怕江姐这个角色被换掉。

节目上演前的一个星期天,爸爸雇了辆汽车,让你同他一起上山,把上回买的柴拉回来。

你高高兴兴地坐上了汽车,饱览沿路的风光,在车里放声歌唱——

> 看长江,
> 战歌掀起千层浪,
> 望山城,
> 红灯闪闪雾茫茫。
> 一颗心似江水奔腾激荡,
> 乘江风破浓雾飞向远方。
> 飞向高高华蓥山,
> 飞向巍巍青松岗,
> 岗上红旗招手笑,

唤我快把征途上，

上征途挥刀枪，

巴山蜀水要解放。

驾驶员也非常开心，吹着口哨，像在伴奏。

到了地点，柴装好了，亲戚还送了一大瓶豆油。有一个乡亲要搭车下山，爸爸让你抱着油瓶，坐在车厢的柴堆上面。车一走，你就左摇右晃，还不时被弹起来之后又落下，周而复始。后来，你把两腿插在捆绑柴的绳子底下，无论汽车怎么颠，你都稳稳地，掉不下来。

途中过河时，不知怎么车一下翻了，你被埋在了车底下，眼前黑黑的，什么也看不见。

你听见爸爸悲凄的喊声："快来人哪，救救我的孩子！"

在周围田里劳动的人们纷纷赶过来，一会儿就聚集了几十个人，七手八脚地把捆绑柴的绳子解开，把车扳正，再掀柴火。

你又看见了蓝天和太阳。

所有人全都呆住了：你抱着油瓶，像一尊小雕像似的稳稳地坐在一堆大石头的中间。那堆石头是人家砌房子用的，凌乱地堆放着，中间只有一小块空地，你恰好被甩在那块空地上，安然无恙，连玻璃油瓶也没有打碎。

你站起来的时候，才发现裤子被扯烂了——这可是美少女的裤子啊！回过神来的人们哈哈大笑起来。好在屯子近在咫尺，你连怕带羞，也不坐汽车了，匆匆抱着油瓶子走回了家。

你的青春在社会的舞台上即将首次亮相——全校倾力打造的歌

剧首场演出是在一个俱乐部里，观众是附近的学生、老师、农民、工人和一些干部。

所有的女老师都在为演出凑服装，她们把早年的衣服拿出来，还有高跟皮鞋呢。化完妆后，"江姐"登台亮相，惊艳了在场的上千观众。

红岩上红梅开，

千里冰霜脚下踩，

三九严寒何所惧，

一片丹心向阳开，向阳开。

红梅花儿开，

朵朵放光彩，

昂首怒放花万朵，

香飘云天外，

唤醒百花齐开放，

高歌欢庆新春来，新春来。

……

歌声清丽嘹亮、情真意切，打动了全场观众，就连爸爸在下面听着唱腔也没有辨认出那是他的"老儿子"。

在第三场的对白时，他听出了女儿的声音，高兴得向身边人说："这是我的老姑娘！这是我的老姑娘啊！看见了吧？……"老爸第一次如此骄傲地含着激动的泪水向旁边的乡亲们介绍着他的女儿。

演出结束,观众的掌声经久不息,他们反复喊着:"我们要见演员!"

人们怎么也不敢相信,一群中学生会把这八场歌剧表演得如此完美无瑕、撼人心魄。

当小演员们卸了妆,走上台谢幕时,台下响起了热烈的掌声、呼喊声,传递着一股巨大的惊叹、赞美之情,震得什么都听不见。第一次面对这么多人,站在谢幕演员中间的你,竟激动得涌出热泪。其他演员鞠了一躬就退下去了,而你应观众要求,一次又一次地反身向观众鞠躬谢幕,最后还是老师上前强行把你拉到了后台。

老师和同学们把你送回了家。一进门,爸爸笑眯眯地给了你这样一句:"臭小子,累了吧?快去睡吧。"

你想做江姐那样的女英雄,可是你却犯下了一个终生都后悔的错误……

4. "江姐"打了"甫志高"

首演成功,接着又到附近的部队、农村去慰问演出。每一场演出都重复着首演的激动和震撼。

有一次,去一个大山里的生产大队演出,文化生活贫乏的山民们已经准备了几天,巴望着小演员们的到来。

他们用牛车来接,一辆装道具,一辆拉着小演员们,一路上说说笑笑、唱唱闹闹,给寂寥的山野增添了青春的朝气和欢乐。小鸟儿也开心地在头上叽叽喳喳叫个不停,五颜六色的野鸡在路边的草丛飞起飞落,小野兔从草丛中伸出头,一晃又不见了。

有一个男同学嫌牛走得太慢,早早地跑到前面,坐在道边远远招手当"向导",等后面的车到他跟前的时候,他却忽然捂着屁股,龇牙咧嘴地"哎哟"着转圈。大家都下车问他怎么了,他用手指着道边,道边什么也没有。原来他刚才一屁股坐到了刺猬上,被扎得生疼。他蹦起来,刺猬迅速钻进了草丛里。

带队的老师想扒下他的裤子,看他伤得怎么样。要当着女生的面脱裤子,这怎么能行?他顾不上疼痛,飞也似的跑开了。几个男同学连笑带嚷,还跺着脚假装要追他;有几个笑得捧着肚子蹲了下来。几个女同学则扎在一堆窃笑。

山景的神奇吸引着童心未泯的你们,你们干脆步行起来,边走边玩。突然一条大河挡住了去路。

河岸很高,两岸的草和树已把水全部遮住,河水在下面奔流,像条暗河。

老师押着牛车已经绕道走了,牛车要绕出很远才能过河。可面对这条河该怎么办呢?

你正迟疑,几个会游泳的男女同学,已经扑通扑通跳下河去,平静的水面激起了簇簇的浪花,两岸的野鸡、野鸭咕呱鸣叫着飞跑了,蛇也哧溜哧溜地往深草中钻。你被吓得胆战心惊,左右看看,全班就剩下你一个人站在岸边。你从小一见流水就头晕,是个旱鸭子。

对面的同学你看我,我看你,谁也没有主意。有一个女同学要再游回来,把你带过去,但男班长制止了她。他说:"这一段河流河面虽平稳,但水下面有暗流,河底又有淤泥。"

此时，你又怕又着急，忽然发现周围有很多蛇爬来爬去。抬头看，树上也盘着蛇，被众人吓跑的蛇似乎全都回来了。你拿起一根树枝，一边喊叫一边抽来打去。蛇不怕你，打退这边，那边又上来，你感到了巨大的恐惧和绝望。你知道其中有毒蛇，咬人一口就会丧命的。忽然你被两只有力的手抓起，只听嗵的一声，你还没来得及害怕，就被拖到了对岸的草地上。爬起来一看，是你喜欢的那个班长。你刚要张嘴道谢，女同学全部围过来赞叹说你刚才在对岸上演了精彩的"美少女战群蛇"。

进村后把刚才的经历跟当地人一说，他们都惊呆了。那是条"蛇沟"，很少有人敢走那条路。真是无知者无畏。

你"战群蛇"的勇气是从一位女老师身上学到的。

那位女老师年方十八，两条长辫子垂到了腿弯下，人长得非常漂亮，但对学生要求非常严厉。

有一次学校组织夏游，玩"爬山捉特务"游戏，就是在纸条上写上"特务"的名字，埋在预定的山上，用石头压着，同学们分头去找，谁找着了就有奖。当捉完"特务"之后，大家三三两两地找块平坦些的地方，掏出从家里背来的干粮，开始吃午饭。

大家正吃着东西，忽然听到一声尖叫，一条蛇钻进了一个女同学的裤腿里。说时迟，那时快，只见这位美丽的老师，伸手就把蛇拽了出来，用力甩出很远很远。

蛇甩出去了，她却被吓昏了过去。

几位男老师把她背下了山，送进了医院。

一个怕蛇的美丽老师，为了她的学生，竟然表现出如此巨大的勇敢精神，这与母爱有什么区别？

她依旧严厉，依然是两条大辫子在身后悠来悠去，但此后，学生都报之以爱。平日学校里常说的"爱戴"，不就是把爱的花环给美丽的老师戴到头上吗？

你听其他老师说，她的家人把她视为掌上明珠，她平时胆小如鼠，看见毛毛虫都会被吓晕。在医院，有人问她为什么会这么做，她只是淡淡地说："这是老师的责任。"

一个人一生会学懂很多词汇。"责任"二字，在那时候便播入你的心中。

在山村，你们连着演了两场，乡亲们依然舍不得让你们走。

一天，你忽然肚子疼得受不了，吃药也不见好转。老师赶紧让生产队套车送你回家。坐在牛车里，有点儿异样的感觉，到家脱了裤子一看，满腿都是血。你以为是让蛇咬着了，便拼命地哭。

姐姐露出怪异的笑容："要是蛇咬的，你早死了。这是月经，女人都是要这样的，每月一次。"

姐姐启蒙了你。从那之后，你便不再和男同学讲话了，因为你长大了。

爱说爱唱的你一下子变得文静起来。老师问你有什么压力吗，你摇摇头作为回应。

未料想，有一种说法传播开来，说你和班长因为过河旧情复萌。

你认为这种说法纯属有人"陷害"。

一怒之下，你找了几个要好的女同学进行追查，很快查出来，竟然是平日和你关系很不错的一个女同学讲的。

歌剧《江姐》中的人物，你最恨的是甫志高。你没有同任何人商量，打算收拾她。一个傍晚，你找了几个同学，同时让人约了这个女同学，到了老师办公室的房后面，你对她进行了质问，她不承认，当同学出来做证时，她才不得不低下了头。

你气愤地打了她一耳光，就像江姐打甫志高。

你自觉打得非常痛快，她也回手打了你。她比你大五六岁，真打起来，你不是对手，幸好来做证的同学拉偏架，你才没有吃大亏。

被打的女同学回到家诉说了委屈，于是，她家里所有成员一齐出动，拿着棍棒和锄头，吵吵嚷嚷地到了你家。妈妈在炕上，一看这阵势就吓得晕了过去。左右邻居听到吵闹声，不知发生了什么事，都赶来你家，有人拉架，有人找医生救你妈妈，有人把你爸爸从农田里找回来。

爸爸气得脸色铁青，一面向人家赔礼道歉，一面又偷偷叫人通知你，暂时不要回家。看那阵势，只要你回来，一定会在乱棒之下当场毙命。

那个同学再也没有回学校上课。

往事如烟不如烟。

直到现在，此事仍是你心中的痛：一是你和那个男班长再也不说话再也不来往了，他看见你，也不再搭理；二是那个女同学也因此转学；三是学校宣传队就此停办，你更有说不尽的难受。

你想唤回岁月，向那个转学的女同学真诚地道一次歉，岁月没有答应。

你今天仍在道歉：好同学，不论你在天涯何处，请你接受这份迟来的道歉吧，愿你岁月静好。

好同学，你听到了吗？

5. 一场大病

妈妈因为治病，被二姐接走快一年了。也不知是心里郁闷，还是其他什么原因，你非常喜欢到山边去玩，采些你不知道名字的野花山草回来，却因此而常受家里人的指责。

端午节学校有篮球赛。你起床后穿上红条绒上衣、蓝裤子、黑色布鞋，一走出家门，就把鞋脱掉光着脚丫跑——鞋是姐姐做的，你几天就能跑坏一双。姐姐说："你穿鞋太费了，怎么供得上啊？"所以，只要在没人的地方，你就把鞋脱下来光着脚走路。

那些鲜艳的野玫瑰花把你引到了山边上，你不知不觉走到了乱坟岗上。一个个黄土包上，长着那么绿、那么肥嫩的蒿草，你想采一些带回家。

你没有意识到，每个土包下都长眠着一个曾经鲜活的生命。你把土包上的蒿草一根一根地撅下来，还剩几根没弄完时，右脚一下子踩破了土层，陷进了土包里。你试了试拔不出来，似乎被卡住了，你不得不蹲下身，使了很大的力把腿拔出来。一股恶臭直扑你的脸面，你捂着鼻子往洞里一看，吓得毛骨悚然，里面躺着一具骷髅⋯⋯

扔下草，你撒腿就往家跑。姐姐见你赤脚跑路的样子，满脸不高兴地说："这么大的女孩家，一大早弄一身泥巴回来，说你什么好呢？"

你换了衣服，吃完早饭就去学校看球赛，站在同学群里给班里的球队加油，只觉得打不起精神。后来站不住了，就靠在一个女同学身上，球赛结束后，她把你送回家。

回到家里，你不想吃饭，和衣而卧。

姐姐说："就知道睡觉！"

你无力辩白。

你开始觉得浑身发冷，自己起不来，就向姐姐要被子。这时，爸爸才发觉不对，给你盖上被子，问你是怎么一回事儿。

你如实说了早上的经历。

爸爸一下子变了脸色，马上出门请来了巫婆。巫婆一进家门嘴里就开始念念有词，你听不清她在嘟囔些什么。

稍后，巫婆拿着缝衣针，不加消毒，就往你的头上乱扎一气，疼得你拼命挣扎，她就让家里人按住你任由她扎，扎得你血流满脸。她又向爸爸要剃刀，看样子真要给你放血了。

看着巫婆手中的剃刀，你不断哀求爸爸："别听她的了，快让她走吧！"

爸爸并不理睬，又给巫婆找来了火罐。巫婆用刀子在你的心口窝割了个小口，然后把火罐扣到伤口上。

你心里痛恨巫婆，她把你折腾得四肢无力，昏昏沉沉，家里人还对她感激不已，炒了几个菜，请她上座，连吃带喝一个多小时。

晚上10点多钟，你从昏迷中醒来，很想吃东西。爸爸用开水给你泡了饼干，你吃下一大碗，觉得轻松多了。你摸摸自己的头和胸口，还在火辣辣地疼。

这场面让你想起6岁时，你和一个姐姐同时得了痄腮，家里只能送一个进医院做手术，爸爸妈妈选来选去，还是选择了姐姐。

你的脖子已经冒脓了，舅妈却出了一个让人浑身冒冷汗的主意：把烙铁烧红，冒脓的地方用铜钱垫上，用烧红的烙铁去烙铜钱眼里的肉。她亲自操作。你只听烙铁吱吱作响，脖子上在冒烟，散发出一股焦煳怪味。你哭喊得喘不过气来，不停地骂着舅妈。你的脖子下面从此就留下一块疤痕，随着年龄增长，疤痕才逐渐缩小。

你没有记恨舅妈。本来你就很喜欢舅妈的，她五官端正，微胖，虽然当时已50多岁，但风韵犹存，是个非常善良文静的人。

现在想起，当时他们的心情可能比你还难过。因经济条件所限，为了解除你的痛苦，不得不采用了这种相传于民间近乎酷刑的原始治疗手段——这是贫穷的馈赠。

接下来，你突然呕吐不止，连胆汁都吐了出来，最后，就什么都不知道了。

这一昏睡就是十一天。醒来后，听大家在讲你的故事——

巫婆走后的第二天一早，爸爸主张还请巫婆，几个姐姐不敢表态。这时，一位本家大娘说话了："还不快送医院！这孩子要完了，你就忍心让她这样走吗？"

二姐夫抱起你就走。

走出很远，家里人才想起坐车快些，找了辆马车，直奔车站……

二姐夫抱着你，不管进哪家医院，都说："求求医生了，她年龄太小了！"

不管这个憨厚的农民怎样哀求，听到的都是一样的回答："没救了，抱走！"

6. 死而复生

二姐夫几乎求遍了这座城市的所有医院，精疲力竭。这时，又有人告诉他，还有一家大医院，坐哪路公共汽车能到。他又抖擞精神，上了车，去了这座城市的最后一家医院。

到了抢救室，医生听听看看，说了一句："不行了，抱回去吧！"

平时一家人都看不上这个二姐夫，可在此关头，他去找了院长。院长来看了一下就说："还有气，送病房抢救！"

几位男医生赶来，把你抬进检查室，他们谁也没发现二姐夫跟了进来。

当医生做骨髓穿刺时，你竟能抬腿把医生踢得撞了墙。这可惹恼了医生，他拿起注射器就走了。二姐夫又去找院长，请求免除一切检查，先救人吧！不然，等检查完人也死了。

院长果断地说："先救人！"

医生开始给你输液，并吸上了氧气。四个小时一次肌肉注射，六个小时一次静脉注射，铁架上的瓶子也没完没了地弃旧迎新。

十一天后，你睁开眼睛，喊出口的第一声就是"疼"。围在床边的老师、同学，还有妈妈，一个个眼睛都是肿的，憔悴不堪。

见你睁开眼睛，所有人都欢喜得叫了起来。妈妈拉着你的手不住地说："妈妈没用，妈妈没用啊。"说着，眼泪像断线的珠子往你胳膊上掉。

你也不停地喊着："妈妈，妈妈……"

同病房的其他病人也都流泪了。

一个月后，生命的活力逐渐复苏。你想下床走走，当姐姐把你扶下床时，你的腿已经不听使唤，软软的，站不起来。你又躺回床上，心生怨恨和恐惧，声嘶力竭地问爸爸："为什么要救我这个废人啊？"

家里人谁也没想到会是这么个结果。腰部穿刺的那个针眼不仅发炎，还生了蛆，难怪你总觉得腰部又疼又痒。医生来看后说："得把蛆挑出来。忍耐一下吧，听说你还是一个小江姐呢！"

医生的这种激励还真管用，在往外挑蛆和清洗上药的过程中，你没哼一声。

院长来说："出院吧！"

爸爸说："她还不会走路……"

院长讲："只能这样了，结结账走吧，她会慢慢恢复好的！"

回到家，屋里屋外站满了来看望你的人。乡亲们以为你在医院住了那么长时间，应该能跑能跳了。你听到他们的叹息：

"看来，这孩子这辈子完了……"

"她爸妈要是走了，她的日子可怎么过呢？……"

同学们天天都来看你，给你补习、讲题，还背着你去看电影。学习还是撑上了。你似乎也胖了好多，后来听说这是受激素药物的影响。

家境凄凉。炕头躺着妈妈，炕尾躺着你。这叫什么生活？

没几天，妈妈又被姐姐用车拉走治病去了，家里只剩下你和爸爸两个人。爸爸要去地里劳动，又要回来给你做饭，60多岁的人，很快也累倒了。

姐姐们轮流来帮做饭。她们每家都有五六个子女，两头忙碌。

但小时候的你并不理解她们的难处，似乎认为她们应该这样做。如今你回望岁月，品味出亲情的宝贵，她们的生活艰辛，却对你不舍不弃，真的是难为了她们。而今她们大都离世，你唯有望着姐姐们远去的背影，致上迟来的感恩之情。

你的哥哥是个风流倜傥的人物，中学毕业后参加了工作，很快成了文艺方面的活跃分子。他在五一国际劳动节时，指挥过工人大合唱，听说还差一点儿当了电影演员。

"娇（养）头生（长子），惯（纵）老生（幺儿）"，在中国农村世代沿袭，张家就是典型：哥哥是"头生"，爸爸对他宠爱有加，哥哥养成了只顾自己不顾别人的习性。他挣了钱可以一分不往家里交。而你是"老生"，爸爸对你惯纵，小时候童言无忌，别人不会计较，一家人都让着你。成年以后，积习难改，率性直言，有时话一出口，便后悔不迭。

这次你生病，也惊动了哥哥，1500元的药费中，他出了1000元。这在当时是一个天文数字。可是他说，这钱不全是他出的，还有他单位补助的。另外500元钱是你几个姐姐凑的。

这场大病，使你懂事了许多，你开始思索你的一生该怎么度过。同学们来家看你，你们笑作一团，唱作一团。他们走后，你便下地锻炼走路。第一次下炕，你倒在地上，爬不起来，等爸爸回来才把你抱回炕上。他难过地说："只要爸爸活着，就伺候你。爸爸死了，也就管不了啦。你能这样陪伴着爸爸，总比白发人送黑发人强。"

父女俩抱头痛哭一场，中午饭谁也没吃。

为了减轻爸爸的负担，你开始有了自己的观点：不能全依赖别人。你一定要站起来！家里没有人时，你就开始了艰难的"学步"，仿佛又回到了幼年时期，但每次都是爸爸或同学进家把你抱回炕上……

终于有一天，你的腿有了知觉，能扶墙走路了。虽走不稳，但一小步、一小步能挪出屋，而且能慢慢挪到街上去了。继而，你可以给爸爸抱柴烧火了。有时腿脚不听使唤，会一头栽到地上，这时，你就会咯咯大笑，那笑声会传出很远，爸爸也跟你一起笑着。

屋子里生机勃勃，有了生活的气息。

但笑声是短暂的。

7. 慈母永在

爸爸爱妈妈，用情极深，为给妈妈治病，卖掉了马车、牲口，直至最后把房子卖掉换钱。

从此，爸爸妈妈只得轮住姐姐和哥哥家。

金窝银窝，不如自己的老窝。爸爸妈妈在哥哥姐姐家轮住，那都不是自己的家。

在自己的"老窝"中，爸爸当家，可以威严地指挥、教训孩子们，说一不二。轮住儿女们的家里，爸爸妈妈变成了丧失威严和自信的人。

当时，家家生活都不很富裕，长辈又丧失了劳动能力，"端谁的饭碗，看谁的脸"，生活就这样无可奈何。

爸爸陪着病重的妈妈住在一个姐姐家，你还认为有父母做保护，别人仍会对你好。其实，连姐姐都依附在别人家，父母亦是寄人篱下，你当然成了一个累赘。

后来你读《红楼梦》，林黛玉的处境使你感触很深。

很多人都不喜欢林黛玉性格古怪、语言尖刻、多疑多愁。实质上，这是环境所造就的。你不再认为只要爸爸妈妈活着，你就永远会拥有一片蓝天。

你意识到人生在世，最重要的是能自强自立，自己去创造出一片蓝天，再与更多的人共享这片蓝天。

你不再索要什么，别人做什么，你吃什么，想吃的东西也不主动去要。

每天晚上睡觉时，妈妈都用胳膊搂着你，似乎借此作为母爱的补偿。但是搂着搂着，胳膊就滑落下来。你以为她是睡着了，其实是她没有力气了。

没住几天，也不知为什么，你开始每天晚上呕吐，连吐了几个晚上，支持不住了。

爸爸说："今晚别跟你妈睡了，到邻居家去借宿吧。"

到邻居家里住宿后，你竟然再也没有吐。

一天晚上，你睡在邻居家，梦中在跳舞，跳得非常开心，突然有人把你推醒，一看是房主人。

"赶紧穿衣服，我送你回你姐家。"她面露焦急。

你心里感到要出大事了。

那天是大年初八，家家挂着红灯笼，满街是红蒙蒙的辉光映着白雪，柔和里透着夜的神秘。你懵懵懂懂走回姐姐家。

推开姐姐家门，你看到屋里挤满了人，有人在啜泣。屋里多了一块支着的大床板，板上铺着黄色的新褥子，上面躺着一个女人，头上绾起高高的发髻，插着一根凤凰形状的银簪子，身上穿着大红棉袍、蓝色棉裤，脚穿蓝色绣花鞋，张着嘴，还在一口接一口地大喘气。

这是妈妈！

你发疯似的喊："妈妈怎么啦？为什么不让她躺在炕上？"

妈妈每到春节都要死一次。当地的习俗是：人不能死在炕上。所以看到妈妈快没气了，就用炕席裹起来放到地上。放一会儿，又听见家人喊："她活回来了！"就这么抬上抬下。

而这一次的放置，像一个庄重的仪式。

爸爸抱住你，捂住你的嘴，并在你耳边说："不准乱喊！"说着把你拖到了妈妈面前。他蹲下来，轻声对妈妈说："你放心吧，只要有我在，我不会让小五吃苦的，放心走吧。"

话音刚落，妈妈永远地闭上了眼睛。

你昏了过去。

不知过了多久，爸爸把你摇醒，你睁开眼睛，看到已不是在姐姐家，只有一个陌生的女人在屋里。爸爸说："这几天，你就住在这里，不准出去。三天以后，我来接你。要听话，不能哭，大过年的，在人家家里哭不好。"

苍老憔悴的爸爸，说完便摇摇晃晃地走了。

你被"软禁"了。吃饭有人送，有零食放在屋里，那个女人不时过来看看你。

你生命中第一次经历了人生的"死别"。

妈妈在时，你除了给她倒过尿盆，什么也没有为她做过。她将被孤零零地埋在山上,你今后将永远也见不到妈妈了!

一幕一幕的往事闪过脑际。

你平日总是很忙,除了吃饭时看妈妈一眼以外,平时很少到她身边站一站、坐一坐,"小棉袄"式地进行温暖的母女交流。因为吃、喝、穿、用都不是她管,好像她存不存在并不重要。慈母手中线,游子身上衣。妈妈从未给你缝补过一件衣服,你忽略了这是因为她的手残疾无法伸开。

此时你才感受到生养你的那个女人离去留下的真空,你撕心裂肺,痛不欲生。

原来世上只有妈妈最重要,母爱的脐带被死神无情地扯断了。

还记得有一次,下午1点要到校集中排练,所以你中午放学一进门就嚷着要吃饭,妈妈告诉你:"饭在锅里热着,自己拿出来吃吧!"你也没问妈妈吃了没有,狼吞虎咽地吃完,放下碗筷就要走。

妈妈喊住你说:"把碗洗了再走。"

你回头看看妈妈:"你帮我洗了吧!"

妈妈说:"不行,自己洗。"

你生气地说:"妈妈给女儿洗个碗还发什么牢骚!"说着摔门就出去了。

晚上回来,吃完饭,你又要走了,爸爸让你站在屋地中间:"说说中午是怎么回事儿。"

这时,你看见妈妈的眼睛红红的,才意识到自己犯了错误。

你支支吾吾,说忘了自己中午说了什么。你望着妈妈,乞求她帮忙,把你放走。

妈妈装作看不见。

爸爸说:"不要到处乱看,说说到底是怎么回事儿。"

你只好承认没洗碗,别的一字不提。

爸爸说:"还说了些什么?简直没大没小、没规矩,越长越完蛋!"

你心里还不服气:大人为什么就这么有权力,想罚站就罚站?

看来不认错是走不掉的。同学们在外面等你,一个个挤眉弄眼,你猫爪挠心,爸爸装作没看见。

这时,妈妈发出了声音:"走吧,走吧……"

话音刚落,你就冲出了两道门。只听爸爸大声说:"都是你惯的!以后她再气你,别向我诉苦!"

你又听妈妈说:"可怜这孩子全靠自个儿长大。我没伺候过她,连个碗都不能为她洗,我心里也难过,她不嫌我就够了。"

可怜的妈妈,善良的妈妈,她的话感召了女儿的良心。从此以后,你很少再顶撞妈妈。

你现在才知道,有病的妈妈对儿女有着更深切的母爱。疾病缠身,她常年顺炕而卧,那是一种为儿女尊严的"站立"!

苦命的妈妈在1岁多时,就失去了母亲。姥爷为了抚养她,没有再娶。姥爷有点儿文化,给有钱人家当账房先生。妈妈裹脚,疼得昼夜啼哭,后来又出了天花,好不容易保住了命。出嫁碰上个好心人,爸爸没嫌她脸上有麻点、裹小脚、长得丑,家境虽然贫困,但夫妻相濡以沫,终生不离不弃。妈妈去世的前两天,爸爸一直握着妈妈的手,相对无语。姐姐们都不进去打扰,可你偏偏窜进窜出。

你听见妈妈对爸爸说:"对不起你了,给你生了这么多女娃。"

这是妈妈在人生旅途的尽头,向爸爸表示出妻子的歉疚。

你在小屋被"软禁"了三天,第四天,被领回姐姐家。一进门,屋里全部恢复了原样,但却没了妈妈。

你扑在妈妈睡过的炕头,拼命地哭。刚刚止住哭声的家人,又都哭作一团,爸爸的泪水顺着胡子往下流。

你哭晕了过去。

醒来时,你问:"妈妈呢?"

姐姐含泪说:"你不是说妈妈不干活吗?她下地干活去了。"

你挣扎着想起身:"我去找妈妈回来。"

一家人又哭开了。

有个医生站在你的身边,爸爸一言不发,只是不停地用粗糙的大手抚摸着你的头。

只听医生在感叹着:"48岁,身上还有肿瘤,居然能把孩子生下来,真不简单,而且这姑娘还这么可爱。"

这时你才明白,妈妈怀着你的时候,就已经重病缠身了,竟还挺了十多年,与她的"小老五"相伴!

此后爸爸带着你,东家住几天,西家住几天,居无定所,像两个吉卜赛人。

一天,爸爸对你说:"我们爷俩不能这样下去了,你渐渐长大了,我也跟不了你几年啦,有机会还是要继续读书。我这么多闺女,人家都说不错,就是结婚太早,十几岁就出嫁了,都没有读成书,也都没有个像样的工作。希望你自己把握自己,你也中学毕业了,你的同学下乡的下乡、上山的上山,你也应该响应国家的号召，去做你的事了。"

你想了一个晚上，第二天跟爸爸说，要和姐姐一起去云南参加三线建设。

临走时，爸爸说："去你妈妈的坟上看看吧。"

你们几姐妹同爸爸一起去看了妈妈的坟。

转眼之间，坟上长满了蒿草和静静开放的野玫瑰。你双膝跪在母亲长眠的土丘前，默默向此生最爱你的人忏悔着、悼念着：挚爱的好妈妈，我们相约来世再做母女，女儿一定不再任性、不再调皮，以至爱回报你的至爱。

永别了妈妈！

你心乱如麻地翻找衣服，忽然看到了从未见过的红上衣、红裤子、红皮鞋——显然是为你买的。

爸爸说："这是准备万一抢救不过来，给你穿的。"

原来在你病危时，家里把寿衣都为你预备好了。

谢谢爸爸，女儿拖累他十几年，没有一点儿回报，最后，他还买这么漂亮的衣服送你远行。

爸爸让你穿着这套衣服跟姐姐走，活人穿寿衣。

这身用于"死别"的衣服，你穿在身上与他"生离"了。

火车摇颤着，从中国的东北角，向着遥远的西南边疆奔去，你的心也在摇颤。车上人多，每一个旅客都有一份离愁。现代蒸汽机用它巨大的动力，拖着长长的车厢奔驰着，它喷吐着浓烟，穿山越岭。每当夜幕笼罩，窗外一片寂静，只有车轮摩擦铁轨的节律向四方传播。此时离情别绪便袭上心头：年迈的爸爸，已故的妈妈，熟悉的家乡，那些朝夕相处的同学，越来越远了。那广袤无垠的富饶的黑土地，何时能再相见？

蒸汽机巨大的动力，把你从东北的黑土地上连根拔起，八千里路云和月，你心神恍惚地到达了彩云之南。

你身上将被打上"云南张桂梅"的烙印，你丢失了"胎记"。

从此你的生命中平添了一份永远抹不去的对于黑土地的乡愁。

你与妈妈和故乡的脐带被彻底地剪断了，你义无反顾地奔向云南。

那一年是1974年，你17岁。

17岁的你，又将遭遇什么？

第三章　花样年华

1. 深山老林

正值花样年华的你，从牡丹江边的黑土地来到了崇山峻岭的云贵高原，落脚于滇、藏、川三省区交界的云南西北部的迪庆州中甸县。

与野玫瑰盛开的故乡牡丹江平原相比，这里完全是另一个世界。

迪庆州是云南省境内唯一的藏族自治州，与西藏接壤。中甸往前走有白马雪山、梅里雪山，无论你置身何处，环瞻四顾都是山，站上山顶举目望去，大山后面还有更高的山，群山如怒涛聚涌，气势磅礴。这里海拔高，冰天雪地，气候变化无常，有时六月天也会雪花飞舞。

三姐帮你落脚在中甸林业局，你被分配到青年队，去参加一个新林场的建设。

你的工作是炊事员，做十七个职工的饭菜，同时兼任卫生员，掌管着一些常用药品，上工地时总背着药箱。

在青年队里，你被喊称张姐。其实，有的人比你年龄还大，不知道他们为什么这样喊。也许你从童年到少女时代经历了太多，显得比同龄人更加成熟老练。当地的藏族人称呼你"阿尔巴尼亚姐姐"，也不知道是喊着好听还是其他什么意思。

大锅饭菜虽不算好，但还过得去。水，要请男同志到远处去挑。你用东北厨艺努力粗粮细做、荤素搭配，让大家吃得开心。

你待人亲和，办事能力强，几个月后就小有名气，被调到另一个老林场机关工作，后来又当上了团支部书记。你放下行李就下到工段，第一天就闹出了笑话——

你自小见河水就头晕，如果桥上没有栏杆，你会顺着水流的方向走，随之掉下水去。怕什么偏偏有什么。去工段的路上有一条又宽又深的大河，两根长长的杉木杆并排着架在河上，这是工段的人搭成的"桥"。

同行的有男有女，场党总支书记是个胖老头，还有几个彝族青年，他们谁也没迟疑，任凭杉木杆一上一下地颤，扭扭摆摆就走到了彼岸。

你还在此岸犹疑。胖书记喊着："笨姑娘，要勇敢一些。要不，怎么能当青年领袖？"

"笨姑娘"比童年的"笨蛋"多了一层爱意。你想勇敢一点儿，可是腿不听使唤。

胖书记反身走回来，站在你面前说："扯着我的后衣襟，跟着我走。"

你两手扯着他的后衣襟，像极了老鹰捉小鸡的游戏。他走一步，你走一步，亦步亦趋，走到河的中心，水流湍急，你双腿发软,往前一扑,把胖书记整个撞进了水里,你却骑在了两根杉木杆上,死死地抱住,一动也不敢动。

岸上笑声一片。胖书记好不容易扑腾到河边站起,衣服都贴在了身上。他抹了一把脸,没好气地说:"就让她骑在那儿吧,谁也别管她。"

胖书记被几个藏族工人搀到帐篷里,换上了藏族服装,几个工人烧火为他烤衣服。

一个彝族女工在不停的哄笑声中上桥把他们的团支部书记背上了岸。

这里是人迹罕至的原始森林。满山都是松树,郁郁葱葱,高耸入云,看不到一根杂木。几乎每棵树都经历了千百年的沧桑,两三个人合抱一棵树,手都对接不上。树下长满厚厚的茸茸的细草,坐在上面,就像坐着厚厚的棉被那样舒坦。漫山遍野的野草莓,红红的,甜甜的,你就放开肚子大快朵颐。

大山挨着大山。它们亿万年来就不动声色地站立于此,看着这里万物竞生,蓬蓬勃勃,相互依存,相互作用。

这里所有的生灵只是跟大自然对话,物竞天择,优胜劣汰,自消自生,你们是造访这里的第一批人类来客。

你被这大自然的雄浑伟力及其不动声色的壮丽所震撼!

帐篷搭在山脚下的湿地里。周边到处是水草和盛开的小黄花,空气里弥漫着腐草的腥味。

菜运不上来,就靠盐巴水下饭,有时甚至只能吃白饭。高原缺氧,没有高压锅,饭总是半生不熟。但工人们劲头十足,这个工段大多是女工,大家相处得和睦又愉快。

在伐木工人的辛勤劳动下，美丽的大自然景色一点点地消失着。

伐木工作充满了风险。你参与了养路段的大会战，有一天因为山坡塌方，你被整个埋了起来……

2. 沙马洛娃的入团申请书

你被塌方埋没，工人们手脚麻利，从土里扒出了他们的团支部书记。

伐木在继续。领导讲话时总说："国家下达的任务，就是搭上性命也要完成！"

这是让那一代人热血沸腾的流行口号。

后来，林场发生了一起重大伤亡事故。

那次遇难的工人里面，有一个你熟悉的彝族小伙，叫沙马洛娃，刚满19岁，才参加工作不久。他个子不高，长得黑黑的，特别壮实，一说话就笑。

你去讲团课时，他对你说："我想要入团。"

你说："好呀，写个申请书吧。"

"能行吗？"

"我看你能行。"

他不识字，便请人代笔，写好后交给了你。

工段出事的第一时间，你惊惶地朝场部跑去，一进门就看见书记、场长脸色铁青。这次事故砸死了四个工人，其中就有沙马洛娃。

这是沙马洛娃上山伐的第一棵树。树倒得很快，而他却朝着树倒的方向躲，被砸中头部，其他三个人，都是为了抢拽他，躲闪不及，被树砸中！

四个年轻人的遗体躺进了医院的太平间。局里派车四处去接家属。趁着这个空隙，你自己悄悄地跑了二十多里山路，赶到了出事地点。

现场已经无人。砸到人的那棵树直径一米多，还静静地躺在那里，树干上、树枝上、地上，都沾有血迹，还有一些头发连着头皮……

夕阳西下，你心中感到深深的悲怆和无助，人的生命是如此脆弱，哪有青春长留？

场部派通信员匆匆赶来唤你下山。

"到处找你找不着，场长和书记都生气了。"

"找我干什么？"

"家属都来了，让你去陪着，做做工作。"

你赶往场部，一进办公室就惊呆了：满屋子男女，老的老，小的小，哭成了一片。该先劝哪一个？你无从张口，索性放声陪着一起大哭起来。

亲属要求看遗体，你陪着上了车。在太平间看到停放整齐的遗体，家属们像疯了一样扑过去抱着号哭。沙马洛娃的爸爸一见儿子的遗体就晕倒了。

哭声渐渐停止，接着是愤怒的叫骂。你听不懂他们在骂些什么，只看到他们既伤心又愤怒。

场部领导与家属开始谈善后。死者都算因公牺牲，国家把他们的子女养到 18 岁、老人养到老，每家再给一份抚恤金。

家属接受了这些条件，准备开追悼会。

你突然想起沙马洛娃递交的入团申请，还没来得及开会通过。你马上写报告给党总支，要求追认他为共青团员。不到两个小时，就得到上级组织批复：同意追认沙马洛娃为共青团员。

你为沙马洛娃实现了遗愿。你在追悼会上含泪宣读批文，林场的青年受到了激励，你也为自己了却了一份心愿。

沙马洛娃的爸爸很欣慰，因为他儿子是共青团员了，是"革命队伍"里的人了。临走时他紧紧地握住你的手，连连说"共产党好，政府好"。

沙马洛娃年轻的生命远去了，他的音容笑貌不能再复制，但事故引发了后续。

3. 夜校也是学校

你在想：避免年轻生命的死亡，是不是比"追认共青团员"更为重要？

是无知害死了沙马洛娃。

沙马洛娃没有上过学，不懂得大树倾倒的物理法则以规避死亡，他甚至还没来得及向林场老工人请教劳动经验和相关知识。

工段上的工人大都是少数民族，他们憨厚朴实，能吃苦，可惜百分之九十的人都是文盲。

于是，你向林场领导提出办一个文化夜校，提高工人的文化水平。领导非常重视，当即批准，并把普及劳动安全知识纳入夜校课程。

你承担起了文化教员的工作，从教汉语拼音开始，成为一名"准教师"。

夜校也是学校！

学习，是人类走向文明的必经之路。

你童年就在故乡认识了一位"教师"，她教给你：帮助别人即是快乐。

那一年冰雪消融时，你家的土坯屋塌陷了，妈妈被埋在了炕上，父亲、姐姐、乡邻们冒着严寒，脚上沾满冰雪，全力搭救。塌房事件立即被报到乡里，乡里当即派了一个女干部到现场。

她真的好美。十八九岁的样子，穿着时兴的列宁装，梳着两条乌黑的长辫，白净的面庞上镶着一对明亮的大眼睛。母亲已被救出来，好在只受了一些擦伤。女干部协调把一家人安置在邻居家。

女干部安慰着泪流满面的父亲和放声哭泣的姐姐们，亲切地说："乡里领导说了，五天之内给你们建起新屋。"说罢，她踏过冰雪弥漫的废墟，帮家人扒出尚能用的炊具和家具、湿透的被褥和衣服。

她又和乡里派来的泥瓦匠一起，五天建起了一座新屋，全家人欢欢喜喜地住进了新屋。

但再看这位女干部，她满身是泥，头发蓬乱，脸色黑红，眼睛布满血丝，那双手已红肿得看不出原来的模样。

爸爸一个劲儿地跟她说"谢谢你"，她说："不用谢，这是我应该做的。"

你听着他们的对话,脑子里浮现出两个画面:江姐被竹签钉的那两只手,女干部那红肿的两只手。她们都说自己是共产党员。

你不知道是谁把你弄回屋里的,你没吃饭,也不说话,哭着睡着了。

她的言行也是一堂课,你把她当成榜样,长大后也想变成她那样的人!

你的教师奠基礼也许就来源于此。

4. 笑破肚子了

一个星期天,场部的干部和工人要到河对面的农场,去锄洋芋地里的草。过河时发现搭上了木板桥,上次过河把书记撞下桥的情景仍历历在目,你问胖书记:"谁干了这么大的好事?"

场长怪怪地一笑:"是鄙人哪。怕你不知哪天把我这个场长也撞到河里。"

你哈哈大笑,笑声充满了感染力,大伙也随着笑起来。

场长来了句:"你可不能做过河拆桥的事。"

玩笑话里,充满了生活的哲理。

到达工地,你忽然发现一匹马趴在另一匹马身上,还不停地抖动,底下的马被压得都站立不稳了,可它无力反抗。你四下看看,竟没有人关心这种以强欺弱的场面。你生怕底下的马被压坏了,就义愤填膺地拿起一根木棒跑过去,狠打上面的马,一边打还一边骂:"你欺人太甚!坏马快下来!"

连打了几下,上面那匹马终于下来了,可一扭身就朝你怵瞪子反击。你往人群里躲，谁知，同来的人全都笑得躺在地上滚来滚去，发出"啊——啊——"的喊叫声。

场长上气不接下气地笑着说："哎呀，你要干什么？"

胖书记也大喘气地发笑："你这姑娘，你要把人笑死吗？"

你一脸茫然："你们笑什么？你们的样子才好笑呢。"

场长问："你今年多大了？"

你说："十九了。"

他又大笑起来："十九啦，十九啦，哈哈……"

胖书记说："你知道两匹马在干什么吗？"

你环顾一下四周，伙伴们全部看着你发笑，目光怪异。

你回答："打架呗。"

满场的人又都哄笑起来。

这有什么好笑的？你摸不着头脑。

"孩子，以后这种事情不要管了。回去我拿一本书给你看，你就知道它们是在干什么了。"胖书记虽是强忍住笑，但表情诚恳。

此时，就听见有一个藏族人讲着生硬的汉话："刚才谁打的马？花钱来配种，没配上，钱不白花了吗？……"

在场的人又放声大笑起来。

你脸上火辣辣的，一定变得通红。看上去是强者欺凌弱者，怎么知道这是在配种呢？

场长替你说了好话，最后让你赔了十元钱结了此案，你为此搭上三分之一的月工资。

你羞愧难当，竟哭了起来。

胖书记说："别哭了，没让你赔工钱就不错了。一上午的时间，草还都长在地里，大家就光顾着乐了。收工吧。"

"团支部书记……被罚款10元……"

以至于好长一段时间，有的领导看见你，莫名地先乐，或强忍住笑，然后再谈工作。一天，有个上级领导来视察工作，竟开口先问："那个故事发生在谁身上？"

他们把你推出来："这位！"

领导呵呵笑着，拍拍你的头说："好姑娘！"

此事让你的知名度大大提高，加上你的人品和工作能力，你被调到党校去当团支部书记。

党校什么班都办，由于学员中青年人占多数，你时常为他们讲政治课，慢慢地也适应了小知识分子式的生活，但远没有在山上集体劳动那么有情趣、那么贴近人间烟火。

不久，你又被调到林业局机关工作，在行政办公室任文书兼秘书，还兼行政管理员、行政团总支书记、机关妇女主任。

生活像铁轨一样长，生活的课堂还教给你一些什么？

5. 父亲的遗产

那一天跟往常所有日子一样平常，但是一个噩耗从遥远的故乡传来，你接到家里来的长途电话，爸爸患食管癌病危。

你觉得天塌了下来。你急忙请了假，交接好工作，买了车票，归心似箭。从中甸到昆明要五天，从昆明到老家要六天，这十一天的漫长旅程让你心急如焚，生怕见不到爸爸最后一面。

带着一身旅途疲劳，终于见到了爸爸，他已经瘦得皮包骨。

你抱着爸爸放声痛哭,爸爸的眼泪和你的眼泪汇在一起,咸涩的苦水,流进你的嘴里。你不敢再离开爸爸一步,从早到晚都坐在他的身边,晚上挨着他睡,生怕他离开。

你还和几个姐姐大吵了一通,质问她们为什么不提前抓紧治疗。

一个姐姐回答:"你干什么去了?你在哪里?你管了多少?"

这句话把你噎住了。你在哪里?你在遥远的雪山上,长年望乡难回,唯有不时寄些钱,以尽孝心。

爸爸上气不接下气地对你说:"你多余说这几句话,惹出了多少是非?爸爸最不放心的就是你,宁折不弯,你这一辈子得碰多少壁呀!你有几个头?"

他一边喘息一边继续说:"你从小性子刚强,心地又太善良,外面的世界没有那么清亮,不改性子,早晚会撞得粉身碎骨啊。"

因为吵了一场,家里人对你都很冷淡,吃不吃饭也没人问。

爸爸走了!

你连着三天粒米未进。

家里人披麻戴孝,也给了你一套,你把它放到一边,只戴了个黑袖纱。

灵柩在家里停放了三天,正赶上是三伏季,家里人设法找了些冰块放在棺材边。

你没有守灵,循着爸爸走得最多的地方去找他的生命痕迹。

第三天,家里才发现少了你,都以为你出去寻了短见。

守灵的人加上姐姐家的邻居,四处去找"小老五",小学时的老师也参与了,在辽阔的田野上,一声声喊着你的名字。

你回到家，很大的院子放满了花圈，你看到一副挽联上只排列着四个姐姐的名字：你已被开除了"家籍"。这时，你才悟出爸爸遗言的话外之音。

出殡之前，棺盖被揭开，你紧紧盯着那张苍白的脸：这是你的爸爸，也是你最知心的朋友。他严厉，教会了你认识社会；他封建，破坏了姐姐的婚姻，却让女儿去读书。他叮嘱你：爱，并不都是靠得住的；要学会自强自立和矫正自己的歪枝。

他艰辛的一生，为人子，为人夫，为人父，为人邻，忠厚尽职；他拼体力，洒汗水，不违法，明事理，凡事都为他人着想。他是你人生第一个启蒙老师，把幼时的你从"笨蛋"的压抑下解救出来，让你坚信自己是最聪明的孩子！

他辛劳一生，没有留下一分钱的遗产，但他那温暖的脊背，成为最珍贵的伟大遗产，永远留在了你的生命密码之中——你从小伏在他的脊背上，感受到安全、温暖和深沉的父爱；你上小学惹了祸，不去上学，是他蹲下来，让你伏在他宽厚的脊背上，背着你返回学校。

世界上没有任何地方比父亲的脊背更安全，老屋被卖掉之后，父亲的脊背就是你会走动的"家"。

他给了你生命，给了你无可替代的深沉的父爱，而今他回归大自然，去与黑土地永远相拥。

爸爸你先走一步吧，女儿迟早也会再回到你的身边，相见于黑土地之下，骑你的脖子，摸你的秃顶，伏在你的脊背上，找回属于女儿的幸福！

棺盖被重重地盖上，开始钉钉子。每颗钉子都像钉在你的心上。按乡俗人们喊着让爸爸"躲钉",你知他已听不见了,可心里还是念叨着:"爸爸,钉子扎人,你躲好。"

村子里给他开了追悼会,悼词写得很朴实、感人。身披重孝的亲属们全都跪在地上,白白的一片。你没跪,站立在人群中。

当地风俗,没出嫁的女儿是不准上新坟的,你被人强拉住,没能送他到坟地。

第三天圆坟,你给他老人家的新坟添了土,就径直去往火车站,准备买票回云南。

你在黑土地上丢失了最后的挂念,不再有家。

走出不远,听见有人喊你,回头一看,一个女孩摇摇晃晃地蹚水过来,手臂不停地挥舞。

这是小学时的女同学,你们关系不错。她为什么不走桥呢?

你回身把她从河里拉了上来:"这么大的河水,你干吗不走桥?"

她说:"走桥绕远,怕撵不上你。送送你。"

火车开动了,她边哭边跟着火车跑,摇晃着手臂。火车奔驰起来,她的身影越来越小……

这是故乡给你的最后一丝温暖。

你在火车上放声哭了,哭得毫无节制、毫不掩饰。对面的座位上有两个军人,不知为什么他们也跟着哭了起来,整个车厢弥漫着压抑的气氛。你一直哭过了哈尔滨。

没想到,和那个送行的女同学一别竟成永诀。不到两年,她患重疾离世。你真想抽时间回去祭拜这个代表黑土地给你最后一丝温柔的同学,可是世事苍茫,竟再也没有机会。

爸爸妈妈的坟前，三十年没有"老疙瘩"去上过一炷香——你大半生都在自责，自己不是个好女儿。

你甚至延伸了自责：难道你命中不该做女人？难道不会有男人来爱你？

6. 爱情的样子

回到单位，你直面"大仙姑"这个绰号。

你身边的好友、同事都找到意中人结婚成家了，有的连孩子都上学了，而你一直还是单身，没有父母催婚，也没有亲属关注。人们认为你是事业型的女人。

时间进入 20 世纪 80 年代。那时的你，也想结束单身生活，结束天天吃食堂的日子。更重要的是，你是一个正常的女人，你有权利享受爱情，你要向爱情进军。

林业子弟校有一位老师，是中山大学毕业的老知识分子。你与他一家相处得很好，他们关心你，托朋友在"五朵金花"的故乡——大理，给你介绍了一位教师，人不错，就是"岁数有点儿偏大"。

你关注他结过婚没有，介绍人回答"没有"。

你提出让他先写封信给你。

信很快来了，字数不多，只一页信笺纸。字迹遒劲工整，字里行间流露出了他的沧桑、他的倔强、他的才华横溢。

你当即回信，表示愿意交往，并很快找了个出差的机会去看他。

就像谍战片中的接头，你们约好了地点，各自手拿一份报纸作为联络暗号。你坐在长木椅上，迟迟不见人来，你利用此刻在心中想象着一个成熟老练、举止优雅、如兄长般的未来伴侣的形象。

一回头，你看见一个年纪较大的人，穿着雨鞋，一只手拿着一份折叠的报纸，另一只手抱着雨伞，穿着一件20世纪60年代流行的中山装，裤子后面有两块补丁，头发很长，发梢耷拉下来遮住了右眼，一直在你周边徘徊。

不会是他吧？

你故意扭头冲着另外的方向喊了声："董玉汉！"

糟糕！那人径直向你走来。

你的爱情是长成这个样子的吗？

你心中五味杂陈，大失所望。但是你礼貌地站起来和他握手，心里埋怨你的朋友：怎么给找了个"牧马人"啊？

你已无心插柳，不情愿地把他领到了你的下榻处。倒水，请他落座。他既不紧张也不谦卑，就好像和你是老朋友。这倒把你弄得不好意思了，甚至不敢抬头看他。

"真没想到，你这么漂亮。"

他一句话，把你夸得飘飘然。

爱情往往是从赞美开始的。你接受了他滔滔不绝的讲话。然后，你又开始把谈话变成了"审讯"。

他"交代"说，他是白族，大理人口白族居多。旧社会他们董家是当地有名的望族。

虽然时代变革已不再追究出身，你仍穷追不舍。他不紧不慢，一字字道出他的辛酸家史。他母亲靠当保姆，把他姐弟三人拉扯大。恢复高考后他考上了师专，靠着一个月几块钱的奖学金把书读完，想继续深造却没钱。现在，已经三十好几了，也谈过几个对象，都嫌他穷。

对苦难人生的同情也会变成爱情吗？

你不假思索就表态："你继续考，我供你读书。"你还答应可以马上结婚。

你到底是在谈恋爱还是在做慈善？

他高兴的样子无法形容，你们竟如一对老恋人般融洽。但你突然问了一句："你那头发是怎么回事儿？怎么老遮着右眼？"

他嗫嚅着说："从房子上掉下来，右眼摔成斜视了。"

你让他把头发撩起来看看，不看则已，这一看，你被吓到了。他的右眼全是白色的，摔那一下，把黑眼球摔歪了。其形象如《巴黎圣母院》里的敲钟人卡西莫多那般丑陋，这让人如何天天面对呀！

平复下心情，你应他之约，出去看了场电影，又一起吃了晚饭。是他掏的钱，你心里很不舒服，总想找个机会把钱还给他。

第二天你就回了单位。

你晚上怎么也睡不着，在床上翻来覆去"烙饼"。怎么办？怎么办？

一个月没接到他的来信。这件事到此结束也正好。

突然有一天，你收到了他的来信，他告诉你：和你分别的第二天，他就去省城的大医院做了手术。医生问他打不打麻醉药，打麻药效果不好，眼球复位有难度；不打麻药效果要好一些，但要两个多小时，而且非常疼。他选择了不打麻药。手术时医生问他是否要绑上手脚，他对自己能否忍受这剧烈的疼痛没有完全的把握，但他还是拒绝了。手术过程中，疼得实在受不了，医生说，打点儿麻药吧，他仍咬牙拒绝。下了手术台，护士问他为什么能忍着如此的疼痛这样坚持，他说为了他的女朋友。

你拿着信，什么也不再想。你请了几天假，奔到大理，一见面第一句话就是："我们结婚吧！"

幸福要来临了吗？

7. 没有糖果的婚礼

定了结婚日期，正值董老师单位举办集体婚礼。一共有五对新人，你们这一对是大龄。

结婚日到来之前，你总是流泪，怎么也止不住。没有父母和亲人的祝福，没有任何陪嫁。

"对不起，太简陋了。"他以为你是为了房子和钱，嫌他穷困。

你此刻才觉得，一个人为自己做出的决定，很难无怨无悔。

你警告自己：既然选择了，就不要悲悲戚戚的，这对他也是一种伤害。这是你幼年的"家庭教师"爸爸教你的。

结婚这一天，闹出了大笑话。

你带来的钱，正好够打扮他。他一身笔挺的新西装，扎着领带，理了发，不必再遮挡眼睛。他因幸福而满面春风，一副新郎气派，而你，却什么都没有。

接新郎新娘的大巴来了，他的同事簇拥着他上了车，除他以外，没一个人认识你这个远来的新娘子。你素颜淡妆也没戴花，最后竟没有挤上车去。

你孤独地回到简陋的新房，新房里竟然连糖果都没有摆，你越想心里越不是滋味。正懊恼时，有人敲门，是新郎单位的团委书记、集体婚礼的策划者。他说："对不起，是我的工作失误。现在我们来接你，请你原谅。"

你火冒三丈："你们做政工的还以貌取人吗？我不去了，让新郎一个人举行婚礼吧。难道新郎就不能回来接我吗？"

"他要代表这五对新人发言。"

不管这位团委书记怎么说，你决意不去了。新婚吉日，竟会弄丢新娘！

两个多小时后，新郎回来了，满面春风。看着他的笑脸，你真想冲上去打他两耳光。因为随同来了很多祝福的人，你不好发作。他拉完二胡又弹三弦，心花怒放。你冷冷地站在一边，好像看热闹的局外人。本来也没有糖果可散发，众人渐渐散去。

这就是新婚大喜吗？

你和衣而卧，躺在被子上就睡着了。

可以说，你的新婚之日索然无味，心中甚至升起乡愁：如果爸妈看到"小老五"结婚结成这个样子，一定会伤心得哭泣，甚至拉着女儿退婚回家。

这个婚结得一塌糊涂，真是闻所未闻。你该怎么办？

8. 装作很开心

新婚之夜，看着床那边那个人——曾为了你做眼球手术麻药都不打，让你为此感动并决定托付终身；举行婚礼，竟能抛下新娘子一个人去了婚礼现场，没有新娘他也能把婚礼参加完——你想：这是个什么人哪？

一个没心没肺、无情无义的男人！

"贫不择妻"而已！

"同病相怜"而已！

"受骗上当"而已！

"自作自受"而已！

他并不爱你，你们根本没有感情基础。这时你才发现自己的幼稚和草率。

木已成舟，怎么办呢？说出去，单位的同事该怎么笑话你？你的命真的不如别人吗？你渴望爱，渴望着有个温馨的家。平时，在男同学面前骄傲得不得了；如今，新郎在婚床的另一头酣睡不醒，这就是你生命中期盼的洞房花烛夜吗？

你若决然离开这里，那等于向世人宣告你的失败。大理洱海之畔，这个美丽而诱人的地方，成了你的伤心之地。去留两难，真不知如何是好。

他终于从他的梦中醒来了。你不知他昨夜做了什么梦，人们可以共同做很多事情，但是从来没有人相约去做同一个梦，他做的梦一定与你无关。

你们面对面坐着，都很尴尬。他想解释点儿什么，张了几次嘴，都没说出来。

你心一软，没好意思提要走的事。你越生气越想吃东西，还特别能吃。

你说了一句："我饿了。"

他连忙下床："我洗洗脸就去买早点，坚持一会儿。"

这句话又感动了你。你的最大弱点就是容易被感动，不论对你伤害有多大，几句好话就会让伤害烟消云散。一顿早点，你就成了俘虏。

吃完早点，他说："我得去电大上课，一节课的课时费够咱俩生活好几天。我的工资已经花完了。对不起，你自己在家吧。"

还没等你开口，他已经走出了门，你瞠目结舌地坐在空荡荡的新房中。

你的工资也已经花完。爸爸的丧事花销很大，你自己平时又大手大脚惯了，偏偏现在又嫁给了贫穷。这个地方是陌生的，不能称为"家"，无可留恋。

中午，他回来了，手里提着菜，问你："米饭煮了没有？"

你闷闷地说："没煮，现在做吧。"

你伸手去拿锅，他接过来，把米、水放好，把饭煮上。

你看着地上的一大堆菜，心不在焉地捡起一根便开始择，结果，菜损失了一大半。

他生气了："怎么这么浪费？这些都是能吃的。不会择就别择了！"

这是个什么破新郎！

你哭了,开始收拾东西,再也不想见着他。

他呆呆地看着你收拾东西,一句话也不说。你收拾好东西,背起行李就走了。

他没有挽留,也没有送行。真是一截朽木!

这算是什么婚姻!

没买着车票,你在旅社住了一宿。这一晚你毫无睡意,哭了一整夜,又希望第二天早上他在你面前出现。

希望变成了失望,自己又不好意思转回去,你硬着头皮坐上长途汽车回到中甸林场。

回到单位,同事纷纷来送礼物表示祝贺,你忘记了买糖——你的婚姻没有甜蜜。

你身边每一个人都是结了婚有家的人,每到下班,他们都急匆匆地回家,你仰望着他们的幸福,努力装出也很幸福的样子,忘我地投入到工作中去。

一个人的幸福,是可以长久地伪装的吗?

9. 幸福蹑手蹑脚走来

从此,你没有接到一封信、一个电话,你们半年都没有通消息。

有一天,你正忙于工作,突然有一个人站在你面前,你头也没抬,问他:"有什么事?"

来人不说话。

你连问三遍,都没回答。你觉得奇怪,抬头一看,竟然是他。

同办公室的人都热情地让座、沏茶,你却心存芥蒂,不知说什么好。他就像一座雕塑,在办公室一动不动地杵着,看着你办公。

中午下班,你领他回到宿舍。你拿碗去食堂打饭,食堂已为你们准备好了客餐,同事们的热心肠让你感动。领导也赶到家里来看望他,同他交谈,对他评价还相当不错。

人都走了,屋子里静得吓人,你害怕这种气氛。

你受不了这种冷场,开口了:"你来干什么?"

"来看你。对不起,半年没有给你写封信,想写,没这个勇气。你走的时候,想拦住你,又不敢,怕你嚷起来,让别人听见会笑话,眼睁睁看着你走掉。因为没有坐车的钱,也就没去找你。我的生活苦怕了、穷怕了,看你那么浪费,就发了脾气。对不起!"

你的心一下子软了下来。

他开始检讨:"我这回来是鼓足了勇气的。随你打骂,你出出气,我们和好吧。我这个年龄,已经过掉了大半辈子,谁知道还能有多少时间呢?我喜欢你的美丽和直率,更喜欢你的热情和善良。我会像你的父兄一样照顾你下半辈子的。"

你怀疑他事先准备好了台词,他教过语文,编排这种台词不是信手拈来吗?又一想,他能说出这番话也不易,毕竟是堂堂的七尺男儿啊!

本性难移,你顿时又活跃起来,给他倒水,让他好好休息,你去上班了,一下班就回来。

你走后,他开始找脏衣服,洗衣扫地,收拾家务,下班回来你有了回家的感觉。

他是个地道的夫子型人物，但不是"孔乙己"。言语不多，不善于表达情感，也不会轻易认错；平平淡淡，很少激动，轻易不向别人倾诉自己的喜怒哀乐。这是家庭变故和磨难造成的性格壁垒。他身上也有知识分子的清高。他的理科学得不错，尤其是物理。

你鼓励他复习功课去考研究生，他高兴地答应："尽量努力。"

你不再乱花钱，攒钱准备供他读书。双方协议：等他研究生毕业，再要孩子，虽然他是快四十的人了。你们还商量好：两地分居，不调动，让他集中精力备考。

他在你的小窝里住了两天就离开了。

两天的平凡日子使你心中有了依靠，有了家的归属感。短短两天的时间里，你小曲儿不离口。最有纪念意义的是，一天中午，丈夫做了几个菜，你们按风俗传统，举行了一个神圣的仪式——饮交杯酒。

分别后你们很少通信，你出差路过大理也只是看他一眼就走，从不过夜，怕影响他复习。

丈夫辛辛苦苦地复习着，一次又一次地走进考场，衣服、裤子、床单、被面，都被烟头烧出了很多洞。他还常把烟倒着拿，以防烧着东西，又不知多少次烫了嘴。那些时日他几乎忘记了你的存在。你很后悔：为什么鼓动他走这条艰辛的路？

第三次考试结束，你小心翼翼地问："今年的分数出了没有？"

"分数已经出了，外语差 2 分。第一年是政治分数不够，第二年是专业科目差3分……"

三年,他白努力了。

年龄已不允许他再考了。

你说:"商量商量今后的事情吧。"

他说:"好吧。"

局里很想把他调过来,当子弟校的校长。

他欣然同意,并感激局领导对你们两地分居的关照。

局里派专车把他连人带家具接了过来。

林业子弟校是一所从小学一直到高中的综合子弟学校,教学质量不太好,之前没有一个考进大学的。他接管这个学校后的第一个学年,学校的升学指标有了突破。

那天,他紧紧地把你抱在怀里说:"你像少女那般天真可爱,这是我的福气。研究生没考上算得了什么?现在是应该反过来帮你复习了。你应该读书了,不然十年后就会被淘汰。"

他兼起了家庭教师,每天晚上给你讲课、布置作业,你觉得他不仅像兄长,还更像老师。

你曾仰望别人的幸福,而你的幸福亦被别人仰望。

但幸福不是用来给别人仰望的。

什么样的命运在等待着你?

第四章 师路风雨

1. 生命的苏醒

如今，你的名字已经被联合国相关机构关注并传播开来，你以中国山村教师的身份被这个世界不同肤色的人们颂扬和敬重。

你感恩时代。数千年来，中国都是以农立国，中国革命的成功亦是"以农村包围城市"而取得的。新中国成立后党和政府就重视农村的基础教育，你位于北国边陲的家乡村庄建起了小学，乡里建有中学。得益于"男女平等"的国策，人民政府自建立起，便开办识字班，帮助妇女学文化，扫除文盲，也使你"小老五"一路顺利地从小学读到初中。国家的教育价值取向在城乡差别不大，小学、中学老师配备齐全，大都是师范、师专毕业的学生。校领导多为老教师担任，校风清廉，关爱学生。不论是把蛇从学生裤子里甩出来自己晕倒在地的女老师，还是你恶作剧用毛毛虫惹恼了的班主任，还有那次你差一点儿被狼吃掉深夜在你家等你归来的老校长，以及那个让你气得要死却让你跳级的教导主任，他们共同把良好的师德师风传递进你生命的密码之中。但你在人生的规划中，没有想过有一天会成为一名山村老师，并且把"蛋糕"做大。

你的从教之路甚至带着一丝灰色幽默。

你从一个懵懂少女，跟随姐姐从牡丹江畔辗转万里来到云南中甸。你当时并不知道，这个位于迪庆州的高原之地，就是今天世人神往的香格里拉。

在这个叫香格里拉的高原上，有一只神秘之手，让你的命运在此发生戏剧性的嬗变。

初到中甸林场（林业局），领导为你的工作安排费尽了心思，你多次调动。

从新林场调到老林场后，先是安排你当了一名检尺员，负责树木尺寸的测量，工作不太累。之后你又顶班去当了会计，年底账目对不上，把你一年的工资填了进去。然后你又当了统计员，这项工作起码不需要自己搭钱了。那时候林场的职工大都没读过几天书，全凭体力工作，领导把你当文化人高看一眼。

林场要自己养猪，改善职工生活，场长说："张桂梅，你来设计个猪圈吧。"

你设计的猪圈很快建好了，结果买来的猪崽头进了圈，屁股进不去，你竟然天真地和看热闹的职工一起哈哈大笑，场长也笑了："啥文化人儿啊！"

当然，经过一番改造，猪崽都进了圈。

有趣的是，场领导让你当了团支部书记。

你活泼、热情、乐于助人，人际关系好，能歌善舞，喉如金丝鸟，肢若雁翅惊，喜欢参与组织场里的文艺演出、节日活动做主持人等等。林场有大型集会，领导总会点名让你去忙会务。布置会场时，你大大方方地登上讲台，当着会场的职工"喂、喂"试一下扩音器的效果，台下的职工们喜欢看到你清纯的样子，在下面起哄"唱一个、唱一个"，你向全场回报一个美丽的笑容，飘然而去。

在领导眼里你还是个"笔杆子"，写写工作总结材料、汇报材料，下发通知，你连写带印发，干得利利索索、乐此不疲。"猪圈事件"跟你的这些优点相比算个啥？

林场有许多来自上海、广东等大城市的知青，你"姐姐""哥哥"地喊着他们，他们也把你这个团支部书记当成小胞妹无话不谈。

你发现了一个秘密：他们的年龄都很大了，但却都不谈恋爱、不结婚，除工作之外，不分白天黑夜地拼命学习。他们这是为了什么？

那时候你忙于工作，很少读书。

知青哥哥姐姐们悄悄告诉了你一个秘密：国家有一天肯定会恢复高考。哪一个国家会不要高等教育？没有文化的军队是愚蠢的军队，没有教育的民族也一定是个落后挨打的民族。

你似乎听懂了这番话的重要意义，可是你怯怯地说："我中学学的东西都半生不熟的，怎么敢梦想考大学呢？"

"我们帮你。"

这是你与人为善获得的"报酬"！

知青哥哥姐姐们唤醒了隐藏在你生命深处对知识的渴望，你加入了这支向文明进军的队伍，一起学习、补课，他们不厌其烦地帮助你，你和他们结成了命运共同体。

目标：高考！高考！高考！

你能如愿吗？

2. 初登讲台

令你没有想到的是，你被生活捉弄了！生于人世，极少有人不曾被生活捉弄过。起伏跌宕、悲喜交加、祸福相依，不仅造就了旷世英雄，也造就了曹雪芹、莎士比亚、雨果、托尔斯泰等这样伟大的文学家、戏剧家。可以说，世界上所有伟大的文学作品的主题，都能归纳为一句话：命运的捉弄！

你的天资加上知青哥哥姐姐们的帮助，第一年你便考过了大学本科录取线。这时你才发现，你囊中羞涩，无父母可助学，无亲友可求资，当时又无助学贷款，出于自尊，你不愿向任何人开口借钱，你与久久向往的大学失之交臂。

你不向命运低头，第二年继续参加高考，又跃过了录取线。奇葩的是，你的档案竟然不知在哪个环节丢失，录取你的大学有你的名字和分数，但是却没有你的档案，不能予以录取。

命运无情地挑战，你毫不客气地应战，继续边工作边复习。

苦难伪装成机遇，引诱你参加了第三次高考。此时已进入20世纪80年代，已经有了应届高中生，他们犹如一支装备优良的正规军走上了战场，你作为一个"游击队员"，在他们面前失去了一切优势，紧张、自卑、恐惧、焦虑、害怕失败。在进考场填表格的时候，你忽然头脑发蒙，竟然不知自己是何人。你举起右手，招来了巡场的监考人。

他们是教育局的工作人员，你是县里的小名人，他们都认识你："有什么问题吗？"

"老师，我叫什么名字？"

严肃的考场上爆发出哄堂大笑。

"你咋的了？"

"我脑子发蒙，真的想不起自己的名字了。"

"你叫张桂梅，张桂梅！想起来了吧？"

西方著名数学天才布里奇曼，曾在一次给朋友寄包裹时，忘了自己叫什么，便问校园里的学生："我叫什么名字？"他的学生告诉他："你是大名鼎鼎的数学家布里奇曼啊。大概数学界没有人不知道你，你怎么忘了自己的名字呢？"

你有了一个和数学家异曲同工的故事。

考场的笑声中潜伏着你的厄运——你丢失了良好的应考状态。答卷时脑子蒙蒙的，考卷中有一道题："高原之舟"是什么动物？你在林场几乎天天看到牦牛，你信手写上：骆驼。

你何曾见过"沙漠之舟"？

第三次参加高考之前，你已经结了婚，丈夫全力支持你高考，你的家成了只有一个"学生"、只有一个老师的课堂。每天晚上，丈夫都认真地为你授课，指导并修改你的作业。你喜欢吃甜食，他的衣兜里随时都装有各种糖块，你困了，他掏出一块糖，轻轻剥开彩色的糖纸，塞到你嘴里，你回应他一个婴儿般的微笑，生活变得如糖一样甜蜜。你高考落榜后，曾被挫败感夺走了快乐，他随手掏出糖块，以期唤回那份甜蜜。

这时生活递给你一支又酸又甜的糖葫芦。

林业子弟校由于人事调整，缺语文、历史老师和班主任。丈夫把这消息告诉你，试探性地问你是否有意愿去当老师。他说："教书能够学些知识，还比较稳定，看你到处跑，多累呀！"

你以小女人的想法度丈夫之心，认为他的真实思想是怕你当团支部书记接触面广，担心你会移情别恋。

你小时候就有着极强的表现欲，看着老师在讲台上讲课仪态万方，你敬畏而崇拜。最后你答应去品尝一下当老师的滋味。

机关领导也鼓励你："先去试试吧，位子给你留两个月。不习惯就再回来上班。"

而你忧虑的是，没有读过师范，也没有进过大学的门，一个中学生去教初中班，有些怯场。

你毕竟是你，越是面对挑战，越是来劲。你一路走来，见过多少老师讲课，老师能做到的，你也必将能做到。

你精心挑选服装，整好发式，把自己打扮成老师的模样，第一次勇敢地登上了正式的讲台。

讲台下面坐着一群活泼的初中生，一双双黑亮的小眼睛，可爱又逗人。你内心一激动，脱口而出："同志们好！"

课堂上一片哄笑。

你回过神来，赶紧改口："同学们好！"

下面异口同声回答："老师好！"

声音清脆而响亮。你竟然热泪盈眶，感受到为人师的崇高和神圣：你居然肩负使命来教他们学习知识，参与进他们的成长之中。

你第一课讲的是《谁是最可爱的人》。

当你在黑板上写字时，忽然听到下面有人窃窃私语。

你回头大声喝道："不许讲话。"

课堂上安静下来。可是，你回头一看，一个个小脑袋东张西望，没人看黑板，这是怎么回事儿？

原来，有两个学生的座位突然空了。教室窗子没开，门也没开，两个学生去了哪里？

你走下了讲台，走到课桌空位上一看，两个小男生竟坐在冰冷的水泥地面上，手里玩着石子，鼻涕流到了嘴巴上边，一抽一抽地，衣服的前襟和袖口油亮亮的，脏得不成样子。你真想狠狠训斥他们，并把他们赶出教室。

学生的注意力全部集中到了你的身上，你的脸上火辣辣的，恨不得有个地缝钻进去。正好，下课铃声响了。

你连"下课"都忘记了喊，尴尬而愤怒，气冲冲地走出了教室。你听到了身后喊喊喳喳的议论声：

"还老师呢，黑板字写得那么难看，像高射炮一样。"

"这个老师脾气好大哟。"

教室空了，你又反身回到教室，看了看黑板上你留下的粉笔字，第一个字在黑板中间，最后一个字已经顶到了黑板右上角。你恍然大悟，为什么你越写越累，还觉得手够不着，因为你往黑板上写字时没有掌握要领，最后把脚跟提得越来越高。

你一下泄了气，这堂课搞砸了。

还当不当老师？

3. 优秀班主任

你含着眼泪回到办公室,同事们向你投来诧异的目光,问你怎么了,谁欺侮了你。你川剧变脸似的闪出微笑:"没事儿。"

你决心不再去上课了,当老师的崇高感、神圣感已经荡然无存。你想起爸爸生前曾说过的"家有二斗粮,不当孩子王"。

一个人在办公室哭够了,午饭也没吃,你决心回机关,干老行当。

忽然,你听到了轻轻的敲门声,声音带着一种温柔的谨慎。

一个人命运的改变,很多时候是从敲门声开始的。是命运之手来敲门了吗?

"进来。"你的声音依旧有些生硬。

六个稚嫩的小身躯,六个带着童颜的小脑袋——确认了眼神儿,你认出是你上第一堂课的学生。

六个学生轻手轻脚地走到你面前,带头的是个小女孩,梳着两条小辫子,圆圆的小脸蛋上有两个可爱的小酒窝,小脸红扑扑,那是高原紫外线照射的馈赠。她穿着花格小棉袄、深蓝裤子、黑布鞋,双手捧着一个饭盒,像捧着贵重的国宝,递向你:"老师,吃饭吧。这是我妈妈特意为你做的。"

之后,她开始介绍,她是班里的学习委员,其他几个是班长、体育委员、劳动委员、文艺委员……全是班干部啊。他们都低着头,偶尔互相做个鬼脸。孩子们用这种方式表达了对你的关心,你能拒绝这种带有纯洁童心的爱吗?

你接过了饭盒，一边吃着女孩妈妈做的午饭，一边听他们七嘴八舌向你讲述这个班的事。

这所学校，建在雪域高原的一个小平坝子上，是林业局的子弟学校。林业局的职工大多来自云南各地的多个民族，干部大部分是从东北边远地区迁来的，文化素质参差不齐。学校的学生除了林业局职工子女，也有附近一些藏族同胞的子女。

这时候你才知道，坐在同一课堂里的几十名学生，并不在同一起跑线上。学生家庭贫富差距很大，学生的素质相差更大。这个班是初二。一次，老师带学生们上山春游，结果丢失了一个学生，再也没有找回来，生不见人，死不见尸，班主任为此被调离。

"一个多月，我们没有班主任，也没有语文老师，好不容易盼来了新的班主任，我们都非常高兴。"

"老师，听你第一次上课，你的声音像唱歌一样好听，别提我们有多开心了。可是，看你在黑板上的板书，我们一下子失望了。老师长得那么美丽，板书怎么会写不直呢？我们在下面笑你，可那不是有意的，没想到气到你了。"

"老师，给我们上课吧。我们喜欢听你那甜美的声音。"

"老师，我们不会再惹你生气了。"

娃娃们承载着父母和家庭的期望，心中装满了对未来和理想的向往。他们伸出有些粗糙的小手，轻轻敲响了你办公室的门。原来，来敲门的是一群小天使。你能拒绝天使的邀请吗？

你顿时心生愧疚，也把爸爸的箴言抛到了九霄云外。你同孩子们回到了课堂。

孩子们从小生活在这个近乎封闭的高原上，不知道外面的世界，只能在老师的教学中，听老师描绘外面的世界，知道宇宙、地球、人类的历史和文明。师者用嘴和粉笔，唤醒他们心中的渴望，让他们畅游知识的海洋，通过接受教育成长为人，立足于社会，去实现童年的理想。

小天使们的敲门声，使你的命运从此改变！

雨果说："人生下来不是为了拖着锁链，而是为了展开双翼。"

愚昧是人世间的锁链，如何让人们展开双翼？

当时是20世纪80年代之初，历史留下的缺失，有待现实去弥补。教师队伍青黄不接，大多是小学毕业教小学、中学毕业教中学，一所中学里有一两个大专毕业生，算是宝贝。偏远的少数民族地区尤其如此。

你立志要做一个让孩子们展开双翼的教师。

失败的第一课，真正成为你教师生涯的奠基礼。

你开始反思，你觉得自己在课堂上发火和哭泣的样子好丑好丑，后悔不迭。

每天下了晚自习，你主动送路远的学生回家；回学校后，你在黑板上练习板书，一个月后，黑板上的字也不再歪歪斜斜的了；别的老师上课，你作为班主任在门外旁听。

孩子们察觉到了你的变化，看到你苦练了一个月的板书，你的板书之美，使他们赞赏而感动。你把讲台变成了师生心灵相互呼唤和感召之地。学生们课都听不够，一有空就围在你身边问长问短，跑来跳去，呈现出他们美好的天性。晚上你送路远的学生回家，他们又反过来要送你，师生就这么送来送去。有时中午吃完饭找过你，深更半夜又敲门找你谈心。在这种亲和的氛围中，一些学习基础较差的学生，深更半夜从家里回到学校，秉烛夜读。

你的丈夫也忙碌起来，帮你备课，招待来家求教的学生，乐此不疲。你的生活虽然是每日重复的"两点一线"，但你却感受到了从未有过的充实。

你是北方人，爱吃面条，吃惯米饭的丈夫乐于天天煮面条给你吃。

你自小就特别爱干净，自己穿的衣服不能沾一点儿灰尘。你见有些孩子的衣服油渍斑斑，就要求他们经常洗衣。可是，从小养成的习惯很难改变，你就要过他们的脏衣服，尝试着给他们洗。衣服泡进水里，泛起黑黑的油渍并散发出浓浓的膻腥味，还没伸手，你先呕吐了。吐完了，咬紧牙接着洗，直到把衣服洗干净。

你去收衣服时，发现衣服上竟然一颗纽扣都没有。

你不会使用针线。小时候姐姐说怕你浪费线，不准你学，实际上是心疼你、宠你，衣服掉了纽扣，她们抢着给你缝。参加工作后，多是女友帮忙。婚后，丈夫代替了她们，灯光下一针一线给你把扣子钉上。

总不能让丈夫也给你的学生缝纽扣吧，你开始学着缝纽扣。几个学生走过来了，其实，你在给他们洗衣服时，他们和班里的同学就在一边看到了，此刻，他们看着你缝纽扣手指被扎出血珠珠，一个个当着你的面流泪不止，有的还哭出声来。

从那天起，他们再也不让你给他们洗衣服、缝纽扣了，也不随便再往地上坐了，学习也有了明显的进步。后来，这几个学生当中，有一个参军入伍，在边境自卫反击战的战场上英勇顽强，还立了功。

你多么欣慰和自豪。

师生已经融为一体。学生们对你说:"早自习,你不用来了,我们自己上。"

你以为这是一句玩笑话。

开始的几天早上,你悄悄地躲在一边看,看到每个人都在认真地学习。你上课时表扬了他们,可表扬过后他们反而蔫头蔫脑。

咋啦?

班长和学习委员对你提意见,说你不相信他们,在暗中监视着他们。

为此事,你道歉三次,一次比一次诚恳。孩子们说:"老师,我们理解你。我们有时也真管不住自己,欢迎你继续监督。"

此后的早自习,你再也没有去监督。

值周检查的老师说:"张桂梅老师,你们班的学生学习认真,自习课比有老师在场的班还安静。"

期末,你的班被评为全校优秀班级,你被评为优秀班主任。

"张桂梅老师干什么像什么。"同事如此评价。

但也有女老师说:"就是不能生孩子,结婚好几年连个孩子都没生出来。"

这一说倒提醒了你。

丈夫下班回来,看到你独坐在床头眼泪汪汪的,问你怎么了,你直白地说:"老是不怀孕,可怎么办呢?"

"怎么突然想起这个话题呢?不过,这也确实是个重要的问题。假期咱们找个医院去查查吧。"说罢,他便为你煮面条去了。

吃完饭坐到了沙发上,他说:"今天是不是有人用这个话题来刺激你了？"

你连忙摇头："真的没有。我的男人是校长，谁敢刺激他夫人呢？"

丈夫憨厚地一笑："这不见得。不过，你书教得不错，学生也管得不错，这是我没想到的。一开始，真替你捏了把汗，看你娇娇的，一点儿都不像能吃苦的样子。不过，不要骄傲，你这点儿文化是不够用的，抓紧时间复习，考个师范吧。"

毕业季，你带的班中考成绩优异，打破了多项纪录，你被评为州里的先进教育工作者。

第二年，在丈夫的支持下，你考上了丽江教育学院，脱产读书。

离开林业子弟校那天，当你裹紧围巾拉开门时，看到朦胧的晨曦中，站着几十个学生和他们的家长！

你是一个多愁善感的人，为免离愁，你没有提前告诉你的学生你将离开，但消息还是走漏了。在启明星的微光下，他们静静地站在你的门外，像大地上的一排群雕。

你不知道他们站了多久。在你开门的那一瞬间，一个个静默的人像复活了，孩子们扬起小手，含泪呼唤着你，家长们走到你面前，把手里提着的小篮子往你怀里塞。

这是你执教以来获得的最高奖赏！

高原上的母亲和父亲们的语言是匮乏的，他们只是害羞地微笑，固执地把从家里带来的东西塞给你。你触碰到温热的篮子，上面盖着厚厚的毛巾，你知道，那里面可能是煮鸡蛋、糌粑，甚至还有可能是酥油茶。你紧紧拉着他们的手，他们的手却像冰块一样凉。

泪水滑出了你的眼窝，高原上的父亲母亲们无措地搓着粗糙的双手，几次举起想为你擦去泪水，又几次落下，有些拘谨地捏紧衣服下摆。

你自己擦干眼泪，笑着对他们说："天冷，大家回去吧。"

"老师……"孩子们带着笑容的小脸被泪水濡湿了，"你还会回来吗？"

"老师，我们会想你……"

"也许会。"你坐在车上茫然地回答自己。

那一刻，你不确定未来会是什么模样。一个人的命运，在上苍的注视下，会有多么身不由己。

果然，你没有回来。

4. 洱海之畔

丽江教育学院两年的正规学习，是你后半生献身教育事业的台阶。

你在那里接受了作为一名教育工作者应具备的职业能力、职业操守、职业道德、职业规范的全面训练，你再也不是那个冒冒失失、第一次登讲台时板书倾斜、大发脾气继而哭泣的小老师了。

从丽江教育学院毕业后，你和丈夫一同调回大理。这是他日夜牵挂的故乡。他的家乡热情接待了回乡的董校长和他美丽的妻子。

在家乡的一所中学，你们同时任教，他依然担任校长。这是一所初级中学，是新建的学校，背靠苍山，面对洱海，风景迷人，你喜欢极了。

如今，大理因苍山和洱海成了赴云南旅游者的打卡地。洱海是我国著名的淡水湖，有"高原明珠"的美誉，碧水连天，鱼翔浅底。你结婚时没有嫁妆，洱海是上天补送给你的一面巨大的穿衣镜，映照出你的美丽和幸福。而全长48公里、平均海拔3782米的苍山，也作为"梳妆台"一起陪送给你了。你欣然接受了大自然的馈赠，下定决心，和丈夫在此执教终生，不离不弃。

这里的学生也基本是少数民族，白族和回族居多。你负责教两个班的语文，一个初一，一个初三。学生的基础略高于林业子弟校学生。

学校同行都知道你是一名优秀教师，能者多劳，交给你的两个班都是差班。

初一班有个小女生，别人一吃零食，她就躲得远远的。你问她，她什么也不说。你问其他同学才得知：她的爸爸妈妈吵架分居。因为她是女孩，父亲母亲都不要她，她只得住在奶奶家。没有人给她零花钱，有时连早点都吃不上。

在你的想象中，大理是一块富饶而神奇的土地，人们生活优裕，尤其是洱海周围的村寨，是镶嵌在洱海周围的璀璨明珠，贫穷不会在此藏身。

但你没想到，学校开运动会，小女生因无钱买运动裤而不去参加体操比赛。你不相信她连买衣服的钱都没有，就先替她交钱买了运动服。

有一天，她突然头疼得直哭，你手拉手领她到医院检查。门诊开药、仪器检查，你都代她付了款。

一个有父母的孩子，可以被这样无情地冷落、遗弃吗？她有被爱的权利，你要为她讨回公道。

你一次又一次地家访，据理劝说，她爸爸和爷爷奶奶终于被感化，答应不再歧视女孩了，把你垫交的钱也都还给了你。

这个女孩又重新回到了温暖的亲情之中，学习成绩一直名列前茅，不负苍山洱海。后来，她考入了四川成都的一所大学，毕业后找到了一份满意的工作，与相爱的人结婚成家，生活幸福。

一个老师首先要给每个学生创造适宜成长的基本条件，使集体形成和谐向上的氛围。教师实现这些目标，尚没有具体评估标准，但是，学生、家长、教育工作者心里都有一杆秤。

你明白，每一个学生和家长随时都在默默而精细地衡量着老师的"良心"。

你试着改变了教学方法：课余时间，想方设法多组织学生活动，在活动中密切师生和同学之间的关系，展示学生各自的特长，让他们认知书本、习题以外的丰富的生活内容，使他们精神得到丰富和快乐。

你在和他们一起活动的过程中，敏锐地捕捉每个学生的情绪、性格、特长、短板和特别需求，你的一言一行有的放矢，对症下药，激励学生利用课堂时间努力学习。

两个年级的课，你采取了不同的教学方法，都收到了同样效果：学生喜欢，家长满意，成绩优秀，名列前茅。你所带的班级被评为校、市优秀班集体。当然，少不了董校长对你的赞美和表扬，你所做的一切又一次出乎他的意料，令他对你刮目相看。

你逐渐从实践中认识到，良好的师生关系和集体氛围，是教育人的前提，"亲其师，信其道"。另外，课堂上教学生学知识，只是学生学习生活中的一部分内容，许多知识并不都是从课堂上学到的。这就要求教师应先把课外生活组织好，让学生在班级里、在日常生活中，不断产生释放能量的愉悦感、承受期待的振奋感、接受关爱的亲和感。一句话，师生间、同学间始终处在情感、意志、知识的积极交流氛围中，这本身就蕴含着丰富的教育内容。有了这个氛围，顺利掌握课本知识可以说是水到渠成。

作为一名教师、一名教育工作者，你深知自己的使命和责任。你在林业子弟校，在洱海校园，用思索和实践去体悟着"师道"。在这两所学校里发生的故事，尚不是那么撼人心魄，但，你在这里已经开始奠定闻名联合国的丽江华坪女子高级中学之基了。

可是，你的教师之路，亦是一条曲折坎坷之路。

5. 刻骨铭心的两封信

曾子曰："吾日三省吾身。"为人师表，更应该牢记此箴言，严于律己。

正当你自以为干得不错的时候，打击不期而至。

有一天，你接到一封令你懊丧的信。

你极少收到这样的信。她是你在林业子弟校的一个学生，如今考上了大学。行文没有丝毫亲切思念之情，满篇是胜利者的骄傲和对你的轻蔑。

你平复心情，认真地把信读了两遍。你眼前浮现出一个瘦小的姑娘，个子不高，大大的眼睛，嘴巴稍向上翘，小脸蛋被寒风吹得发皴，带有高原的红润，衣服不太整洁，外衣短于里面的毛绒衣。

她出生在一个不宽裕的工人家庭，妈妈没有工作。她是长女，学习成绩一般，偶尔某个学科有点儿长进，她便会沾沾自喜，有时也不完成作业。你刚当教师不久，主观上不太喜欢她这种做派，她是个很愿意同老师交谈的学生，但你在回应她的时候往往表现得冷淡。

有一次期中考试结束宣布成绩，她考得不太好，但她脸上做出一副满不在乎的样子。你恨铁不成钢，当时就批评她："瞧你那德性，这样下去，一辈子考不上大学。"

她的自尊心受到了伤害，眼泪扯成一条线从眼窝里流了下来。

你没有管理好自己的情绪，追加了不满："哭什么哭？留着眼泪做动力吧。"

你无意用"激将法"，没想到你当时顺嘴冲出的几句话，倒真成了她学习的动力。从那以后，她少言寡语，很少到你面前来，你喊她，她才来，不喊，从不主动靠近你。她的学习成绩在明显进步。你在班里表扬过她几次，她并没有流露出高兴的样子。

岁月很快湮没了往事。

但有些事情是不会被岁月湮没的。

在你的童年，老师一句"笨蛋"引发的一系列事件，你不是仍记忆犹新吗？你是否复制了你童年的故事？

老师几句严厉的批评，就致使一个学生心灵受到这么深刻的伤害，漫长的岁月都无法把它抚平。

你感到深深的愧疚：爱护、尊重每一个学生，是教育的出发点。教师的言行，要充满大爱，这需要不断矫正个人好恶，对所有学生都一视同仁。做到公平、公正，这是教师的基本品格。教师自我情绪管理偶一放松，就会伤害到学生。学生受羞辱而产生的愤懑，积存在心里是会发酵膨胀的。尽管事过已久，她还要通过写一封迟来的信讨回公道，要回自己的尊严。

你对当初的过失追悔莫及！

你当即给她写了回信，说了声迟到的"对不起！"

不久，你又收到一封信，得到另一个令人震惊的消息：在林业子弟校你教的第二批学生中，有一个初中还没毕业，就被送进了少管所。

那是初一第一学期开学，新书发完了，有一个同学迟迟不交书费。你以为他家生活困难，就替他付了书钱。可是，别的学生告诉你："张老师，你不要替他付钱，他家有钱。"

你觉得奇怪，有钱为什么不交呢？

你去问他，他低着头不回答。期中考试之后，你决定去他家走访。

他领着你进了家。屋里没有人，东西摆得乱糟糟的，不知从何处下脚，屋子里酒气扑鼻。

他找来小板凳，让你坐下。你让他说说家庭情况。

还没开口，他的眼泪流了下来："爸爸是个工人，因为酗酒，家里就什么都没有了。妈妈因此跟爸爸离婚走了，扔下我和爸爸生活。后来，爸爸酗酒更厉害了，经常打我，我也就不敢向他要钱……"

你听后非常气愤："居然会有这样的父亲！"

你决定，今天就在这儿等着他父亲回来。

等了将近两个小时，一个中年男子手提酒瓶出现在你面前。

他瘦高个，背微驼，表情不怎么凶。你悬着的心放了下来。

你对他说："我是你儿子的班主任，今天到家里来看看，把你儿子的情况向你谈谈，行吗？"

他说："行啊。"

"你儿子很懂事，学习也非常努力，成绩也很不错，是个好孩子。"

他问："在全班排在第几名？"

"班里没有排过。因为，全班的成绩上下差不了多少，这回是他比别人稍高点儿，下次又是别人比他稍高点儿。"

他又问："别的班都排，为什么你不排？"

"如果家长要求排，我可以排。不过，你不要被名次所迷惑。"

他说："我想看看我儿子在第几名。"

你毫不客气地说："我想知道你在林场的工人当中排第几名。"

他不作声了。

"你身为人父，却不尽父亲的责任，天天提个酒瓶子，毫不关心儿子的生活与学习。今天我来了，你只关心他第几名，为什么不问问他吃饭了没有？吃饱了没有？书费交了没有？有谁在替你尽父亲的责任？"

他低下头不再说话了。

沉默了十多分钟，他抬头说："老师，你是不是有事儿？"

你说："是的，你儿子没有钱付书费，我特意来家看看的。"

他的手往衣袋里去摸，什么也没有摸出来。

你说："不要找了，我已经把钱付了。"

他的头垂得更低了。

你接着说："请你戒了酒吧。或者少喝点儿，省下钱来给儿子读书，好吗？"

他似乎被感动了，抬起头说："试试吧。谢谢你，我尽力去做。"

你起身告别，他们爷俩把你送出了门，直到你走出很远。

此后，你每天都要问问这个孩子吃过饭了没有，爸爸还喝不喝酒，还打不打他。家访后的十多天中，他爸爸真的改了许多，酒喝得少了，还每天给孩子一点儿笔墨钱和零花钱，儿子也比以前上进了。

可是好景不长，生活在愚昧中的父亲的老毛病又犯了，整天喝得醉醺醺的，经常把孩子脸上打得青一块紫一块的。

有一次，你站在教室的窗外，看孩子们上别的老师的课，发现那个孩子的座位空着。下课后，你问了上课的老师，才知道这个孩子最近经常缺课。不是你的课，他几乎都不上。你是班主任，别的老师还以为他向你请了病假。

不大的小平坝子，周围就是村庄和牛羊、青稞，一眼能看出很远。他会去什么地方呢？你决定还是先去他家看个明白。

赶到他家门口，看到锁头把门。你穿过工人住宅区，走过一片布满灌木丛的平地，你突然发现，几个小脑袋在灌木丛里晃来晃去，走近一看，几个孩子正在一起喝酒，其中就包括他。他们酒兴正浓，居然没注意你的到来。

你忍不住了:"喝够了没有?"

几个小脑袋抬起来看到了你,顿时都站了起来。他走到你的跟前,低下头一句话也不讲。

"把酒倒掉!"

几个人乖乖地把酒倒了。

"走吧,跟我回学校。"

到了学校,几个人分别回到了各班。

你没有让他去教室,带他去了办公室,问他:"这到底是怎么回事儿?"

他哭着说:"想尝尝酒的味道,没想到,喝着喝着,就上瘾了,才知道爸爸为什么要喝酒了,就想学爸爸了。约了几个同伴,把爸爸的酒偷出来,喝着玩。"

"你爸爸发现酒少了,不打你吗?"

"无论我犯不犯错误,都要挨打的。"

"你喜欢你爸爸喝酒吗?"

"不喜欢。"

"那你为什么还要喝呢?"

"我帮着他把酒喝完了,他就少喝了,就可以不醉了,就不打我了……"

你和他谈了很多很多。这是一次关于生活、生命、屈辱与尊严的谈话,你一边谈一边不由自主地哭了出来,他也陪着哭。

你留他吃完饭,把他送回了家。从此你把他列为重点关注的学生。

在你任班主任的一年中,他的学习成绩很稳定。虽然偶尔犯个小错误，但很快能够改正。你也经常警告他爸爸："不许随便打孩子。"他爸爸爱喝酒的毛病没改，但很少打他了。

当你接到大学录取通知书，收拾好行装准备上学的时候，全班同学和家长都来送你，他也在里面。大家凑钱买了很多吃的，师生一边吃，一边谈笑，你对他特别不放心——他意志薄弱，禁不住诱惑，一年来，帮他养成的好习惯还很不稳定，要靠老师来监督、提醒。你当时想：如果你能把他送出初中，让他能够学会自律就好了。

你的目光总是扫着他，他也恋恋不舍地用目光望着你。你走过去，拍拍他的肩膀。

他懂事地对你说："放心吧老师，我会管好自己的。"

你的离开，使他在还没走上社会的时候，就进了本不该属于他这个年龄的人去的地方——读初二的下学期，他因偷别人的钱，数目还很大，被送进了少管所。

你呆呆地看着信笺，眼前浮现着你们相处时的一幕一幕，他小小的影子，总在你眼前晃来晃去。

你含泪在心中念着那句名人之言：救救孩子！救救孩子！

你失眠了。

丈夫问："你怎么了？怎么像国家总理一样忧国忧民啊？你这样活得多累。当一辈子老师，什么样的学生都会遇到的，任教期间不出事，就足够了，你能管他一辈子啊？"

"既然教了，就要管他一辈子，就应该让孩子有尊严地生活。他进了少管所，这算怎么回事儿啊？哪里出了问题啊？"

对着月光，你久久思考着一个问题：作为一名中学老师，是孩子们宝贵青春期的保护者、教育者，分数绝非他们成长的唯一依据。帮助青春期的孩子确立正确的人生观与价值观，奠定扎实的人格基础，这才是一名中学老师要解决的最重要的课题。

孩子们毕业了，放飞了，作为一个与他们青春期相伴的教师，是否应该在以后的岁月里经常对他们回望？同时借此省悟为师之道的终极意义和价值？

一个向你写来泄愤的信，一个锒铛入狱，他们也一定会扭头回望和你相处的青春岁月，从结果中寻找造成他们命运各异的原因。

我们的教育应该有回望。

你心情沉重，深入思考着教师的职责到底还有哪些曾被你忽略。

6. 美丽的生活

皓月当空，你和丈夫坐在三楼的阳台上，看着那被人千古称颂的洱海月，听着回荡在下关山谷的风声。丈夫弹奏三弦，你唱歌，歌声在夜空中飘向洱海，飘向苍山幽深的山谷。

你度过了生平最幸福的一段时光。

有爱的地方才是家。

你的生活充满阳光，充满欢乐。只要丈夫开会是在大理当地，再晚都会赶回家和你一起吃饭。

董校长疼爱地对你说："桂梅，如果我不在家你是不是不好好吃饭？久而久之会把身体搞坏的。"他知道你是一个不爱做饭的妻子。

如果离开大理出差，回来时，他身上一定是挂满了大包小包，未进门就高喊："桂梅，快来看我给你带了什么回来。"

你疾风一样扑出门，接过行李就开始翻各个包包，包里面装满他给你买的各种衣服和零食。接下来的场景就是优秀女教师张桂梅一边嘴里吃着东西，一边在不停地试着衣服，含糊不清地问校长："这件漂亮吗？这件怎么样？我穿这件是不是很好看？"

董校长靠在沙发上，很有成就感地给每一件衣服做着点评，并欣赏你穿着合体的新衣服装出走 T 台步的样子。等你试够了，他又帮你把衣服收回衣柜，再把买回来的各种零食放在书桌上、沙发边、床头柜上，每个角落都会放满零食，甚至当你换穿衣服时，也经常会在衣兜里掏出惊喜。

董校长对你说："我要让你不管在哪儿都伸手就能拿到甜蜜。"

他的宠爱几乎变成了纵容，他对你敬之如宾，而你，撒娇撒泼像一个被父兄溺爱着的小女孩，任性而幸福地生活着。

每个日子都涂抹着幸福。星期天，你们常常骑上自行车到洱海边。你的自行车是小轮款，丈夫看你骑得很卖力，便放慢速度陪着你。你有时故意放慢速度，骑行便变成了一场"自行车慢赛"。他骑的是大轮自行车，扭来扭去几欲摔倒，他干脆扛起自行车陪你走，装出很吃力的样子。谁说他没有幽默感？

你们来到了美丽的洱海边。洱海是上天送你的穿衣镜，波光映照出你的幸福。你非常满意拥有如此美丽的生活，你要让这一切全都映照于洱海这面大镜子上。

湖边草地上盛开着格桑花。你喜欢热烈的红色，丈夫在万花丛中躬身采摘一小朵红色的格桑花，别在你的衣服上，立时点燃了你青春的妩媚，一个站在课堂上威严而不失亲和的女教师，在山海之间变成了一个呼吸着自由空气的美丽少女。

累了，你们坐在湖边的石椅子上，一簇簇白色的海菜花，随波浪涌至你们面前以示祝福。

这时，丈夫拿过旅行包，从里面拿出各种零食和饮料，放在石椅中间，让你享用。

他不吃零食，拧开水杯饮着他在家里泡好的茶水。

当你嘴里发出嗑瓜子的声音时，你耳边响起了一个浑厚的男中音的诵诗声：

……其形也，翩若惊鸿，婉若游龙。荣曜秋菊，华茂春松……秾纤得衷，修短合度。肩若削成，腰如约素。延颈秀项，皓质呈露。芳泽无加，铅华弗御。云髻峨峨，修眉联娟。丹唇外朗，皓齿内鲜。明眸善睐，靥辅承权。瑰姿艳逸，仪静体闲。柔情绰态，媚于语言……

穿越千年的《洛神赋》，抑扬顿挫，起伏跌宕，惊鸿之韵，感动洱海。

你听呆了。稳坐在石椅上的丈夫，借一首古赋，抒发他内心的热烈。你第一次听到有人把《洛神赋》用平凡的语音演绎得如此生动感人。

但你却撒起了娇："你心里竟然还想着别的女人，你这个校长怎么当的！"

丈夫抓住你的手,传递着他的体温,说:"桂梅呀,你就是我身边的洛神。在我心里,你比洛神更生动、更具体、更美丽、更有人间烟火味儿。曹植的《洛神赋》,表达的并非具体某一个女子,可能是一种理想、一个神话。"

他伸手抚摸了一下你的头发,满含深情地端详着你,讲课似的又继续说:"曹植一生不得志,看透了人世间的残酷争斗和社会的冷漠。人,生而向往幸福。曹植作为一个诗人,同所有人一样向往美好的生活,向往没有污染的大自然、有序的国家治理、和谐的人际关系、公平公正的法治社会、贫富差距的缩小、对社会文明发展的共享,甚至渴望永生。也许曹植是借一篇《洛神赋》,把他对美好社会的向往拟人化,留下了这篇千古绝唱啊。"

"我敬爱的校长,看不出,你还是个理想主义者哪。"

校长回答你:"理想的太阳升起于欲望之海,因而,她充满了曲折和苦难。"

你和丈夫工作、生活的地方是大理喜洲古镇,有许多古色古香的传统建筑,这片土地养育过不少英才,巍峨的"题名坊"可以做证。

喜洲镇离蝴蝶泉很近。20世纪50年代一部叫《五朵金花》的电影惊艳了国人,一首动人的歌曲也传唱开来——

女:大理三月好风光哎,
　　蝴蝶泉边好梳妆,
　　蝴蝶飞来采花蜜哟,
　　阿妹梳头为哪桩?

蝴蝶飞来采花蜜哟，
　　阿妹梳头为哪桩？

　男：蝴蝶泉水清又清，
　　丢个石头试水深，
　　有心摘花怕有刺，
　　徘徊心不定啊伊哟。
　　……

优美的爱情对唱，成为一曲美好生活的颂歌。
你亦在蝴蝶泉边留下甜美的歌声——
学校放假前开联欢晚会，有老师提议："董校长弹三弦，张老师唱一个！"

这是一个多么美丽的节目！
这种机会你是不会拒绝的。你们夫妇一同登台，三弦响起，你的歌声紧紧相随：

　　麦苗儿青来菜花儿黄，
　　毛主席来到咱们农庄，
　　千家万户齐欢笑，
　　好像那春雷响四方。
　　……

优美的歌声、三弦的伴奏声和热烈的掌声，飘荡在蝴蝶泉边的夜空中。

可谁能想到，这竟成了"绝唱"！

7. 爱情之殇

这是你和丈夫第一次合作文艺演出，没料想，也成为你们人生的最后一次"妇唱夫随"。这是你在洱海留下的最后歌声。

厄运和苦难，有时会让华丽的仪仗在前面引路，它诡异地隐藏在后面，冷不防冲进一个人的命运之中。

丈夫不知为什么，身子总是软软的，打不起精神来。你坚持要陪他去医院看看。

丈夫一直拒绝去医院，他要省下钱来给你买吃的、穿的，觉得自己正当壮年，有些不舒服，吃点儿药就可以挺过去。

你看着丈夫一天比一天消瘦憔悴，便硬拉硬拽陪他去了医院。

当医生把所有化验单仔细看完后，说："我们也不敢下定论，建议你们去上级医院再做个全面的检查吧。"

医生职业性的语言带着暗示，这往往是厄运的前奏。

医生说："现在我就可以给你们开转院证。"

你不断追问医生到底是什么情况。

医生支使你丈夫到楼下药房去取药。

丈夫拿着处方走后，医生面带同情地告诉你："你爱人可能是胃癌。陪他到另外的医院再确诊一下吧。"

医生的话不啻一声晴天霹雳，震得你眼前阵阵发黑，双腿发软,后面再也听不清医生在说什么。

记不得那天是如何回到的家,你沉浸在悲伤无助的情绪之中。

你的丈夫,那个天底下对你最亲最好的人,会被死神之手拽走,永远离你而去吗?

你控制不住从心底弥漫出的恐惧,丧失了正常语言能力,对丈夫不知该说什么,对世界的认知被彻底颠覆,人生的一切瞬间都似乎毫无意义。

绝望的情绪持续了几天后,你忽然爆发出莫名的力量,你要像贝多芬那样,去扼住命运的咽喉,尽你生命的一切力量,让丈夫活下来,你要带他去昆明的大医院,你要紧紧拥抱住这个生命,和他生死相依。

你翻箱倒柜,找出家里的存折,却发现,存折上并没有多少钱。

你透支了幸福。

钱都被丈夫平日给你买了吃的穿的。

你坐在地上放声大哭起来,哭得像个幼小的女童。哭过后,忽然你又心存侥幸:医生说是"可能",并非最后的判决书。

你收拾好简单的行囊,陪同丈夫到了省城,住进了一家权威的医院。

两天后,你拿到了活检结果:胃癌晚期。

你昏昏沉沉地走到了住院部门口,实在憋不住了,坐在门口楼梯上放声大哭起来。

善良的人们围过来,询问劝解,你根本听不进去。一直到哭累了、哭够了,有个中年男人劝你说:"别哭了。先想办法把这个诊断书改改，重新弄一张。不然，让病人看到这个诊断书会吓死的。"

一番话提醒了你。你找人帮你重新编写了诊断书。

回到病房，丈夫问："你怎么这么久才回来？"

你装作若无其事的样子，把诊断书递给他。他抬头看到你红肿的眼睛，询问："你怎么了？"

你回答道："可能感冒了，又被风吹到了眼睛。"

好在他的注意力都在那张诊断书上。他反复看着诊断书，像在破解一个深奥的谜团。

医生通知三天后出院，建议你去找更好的医院。

你到处找朋友帮忙，最后找到了一家医院。等护士长安排好床位，没想到主任医师拒绝接收："我没有把握让他下手术台。肿瘤已经转移了。"

刚刚升起的希望顿时破灭。

关键是，如何回去对丈夫说呢？

当年你第三次参加高考，紧张得在考场上忘记了自己的名字，而这时你竟然忘记了医院的大门在哪里，左拐右拐失去了方向，后来还是一位好心人引路，你才走出大门。

你回到丈夫身边，他看着你疲惫不堪的样子，心疼地说："不就是个胃出血吗？你还憔悴成这个样子，至于吗？"

你不敢回话，怕一张口就哭出声来。

第二天，你勇敢地走进省教委领导的办公室，如实讲明了丈夫的病情，请求帮忙转到省城更好的医院。领导极为关切，表示一定想办法给他治病。

领导派了车，直接送他进了省城另一家医院。

此行暴露了真相。这个医院的全部设施，都标有"肿瘤"两个字，等于是死亡的广告词。

住进医院短短两天，他就瘦成了一副骨头架子。一个男人的精神被命运彻底摧垮了。

手术过后，医生私下告知你，他只有两个月的生存期。

自此，你几乎天天以泪洗面，还没有养育儿女，他却要走了，留下你孤零零的一个人。

为了推迟这一天的到来，你尽心尽力地护理他，只要听说有药方能治这种病，无论多贵的价钱，都买来给他服用。

这也许起了些作用，他活了一年零两个月，超出了医生的预期。

这一年零两个月的时间，也是你们相伴的最后时光，因为彼此都懂得有些东西失去不可复得，都更加珍惜对方。

第一次手术化疗出院后，他把家里的存折拿出来，虽然上面钱不多，他还是把钱转存到你的账户里。

这让你更加心如刀绞。你背着他把存折里的钱取出来，给他买吃的用的，买公费医疗不报销的药品。

有一段时间，他恢复得像个健康人，你们甚至能像以前那样，骑自行车到洱海边散心，到集市去买菜。你继续上着两个班的语文课。漫天的乌云似乎在慢慢飘散。

他兴奋地说："我好了！你安心上课，去研究实践你那民族教育方法和规律，我在家给你做饭，当专职厨师。"

你不懂古人说的回光返照。

第二次化疗之后,丈夫感觉很不舒服,你决定陪他提前去做第三次化疗。

一检查,癌细胞已扩散至全身。你和丈夫都意识到天命难违,来日屈指可数。你们相拥痛哭。

他的遗产只有爱。他嘱咐你:"不要哭,一定要坚强地生活下去。"

他很少流泪,此刻他眼窝里却滚着晶亮的泪珠:"梅呀,真的对不起,不能陪你到老,也没有给你留下什么遗产,钱都让我一个人花光了。你自己孤零零的一个人,以后可怎么办呢?"

预付款花完了,医院停止了救治。那时候没有手机,为了让他多活些日子,你到邮局打电话四处求援。所求皆无果后,你把最后的希望放在教办,颤抖着手拨通了电话。

当你小心而满怀希望地说出想借钱后,电话里是长时间的沉默。你的心在沉默中一点点凉了下去。

"张老师,教办现在也没钱。要不,你试试贷款?"电话里传来艰难的声音。

挂了电话,你蹲在路边捂着脸失声痛哭。贷款手续繁杂,插着氧气管的丈夫能等到贷款吗?

领教了人间冷暖、世态炎凉,连药费都筹不到,这算什么妻子呀!

你有生以来第一次体味到钱的重要性。

你六神无主地走在茫茫人海中,心中充满了孤独感。来来往往的行人与你素不相识,没有帮助,没有关切。

带着绝望的情绪回到医院,看着昏睡中的丈夫被病痛折磨得憔悴不堪的脸，你泪如雨下。也许天堂没有疾病，没有痛苦。你缓缓伸出手："别怕，老公，我会陪着你。他们说拔了氧气人会走得很快，快得你感受不到痛苦。我没办法看着你受这样的折磨，我借不来钱，我不配做你的妻子，但我可以一直陪着你，从人间到天堂。"

就在你的手触碰到氧气管的那一瞬间，丈夫虚弱地睁开了双眼。

"梅，对不起……"丈夫艰难地开口。

泪水瞬间滂沱而下。你抱住丈夫痛哭起来。

"你要好好活着，就算替我活着吧。"丈夫说话已非常费力。你制止他继续说下去，使劲点着头。

生死离别，就在一吸一呼之间。

死神来得如此迅捷，1995年2月24日凌晨1点20分，丈夫停止了呼吸，永远地闭上了眼睛！

你含泪给他擦身子，为他穿上事先买好的寿衣。

你不敢哭出声音，周围的病房都是同类病人。

回到招待所，你疲惫地和衣倒在床上，刚闭上眼睛，却见他站在你床前，满脸痛苦地问你："我的肺里为什么有水？"

你一下惊醒了，放声痛哭到天亮。

早上，你带着为他买的最后一次早餐，到太平间给他送早饭。他的躯体已经冷冻，被白布包得严严实实，你这才意识到，你和丈夫真的天人永隔了。

回到招待所，你还要等待单位拨付火化和殡葬费。

单位送来一纸红头文件，说暂时无法拨付此费用，火化和殡葬费用只能个人先垫付。

姐姐借给你 5000 元钱，把他送进了殡仪馆。

你捧着骨灰盒，连夜坐长途车回到了大理。

按当地的风俗习惯，死者骨灰不准进家。你借了一家饭店的小院子，找了张写字台，把他的骨灰盒放到上面，学校领导和老师在那里开了个简单的追悼会，之后几个同事陪着你把他送到苍山上下葬。

你在朋友的陪同下，回到了你们那间屋子。物是人非，你顾不得有多少人在，放声大哭。大家与你同悲。

你们都曾坚贞地相互表达过爱的盟誓：执子之手，相伴白头。

你永远不会忘记，在他临终前的那个夜晚，你们一夜无眠。惨白的月光，洒落病房。那一晚，他讲了许多话，无奈的愧疚，割不断的牵挂，对你以后生活的忧虑。他不会再有出差的机会为你买回你喜欢的零食和衣服了；他不能再细心认真地帮助你备课到深夜了；他更不会和你在晚会上双双登台，让他的琴弦追随你甜美的歌声了；他也没有机会，匆匆从会场赶回家系上围裙，为你煮一碗可口的面条了；他再也没有机会，悄没声地在你上课的窗外，听你清脆的讲课声和与孩子们严厉而亲和的交流了……

清晨，当你拉开病房薄薄的窗帘时，你诧异地瞪大眼睛，看着病床上发生的让人心碎的一幕——

丈夫的头发、胡须竟然全部变白了！

静倚在病床上的丈夫，顶着苍苍白发，如一座无语的冰雕……

8. 碑从心来

中华自古多烈女。

你自童年起便有超乎常人之举，而今，你又有了超乎常人之举。

苍山新土丘，却无石碑立。

丈夫治病，财力耗尽，你囊中羞涩。

而你的丈夫，你挚爱的人，一个学校的校长，不能没有石碑——石碑是他永远站立着的灵魂！

你步履蹒跚，登上苍山，寻找到一块硕大而不规则的苍山之石——够了，人生本来就不规则、不完满。

你找人把石头移到丈夫长眠的土丘前。

你用粉笔在上面写下碑词，写下你和丈夫的名字。

你不愿假他人之手来镌刻这座心之碑。

你借来铁錾子和铁锤，开始为丈夫刻一座将经历无数岁月风雨的苍山石碑。

苍山之上响起了日复一日的錾碑声。

你像个老石匠一样，在苍山石上刻下你的哀悼、你的悲伤、你的思念、你的挚爱……

你錾啊錾，一边悲伤地哭泣，一边用力地抡着铁锤，一锤锤亲手为丈夫刻出一座傲立苍山之坡的石碑。

这是留在古老华夏大地上唯一的"女儿碑"！

多少古贤者、古吟者被锤声唤醒，穿越时空与尔共殇之——

千里孤坟,
无处话凄凉。

之子归穷泉,
重壤永幽隔。

绕树三匝,
何枝可依?

冥冥独无语,
杳杳将何适。

折槛生前事,
遗碑死后名。

君埋泉下泥销骨,
我寄人间雪满头。

同穴窅冥何所望,
他生缘会更难期。

昔日戏言身后事,
今朝都到眼前来。

天长地久有时尽,
此恨绵绵无绝期。

人生自古谁无死,
留取丹心照汗青。

十年生死两茫茫,
不思量,自难忘。

……

古贤者、古吟者与凿碑声的历史交响,"女儿碑"上,共鸣出属于你的《白头吟》——

交杯酒,初含羞,
盟誓偕老到白头,
万里牵手前世缘,
窈窕淑女君子逑。
莫道层林月色深,
相看不厌浅离愁,
爱梅护梅真丈夫,
举案齐眉复何求。
谁说吉日无盛宴?
洱海斟满祝福酒。

谁说吉日无嫁妆？
苍山是你女儿楼。

断舍离，肌骨瘦，
君何食言先梅走。
恍如青山落寒雪，
咋个一夜白了头？
恋梅惜梅情未尽，
生死相依不羡侯。
百般恩爱岁月去，
千古难觅人长久。
蝴蝶泉边无双影，
君化苍山土一丘。
岁月催梅早白发，
头颅化灰再聚首。

山穷水尽疑无路。你的生命之舟将何去何从？

第五章　命运的钥匙

1. 洱海不是忘情水

你把丈夫的骨灰埋在苍山高高的峰坡上,为的是无论你在大理的哪个角落,抬眼都能看到他,他也能看到你。

可物是人非,原来充满温暖、洋溢着话语和笑声、飘散着饭菜诱人香气的家,此刻变成了一个吞没你生命的黑洞,欢乐和希望瞬间消失,不知去向,唯留下孤独、寂静、空虚、绝望。

生活是有重量的,你的心中却有不可承受之轻。你的每一次呼吸都带着剧痛,你的每一份思念都有如刀绞。再也没有人陪你吃饭,没有人把零食放在每一个你伸手可以拿到的角落,没有人再纵容着你不去开会而去逛街唱歌。衣柜、餐桌、厨房、小客厅、双人床都在时时提醒你:他在过,他和你共同在这里学习、实践了爱与被爱。你无法接受没有他的日子。

你在家里躺了四天,从痛苦中挣脱出来,回学校找到领导:"我要来上课。"

你走进办公室,看到自己熟悉的办公桌、椅子、办公用品,似乎在默默等候着主人的归来。

你悟出人生不仅要勇于接受生活,还应该学会忘记。

你仍任教初三和初一班的语文,并担任初一班的班主任。

几个闺蜜、好友轮流陪着你,可她们也有家,这样下去可怎么办呀?

你内心深处还在期望着他的醒来。

洱海荡漾的不是忘情水。

好心的同事劝你说:"张老师,把前段生活画上句号,重新开始新的生活吧。"

你走向教室,努力把过往岁月甩在身后。

一次,你在上课时,发现空着一个座位——那里应该坐着一个高高的小男孩,长得挺帅,说普通话时有点儿大舌头,是班里的顽皮王。

你站在讲台上指着空位问:"他去哪儿啦?"

同学们齐声回答:"他不读啦。"

你去做家访。这是丈夫去世后,你的第一次家访。

到了学生家,他爸爸指指一个关着门的房间说:"他把自己反锁在屋里,吃饭也不出来,说什么也不读书了,要让我们把小卖部给他来经营。"

你试着敲他的门,从门缝里看见他怀里抱着一条小黑狗,用手反复地抚摸着它——心理学上这叫感情依托。你在门外说:"孩子,你可以不吃饭,可是小狗一天不吃饭就会饿坏的。咱俩能谈谈吗?"

没想到,听到你的声音,他立刻把门打开了。见到你,他有些拘束。

你没有直接谈他缺课的正题，只谈班上搞活动，谈同学们都在做些什么，最后谈到篮球赛。

他是班上的体育委员，非常爱打篮球。你说："没有你在场，咱们班已输了一场了。"

他听后显出了非常着急的样子："输了多少分？"

你描述了球赛的情况，趁机说："我还没吃饭，要不咱们先吃饭，然后一起赶回学校好吗？"

他似乎忘记了他正在赌气。他爸爸妈妈早把饭准备好了。吃完热乎乎的饭，他蹬着自行车，把你带回了学校。

操场上正在进行着班级篮球赛，他二话不说，主动上场。班里的同学们加油的声音一浪高过一浪。最终你们赢得了这场赛事。

你用集体的荣誉感把他唤回了学校。

令你感动的是，他缺课的真正原因是看到了你的遭遇。你每次在讲台上讲课，眼睛都是红肿的，他心里难过，同时发现你精力不济，忽略了班里的一些事，最后发展到他要开小卖部，不想读书了。

你和他击掌发誓：只要他认真把书读完，你就决不再哭泣了。

你们的击掌发誓起了作用，他成为一个学习努力的优秀生，他发誓将来要考医科大学，减少疾病给人们带来的痛苦。

你在批改初三的作文时，看到有一篇作文里写着："我们再也看不见张老师那张美丽的笑脸，她憔悴得像个老太婆。我们的心里就像压了块大石头，沉重得喘不过气来。"

你立即站起身来走到镜子前，才发现镜子中的自己憔悴、衰老，变得都不像自己了。你忽然产生了一个执念：调走，赶快调离这块伤心之地。

你在这里失去了最爱的人，你渴望努力用繁忙的工作来忘记他，可是，这个人却永远藏在你心中最柔软的那个角落里，驱之不去。

你决定来一个"树挪死，人挪活"，把命运的钥匙拿到自己手里。

2. 喜洲古镇的悲情

爱之深，恨之切。

你当即写了调离申请，让在丽江市华坪县工作的三姐帮你联系调到华坪工作。

喜洲镇上所有熟悉你的人都来挽留你。

你去意已决。

要离开大理时，没有人知道你的心是多么痛。

你来到苍山上丈夫的小坟包前，默然告别。所有的语言都变成液体从你的眼窝里流出，融入小坟包中，传递你的思念和凄惶。

你像一个忠诚的士兵，决意站好最后一班岗。

星期一的早晨，轮到你们班派旗手升旗。你去检查英语早自习，刚回办公室，英语老师进来对你说："快去看看！你们班只剩下两名升旗手了。"

你说："不对呀！我刚去看过，全部都在呀。"

你赶去操场一看，真的只剩下两名升旗手。全班学生都去了哪里呢？

两名升旗手怯怯地告诉你，全班同学往镇政府教办的方向去了。

一个男老师用自行车带着你，风风火火赶到了教办。还没有进院子，就听见了孩子们的哭声。

你听到教办一位领导在劝说："你们三年之后毕业，不是还要和张老师分别吗？她现在的身体状况、精神状况，我们都非常担心。"

"我们不毕业！我们不离开她！"

领导继续劝说："你们回去上课吧，不然，张老师会着急的。"

你听镇政府门口的商贩们议论纷纷："第一回见老师要调走，娃们哭成这样。"

你走进院子，学生们哭声更高了。你被深深感动了。你抖擞精神，高喊："同学们，我来领你们回去上课。跟我走！"

奇迹发生了，学生们簇拥着你，一起回校上课。

你再也不提调走的事，利用暑假悄悄办好了一切手续。

开学后，你接到华坪县正式接收你去工作的调函。你趁着一个星期天从华坪赶回去搬东西，出乎你的意料，学生们早早在你宿舍楼前的草坪上坐着，睁大一双双纯真的眼睛在等待着你。

你给了孩子们真诚、平等、信任、友爱，他们也给了你如此真挚而厚重的回报。

虽然你陷入没有解药的对丈夫的思念，但你庆幸、自豪，你选对了职业。教师清贫，却是世界上最富有的人。

你的未来还将遇到什么？

你在华坪县拿到自己命运的钥匙了吗？

3. 拥抱大山

华坪县隶属丽江市，地处滇西高原金沙江峡谷地带。丽江市是闻名全国的旅游打卡地，风光无限。而距离丽江市两百多公里的华坪县，却是一个交通不便、群山叠嶂、以传统农林业为主的经济落后地域。

当时全县有15万人，而县城仅有3万人，是个袖珍小县城，鸡犬之声相闻，公鸡司晨，全城皆醒。有人形容：划一根火柴，县城已经走完了。

人少山多，听听那些山名吧——

狮子山、老鹰山、豹子岩、牦牛山、困牛山、鸡山、象山、鸡冠山……

这些山名都与动物有关，也许早在元谋人时期，祖先就与各种动物同处此地。

而另外一些山的名字则有了人文色彩——菩萨山、轿顶山、显灵山、蛮王寨、马鞍山、公母山、官明梁子、冷山、大灵梁子、仰天窝……

你的档案里装满了"优秀教师""模范班主任"的褒奖，华坪欢迎你！

你被分配到华坪县中心中学，担任四个毕业班的政治课教学任务，并分管女生工作，协助学校搞文艺活动。这可以看出学校对你的器重。

新的工作环境加上新的同事和学生，像沙漠上的绿色植被，一点点儿地覆盖着你心灵上无尽的悲伤。

上了一个星期的课，课堂气氛很活跃，学生对你也非常喜欢。

周末测验，竟没有几个学生及格，这让你大失所望。

你去听其他老师讲课，才发现，学生适应你的讲课方法，但不适应你的管理。课堂上听懂了，课后却不能够自觉地去理解和复习。

你只好放弃了自己在大理的授课和管理方法，强化检查、测验，督促学生及时掌握所学的知识，坚持每周一次测验。

四个班，共有两百多学生。每周改一次试卷，办公桌上堆起了一座小山，工作量够大。但每一份试卷你都认真批改，并且让学生给你的批改挑毛病。

学生们对这种做法非常感兴趣，和你的关系也越来越密切。

学校后院有一块小草坪，绿草茵茵，坐上去软软的，四周没有杂音。

有一次，你让两百多学生全坐在草坪上看书，你来回走动察看，走着走着，被两个小男孩看书的样子吸引了，你站在一棵大树下一动不动地欣赏着他们，忽听见学生们在喊："老师快躲开！老梭！老梭！"

老梭是什么东西？他们看你听不懂，就用手指着你的头顶上面，顺着他们指的方向你抬头一看，才发现头顶的树枝上缠绕着两条蛇，正吐着长长的红舌头，往你头上探伸。你腿一软坐在了草地上，一群男孩立刻扑过来，把你拽到了一边。这时过来一个男老师，和男生们一起，把两条蛇捉住，又把它们放到了远处的山上。

此事让你深感山里孩子的朴实和勇敢。他们所受的教育，与城里孩子相差很多，但他们的心灵同样美好，甚至比城里孩子多了一些真诚、朴实、勇敢和顽强——他们是你带着童心的老师。

你的内心拥抱了孩子们和大山！

就在你认为自己开始了新生活的时候，一场更大的打击降临了。

4. 向死而生

1997年4月，你发现自己消瘦得很快，脸也特别地黑，肚子里像有块石头，坠疼不已。

有一天晚上，几个女老师相约出去跳舞，你当着她们的面，换上一件连衣裙。一个女老师说："太难看了，像怀了五个月的娃娃。"似乎话中有话。

自从丈夫病故之后，你深居简出，很少同异性来往。尤其在这山区小县，封建意识还相当浓厚，稍有一点儿瓜田李下之嫌，就会传得满城风雨。

难道在这荒山野岭之中，果真会有神话传说中的"天孕"吗？你越琢磨就越觉得像怀孕，甚至还真的想吃些什么酸甜的东西。

直到有一天，你晕倒在讲台上。醒来后，你继续站在讲台上讲课。

你择日独自去了医院。

检查结果给了你沉重的一击：你腹中藏着一个五个月胎儿那

么大的肿瘤!

生命如此脆弱,不堪一击!

医生问:"你没有文化吗?"

你说:"我是老师。"

医生问:"你肚子里有那么大一个肿瘤你不知道吗?"

恐惧和绝望向你袭来。

你在惶恐中拒绝了医生的住院要求。你见证过丈夫与死神对决时的孱弱与失败。

你决绝地想:死在讲台上吧。到了地下,你会骄傲地告诉丈夫,你没有丢人民教师的脸,你是坚强的。

你瞒着所有人,第二天又回到三尺讲台上。再有三个月就是中考季,孩子们需要你,坚持到孩子们中考结束再走向"刑场"吧。

你想到了秋瑾的从容、赵一曼的不屈、八女投江的果决、刘胡兰的凛然、江姐的视死如归……她们是怎么做到向死而生的啊?

你不是懦夫!你认定自己是一个健康的人民教师!你和医生做了特殊的约定,医生忍泪颔首。

你要让你的学生在你生命最后的燃烧中考出一个好成绩。你给学生加大了复习量,每天改试卷改作业都要改到深夜12点甚至凌晨。早上5:30左右就起床,去监督学生学习。为了防止学生半夜跑去游戏室,你干脆把床搬到学生宿舍里,睡在靠近门口的地方,让学生在夜里无法偷跑出门。你通过这些让自己忘记身上的肿瘤,也想在你死后,学生们会在成长的过程中,提到张桂梅老师时，记得她曾经用自己的生命陪伴了他们最后一程……

5. 我深爱着你们

为了能让学生们安心学习，每天你都像红军长征爬雪山、过草地那样，一小步一小步向前挪进，脸上还要装得若无其事。这是真正的师道尊严！

你全身疼痛难忍，夜里起来吃药时连倒杯水的力气都没有，只好把止痛药塞到嘴里，干咽下去。早晨铃声一响，你又精神抖擞地挺立在学生面前。

有一天，刚下过雨，你慢慢往教室走去。上课铃还没响，几个学生正在把一个罐头盒当足球踢着玩儿，你无力躲开这小盒子，盒子打在你的腿上，你当时就坐倒在地上，满身泥水，爬也爬不起来。学生被吓得赶紧把你扶起来，满脸惊诧且歉疚："老师，我们把你送回宿舍吧。"

你低声说："把我扶进教室，把这节课讲完。"

靠止痛药和自我欺骗，你终于熬到了7月，把你的学生送进了考场。你挺直身子站在考场入口处，和每一个孩子默默拥抱。几乎虚脱的你熬过了最为劳累的日子，但是你获得了令人欣慰的回报：参考的班级获得了优异成绩！

1997年7月24日手术，省城的医生为你取出一个四斤多重的瘤子。

医生用敬佩的口吻对一直陪伴着你的姐姐说："你有一个勇敢的妹妹。常人无法想象她是怎样熬过疼痛这一关的，腹腔的器官全都移位了，肠子粘连在了后壁上。我们从没见过这样坚强的病人。"

当此消息传回学校，那些考了好成绩的孩子，全都放声大哭起来。

你至今感恩孩子们，是他们帮助你战胜了顽疾，他们陪你一起度过了你生命中充满阴霾的时光。

手术后你从昏迷中苏醒，医生语重心长地对你说："生命是自己的，如果你自己都不珍惜，别人也无法替你珍惜。"

你问她："病是否全好了？"

她说："好好休息吧。调养半年，再也不会痛了。这回你没病了。"

这句话让你如释重负，死神终于对你下达了"特赦令"。

住院期间，你心中常常泛起说不清的苦涩。邻床的病友都已经拆线了，依然叫丈夫抱着上床下地。同病房的那几个病友，都有丈夫相伴，一口一口地给她们喂水喂饭，她们还肆意对丈夫发泄怨气、撒娇，似乎这样子能减轻身心痛苦。她们的床头堆满了鲜花，都是丈夫和亲友送来的。

你的床边只有一个60岁的老姐姐。

为了不给姐姐增加身心负担，第二天早上，你就一手捂着刀口，一手提着暖壶去打开水。上完厕所，你双手扶着墙壁，一点儿一点儿地直起身，感受到了刀口的"切腹之痛"。

同病房的患者询问医生："她恢复得这么快，给她用了什么药？她怎么不喊疼？"

邻床病友告诉你："你姐姐一个人站在走廊里哭。"

你出去把姐姐拉进病房来，对泪流满面的她说："你哭什么？"

她说："别人床前都有丈夫送的鲜花，唯独你没有，我心里难过。我现在就出去，给你买个花篮。"

你笑着把她拉住，默望着血脉相连的老姐姐。

你心里在说：谢谢了，我的好姐姐！满头白发的你，还得为妹妹操劳。妹妹本来应报答你的扶养之恩，但看来今生是没有这个能力了。

"你发什么愣啊？姐姐伤了你的心吗？"

你脸上露出她熟悉的"小老五"式的笑容："姐姐你真傻，还不如把买花篮的钱买气锅鸡吃呢。"

姐姐连声说："对呀，对呀！我真的老糊涂了。"

看着姐姐匆忙离开的背影，你强忍的眼泪一下奔涌而出。

一位著名的哲学家说过：

> 如果我能向死而生，承认并且直面死亡，我就能摆脱对死亡的焦虑和生活的琐碎。只有这样，我才能自由地做自己。

你不是哲学家，但你做到了向死而生。

术后六天拆线，你拒绝了医生再观察几天的安排，办了出院手续，直奔汽车站，乘车从省城回到华坪。

新的使命在等待着你。

6.民族中学的新老师

云南是全国民族种类最多的省份之一，除汉族外，还有彝族、哈尼族、白族、傣族、壮族、苗族、回族、傈僳族等25个世居少数民族。

新中国成立初期，为解决民族矛盾、消除民族隔阂，云南省委、省政府按照中央要求，确立"团结第一，工作第二"的方针，派出访问团、工作队到民族地区"做好事、交朋友"，实施"民族贸易三照顾"政策，实行"和平协商土改"和"直接过渡"，开展民族识别，设立民族自治地方，引导云南各族人民走上社会主义道路，实现了民族关系和社会制度的历史性变革。

直至今天，云南的各级政府仍保留着民族工作机构，贯彻党的民族政策。

新中国成立以来，华坪县始终坚持把党的民族工作方针政策与华坪实际相结合，推动民族工作不断创新发展。

1951年，华坪县省立民族小学——丁王小学开始修建，在傈僳族中非常有威望的贺九氏号召乡人积极参与建设，并带人上山伐木为建校出力。1953年，学校建成，成为滇西北民族教育的希望、民族干部的摇篮。

为进一步推动民族大团结、大融合，促进民族教育发展，1997年，华坪县政府投资在县城和重点乡镇建立了民族中学，由各小学推荐成绩优秀但家庭贫困的毕业生就读。学校实行寄宿制，每个学生每月补助30元伙食费，解决深山里少数民族贫苦的孩子上中学难的问题。这是一项国家福利。

华坪县民族中学是最早在县郊狮子山下建立的学校。

民族中学扩大规模后，新任校长到教育局点名要你去执教，局领导先是考虑你的身体承受不了而拒绝，但最后，因为学校缺少优秀的班主任，校长继续坚持要你，局领导最终还是同意了校长的请求。

手术后第二十四天，你就到民族中学就职，担任初三毕业班的班主任，教语文和政治这两门课，并兼任文科教研组组长。

接手毕业班，你全身心地投入到班级的教育和管理上。

毕业班共有47名学生，大多数是傈僳族、彝族和其他少数民族，家在边远的贫困山区。他们身上的衣着、床上的铺盖和学习用品等都很差，以往你从未见过这么穷的学生群体。

有的学生把米装进暖水瓶，到锅炉房打一壶开水，盖上瓶塞，第二天早上倒出来当粥喝。

这些大山里来的学生皮肤黝黑，黑里透黄，缺乏营养。他们不像城里的孩子，有条件在生命之初就开始接受胎教，幼儿时期有着良好的营养和多方面的学前教育，身心都能健康发展。大山里的孩子的胎教是劳动的声音和母亲的叹息声，牙牙学语就同泥土、山岩、野草、鸡犬猪羊打交道。

城里的孩子们熟悉的是积木、电子琴、架子鼓、小提琴和各式现代玩具，这些离山里的孩子不可企及地遥远。

社会文明进步的一切物质成果和文化成果，对于他们都是陌生的。他们小学接受的是本民族语言和汉语的双语教育，有的在单师学校，有的在复式班。这些学校大都在高山之上，教课的是民办教师，正规师范学校的毕业生尚未如期抵达。

及至学龄，家长送他们去接受国家九年义务教育，别无他求，只想让他们走出深山，看看外面的世界。

分数是他们全家苦乐的晴雨表。"家贫出孝子""家贫出才子"的古训在此并不适用。他们自小在封闭的大山里见习着愚昧、原始、封闭、贫困、酗酒和重复的劳作，一旦走进城市，便会眼花缭乱。城里人优越的生活方式诱惑着他们的心灵，在城镇读完三年初中，往往学成的不多。

你接手这个班的学生让你看到了懒散、贪玩、不守纪律、没有时间观念、没有理想追求，学习基础与初中的要求相差甚远，学习缺乏自信心，总想依赖别人帮助。加之他们总体的水平基本一致，缺少榜样的引领，因此，初二所有学科统考成绩都不理想，政治是全县的第30名，语文是第13名。

你上完两个星期的课，测验了一次。翻开答卷，非常失望，这两科居然很少有人及格。

你冷静下来，采取了新措施：全天活动的主线是灌输他们发扬中华民族优秀传统，锻炼他们勤奋、刻苦、坚强、向上的精神。课堂上，你边讲初三的教材，边补习初一课程，在学习上严格要求他们。

在生活上，你既当慈母，又当严父。学生全都是住校，早上6点钟你即起床，把他们喊醒，跟他们一起跑早操、上早自习。中午监督他们睡午觉，给他们盖被子，查点人数。怕他们假睡，你每隔二十多分钟到男女学生宿舍各查一次。这样，他们慢慢养成了午睡习惯，下午上课精力充沛，提高了课堂学习效率。

晚自习后，别的老师下课走了，你又走进教室，陪着他们做完各科作业之后，再和他们一起回到宿舍，一直看着他们全都睡了，你才回自己的宿舍。

至此，你已浑身瘫软如泥，没有力气洗漱，把自己往床上一扔，与梦相伴。

7.陷阱边的陪伴

陪伴亦是一种教育。

所有的自习时间和课外活动，只要没有别的老师，就有你在。

学生们的性成熟并不迟到——初二就已经一对一对地谈上恋爱了。当地的山区以前有早婚的习俗，有些还保留着定娃娃亲的传统，外面的现代生活和婚育观，对他们没有影响。他们在大山中几乎还一代代按部就班地沿袭千百年来的生活方式，生息繁衍。

开放的县城里，街头录像、流行小说、电视电影充斥着男女情感的挑逗，初中阶段正值青春萌动期，亦是模仿尝试、偷食禁果之季。

早恋可以说是这些中学生的人生陷阱，它使集体涣散，影响同学之间的团结和友谊，干扰了正常的学习和成长。他们在这个年纪，很难妥善处理男女同学之间的友情和异性之间朦胧的好感。如果老师不能正确引导和及时处理，会有一小部分学生陷入深渊而不能自拔，甚至因冲动而酿成恶果。

有一个小女孩，正读初二，因为早恋，偷吃了禁果，怀孕了，不敢同别人讲，又不知道怎样处理，就一直等到生下来。之前学校老师只知道她同另外一个小男孩谈恋爱，恋到什么程度谁也没有去管；家里大人知道了也不反对，默许他们来往。后来，因为全家搬迁，女孩转到另一所学校就读。接收学校也没想到她怀着孕。不料，到校的第三天早上，校园里沸沸扬扬地传着她死了的消息。学生们诡秘地议论着她的死因。

你找同事询问，得知确有此事，尸体停放在医院太平间。

你走进医院太平间，里面有个男子在凄厉地哭喊，听着又不像成年男人的声音。走近去，你被一幅惨白的画面惊呆了——停尸床上躺着那个小女孩，她竟成为一个无知无辜的"小产妇"——因为不敢告诉大人，又不懂生产的知识，自己把门顶起来，肚子疼了就喝凉水，等别人发现时，孩子已经生了下来，她血流满地，被送到医院时已经没有了呼吸。

扑在停尸床上悲痛欲绝的是一个小男孩，也就十四五岁。你不想打扰他，你感到一种莫名的悲哀，默默离开了。

岁月抹不去这小男孩刻骨铭心的悔恨，这阴影将会伴随着他的一生。他被陋习和欲望打败了。

通过此事，你非常警惕中学生的早恋。你要站在陷阱边沿，挡住毁灭孩子的魔鬼！

你用慈母之心开始观察，竟然发现了一些类似的苗头。

质问吗？批评吗？抑或是讲大道理？这些能管用吗？

仍然是你的那句话：陪伴也是一种教育。

你同他们交朋友，真诚地对待每一个同学，以伙伴的身份与他们相处，吃在一起，玩在一起。下课了，你把录音机提过来，放些民族歌曲和流行音乐，领着他们玩游戏。晚上看着他们都进入梦乡了，你才回到床上。

从起床到就寝，男女同学基本没有单独相处的时间，学生们的注意力，全部被你安排的活动内容所吸引，彼此间的一些感情萌动，发现得早，及时提醒，慢慢地就淡化下去了。有的同学开玩笑说你"棒打鸳鸯"。不过，全班形成了健康、亲密的同学关系，整个集体团结活泼、奋发向上。

你的爱已移情于大山。

他人的苦难重于个人苦难，群体苦难重于自我的苦难！

你是一个扛鼎者。一个人的伟大之处，就是在自己遭受苦难时，还能为别人撑起一片天！

命运的钥匙，本来就在你自己的手中。

现在，你手中拿到了两把钥匙，一把打开了自己的心锁，一把是为大山里的孩子们准备的，用来为他们打开命运的希望之门！

贫困是大山的孩子的胎记，一座座大山，是挡住他们走向文明富强的屏障。党和政府没有遗忘他们，全力帮助他们消除贫困。如今，党把钥匙交到你手中，你对大山高喊一声："芝麻，开门吧！"

你要在此书写属于中国的教育史诗！

第六章　写在大山里的教育诗

1. 傈僳族小姑娘的叹息

一个傈僳族小姑娘，性格内向，身上的衣服很少换洗，脸庞上没有少女的活泼与快乐，每一科的测验成绩都不及格，上课时总是坐在位子上发呆，时而发出长长的叹息。

这种年岁的女孩不应该发出这样的叹息。

你把她叫到了你的宿舍，问她有什么困难。

她流着眼泪说，她的爸爸也是老师，因病早逝。母亲苦撑着他们兄弟姐妹的生活，家中经济困难。自己长得又矮小，学习成绩又差，感到无助和对前途的迷茫。

你当即就翻箱倒柜给她找上衣、裤子、皮鞋，一次给了她两套，包括丈夫在昆明住院时最后给你买的一件花衬衣。

你告诉她书费可以缓交，实在困难，你替她先垫上，但学习不能松懈。

你当天就开始给她补课，教她学习的方法，并用数学家华罗庚曾经说过的"聪明在于积累，天才在于勤奋"来鼓励她。

她生病了，你就带她去医院，给她付诊费、买药，看着她把药吃下，直到她病好为止。

冬天来了，你给她买了呢子外套、牛仔裤，让她温暖地度过冬天。

有一天，她忽然喊你："张老师妈妈！"

你怦然心动：你结婚后盼望着生一个美丽可爱的女儿，她将是你的小棉袄、快乐的源泉、生活的希望。当这个傈僳族小姑娘喊你妈妈时，触动了你心灵最柔软的部分，你几乎要流出眼泪来，心中顿时洋溢出做母亲的慈祥和自豪。从此你和这个小姑娘有了一种别样的爱。

之前，她所有科的成绩都没及格过，后来，晚上你把她送回宿舍后，她先是赶快上床装睡，等你离开，看到你的宿舍熄了灯，又悄悄从床上爬起来，回到教室看书到深夜。

你既感动又心疼，问她："孩子，你受得了吗？"

她说："张老师妈妈，我觉得浑身有使不完的劲。"

在课堂上，原来她总是听不懂老师讲的是什么，也没有心思听，后来在你的辅导下，老师讲的课她也都能听懂了。

"张老师妈妈，谢谢你了。"

你的女儿，这个傈僳族的小姑娘，后来以高分考上了高一级的学校。

你在民族中学，不仅仅只拥有一个女儿。

2. 丈夫的毛背心

华坪县域经济发展极不均衡。坝区、山中小平原,地势虽高低不平,却总能种些谷类作物和果树林木,作为商品流通,获得经济收益;但大山深处的少数民族家庭,在山里刨食,难有富余。寒冬对来自边远山区的少数民族学生来说,是一个难熬的季节。他们身上大多还穿着单薄的衣衫,坐在教室里瑟瑟发抖。

一个男生在宿舍突发高烧。你急忙赶去,见他身上仅穿一件单衣,他的发烧是受凉所致。

已是深夜,你无法出去给他买衣服,你转身跑回宿舍,翻箱倒柜地翻找,翻到衣柜最底下,找出了你的一件棉袄,你拿着棉袄就往学生宿舍跑去,但转念一想,这是件女式棉袄,他会不会不穿呢?

你又返回宿舍,找出丈夫留下的一件毛背心,这是丈夫留下的唯一的遗物,如果把它给了学生,你再也没有丈夫留给你的任何一件纪念物品了。

想着念着,拿起放下,心如刀割般疼,泪水模糊了你的眼睛。最后你擦干泪水,把两件衣服全抱上,奔向了学生宿舍。

丈夫一向对你那么纵容,你把他的毛背心给了学生,他一定不会怪你的,因为他曾经那么纵容的妻子,学会了照顾别人。

孩子穿上了毛背心,披上了你的花棉袄,被送到了医院。

你一直守护着,到他输完液,又把他送回宿舍安顿好,才拖着疲惫的身体躺到自己的小床上。

那一夜,你辗转无眠,那件毛背心上有你最爱的人的气息,如果你有其他的毛背心,你愿意用十件来交换这一件。

第二天,这个学生哭着来向你道谢。

你真诚地对他说:"平时我留心女生比较多,对男孩子关心比较少。老师对不起你。"

他说:"不,老师,我把你累着了。"

这个学生平时不太惹人注意,学习成绩也不算好。他个性不强,胆子有点儿小,也没什么主见。令你没想到的是,他内心有着丰富的情感,在医院时他哭着对你说:"我不住院了,打完针回校上课吧,要不会影响学习的。"

你感到欣慰。你只是尽了老师应尽的一份责任,却激起了一个男孩内心的那份自信和自尊,激起了他对学习的热情,激起了他对学校生活的热爱。

这件事告诉你:观察学生,不能只看表面,不能只看学习成绩,不能简单地凭印象判定他是个什么样的人。要走进他的内心世界,要去发掘他的内心世界,完整地了解他,并真诚地爱他。

所有的学生都值得付出这份爱吗?

3. 抽烟的男孩

有一个男生,成绩是全班的尾巴。他家境贫困,生活费经常接续不上。

一天早上,你喊学生们起床时,只有他迟迟不起。你问他是不是没有钱吃饭了,他回答说是的。

"你起来,我回去给你拿钱。"

当你跑回宿舍打开钱包一看,只剩下 20 元,就全部拿出来给了他,对他说:"你先用着,我开完会回来再想办法。"

国家发放的 30 元补助虽然能解决学生的生活费,但笔墨纸张、生活用品也是要花钱的。拿不出余钱的家庭只能让学生将这 30 元用作学校的全部开支。

从此,你每个星期再另行从自己的工资里给他 30 元,使他不再为吃饭、学习发愁。

他开始用心看书,做作业,背课文。他能吹笛子,晚会上,你让他来一曲笛子独奏,他也不推辞,在集体打跳时,他边跳边吹,动作优美。

有一天晚上,学生宿舍里发出吵闹声,你赶过去一看,几乎全班男生都在冲着他嚷,听不清说的是什么。

你把他们制止住,询问宿舍长发生了什么事。还没等宿舍长回答你,在场的男生就嚷开了:"真想揍他!他没有良心!"

"老师有病把药都停了,省下钱给他吃饭,他今天竟买了烟抽!"

你听后也非常生气:"政府把你照顾到城里来读书,每月还补助生活费,不够的,老师也给你补足了,你竟拿来买烟抽。你是你们山寨里唯一的初中生,能够在城里读书是多么幸运。一个初中生竟学会了抽烟,真叫老师失望。"

任凭大家怎么批评他,他只闷坐在床上,一声不吭。

你让他下床,跟你到了院子里。你心平气和地问他:"向老师讲真话,为什么抽烟?"

他哭着说:"我从小就学会了抽土烟,我们这个民族大多数人都会抽烟。这段时间,我实在是控制不住自己。我知道不该这么做,一进商店,那么多的东西摆在那里,选来选去,我就买了包烟回来。刚刚拿出来点着,就被同学们发现了,大家都开始骂我……"

"同学们对你的批评虽有点儿过火,但确实是你错了。你这点儿自制力都没有吗?将来走出校门,走上社会,比这诱惑力大的东西还有很多,善恶一念间,那时,没有老师同学们看着你,没有人提醒你,那不就要走向犯罪了吗?"

他主动把一盒烟交到了你的手里。

从这以后,再也没见他抽烟。他顺利完成了初中学业。

每一个孩子都值得你为他们付出爱,因为,每一个孩子都是国家未来的组成部分,还有那对壮族姐弟——

4. 壮族姐弟

有一天上课时,你发现有一个男生的眼睛时睁时闭,昏昏欲睡,等到上第二节课,他就再也打不起精神了,趴在桌上呼呼大睡,口水都流出来了,还发出阵阵鼾声,弄得全班哈哈大笑。这堂课上不下去了。

你想用歌声把他唤醒,于是指挥全班唱起了《红梅赞》,但毫无作用。

"这是怎么回事儿?"

你问同宿舍的学生,得到的回答是:"他晚上老是翻来覆去睡不着。"

你用力摇醒他,把他领到教室外。

他边哭边说:"晚上冷,睡不着,腿又疼……"

你跟他到宿舍,惊骇地发现:他床上铺的是包装箱的硬纸壳,纸壳上面盖着一条破旧的线毯;所谓的被子,只是两层布。

你痛恨自己粗心大意。开学初,为了让学生们适应住校生活,你曾经帮助并教他们整理床铺,当时天气闷热,衣被都极为简单。对于铺纸壳的,你以为他们习惯了粗放的生活,没有多想,只要求注意整洁;可你怎么就忘记了冬天会来临呢?

对于诗人来说,冬天来了,春天还会远吗?对于铺纸壳而卧的学生来说,冬天有多么漫长!

面对床上的纸壳,你内心强烈地自责,自责对学生的生活状况了解不够。

华坪在地理上虽属南方,可毕竟是高寒山区,山上山下、白天黑夜,温差很大。冬天的夜晚,屋里阴冷难耐。你自己盖着两床被,铺着电热毯,有时还感到很冷。

可怜的孩子们只有这点儿纸壳铺盖,漫漫长夜,寒气袭人,怎能入眠?

你要求他们好好上课、好好学习,融入新时代,可他们被生活的简陋拖住了腿。

你拉着他来到你的宿舍,把自己的被子、毯子抽了出来。他抱一样,你抱一样,回到他的宿舍,给他铺在床上。

他不知所措,傻傻地站在床边,看着你给他铺着床铺,眼睛里闪动着亮晶晶的泪光。

你接着问他:"腿的什么部位痛?"

他指给你看痛的部位。

你让他回教室上课,自己转身去药店买了一瓶红花油。

下晚自习后,你来到宿舍把红花油擦到他腿痛的地方。擦了几个晚上,后来他就坚持自己擦。

在此过程中你了解到,他爸爸在修水库时受了伤,脚上的伤口十几年都无法愈合,不能干重活,家里的耕作重担,都落在了妈妈一个人的肩上,妈妈经常被累得病倒。

"别担心,老师会帮助你的!"你语重心长地对他说,"首先,你要把全部心思放到学习上,要努力考出去,学到一技之长,再回来建设家乡。这样,不但不用走你父辈刀耕火种的老路,还实现了人生的价值。如果你稀里糊涂地在学校睡三年,还是得回去走你父辈的路。你愿意过那样的生活吗?"

他摇摇头。

"每个老师都帮不了学生一辈子,不能陪护学生一生。老师只能尽自己有限的力量,帮助你解决在读书期间遇到的困难,但不能替你去实现自己的人生价值。老师为你做的一切都是职责。你想想爸爸每次来看你时的眼神,那是寄托着全家希望的眼神。你家那个山村,至今还没有一个人能走出大山,去接受外面世界的现代化的教育。记住,只有自己才能救自己。"

水激石鸣,人激志宏。从此以后,这个调皮而又聪明的小男孩,遵守纪律,再也没有在课堂上睡觉。

他的爸爸妈妈来看他时,也特地来向你表达感谢之情。

你看到他的妈妈穿着单薄,就把自己的一件厚毛衣披在她的肩上。

你察觉到他们夫妇彼此观望，欲言又止，好像还有什么难言之隐。经过追问，他们才说，还有个女儿在别的学校，成绩很差，不知能不能转到你的班来读书。

你说："如果在那边成绩确实差，可以接收，但得我们学校同意，还得她现在就读的学校也同意才行。"

他们是很老实的山里人，觉得你把话都说透了，只是在转身要走时，两个人眼巴巴地望着你，又说了一句："请老师帮忙呢。"

你决定去看看他们的女儿。

你坐了一个多小时的汽车，来到了她所在的学校，找到了她的班主任。你了解到她的成绩是班级最差的，她很少说话，脾气也有点儿怪，上课从来不回答问题。

这样一个小姑娘，你能让她改变吗？你已经答应了她的父母，小姑娘也表示非常愿意转学，她的班主任和学校也巴不得你把她领走。

可是，把这样一个学生领回去，学校领导和老师会同意吗？你怎么向学校领导汇报呢？

校领导果然不同意。他们言辞恳切："桂梅老师，你的身体几乎是在死亡线上挣扎，班上已经有这么多的后进生了，你还觉得不够吗？你是不是想把自己玩完呢？"

领导的话让你感动，却也激励了你："多她一个也没关系，我来试试吧！"

你把她接到了班上，发现她很守纪律，上课也认真听讲，作业也及时交，看不出有什么问题，老师、同学也没有不好的反映。

你心里的一块石头落了地。

你断定她是一个可塑之才，她只是缺少爱和陪护，缺少群体的认可和包容。

你看她身上的穿着比不上别的女孩子，怕她自卑，就悄悄领她到你的宿舍，找出几套衣服让她挑试。她高高兴兴地拿走了两套。

等到期中考试成绩下来，她的成绩跃入了中游，她甩掉了"落后生""脾气怪"的帽子。

你对她进行了表扬与鼓励。

她说："一来就感到这个班班风正，学习氛围好，大家都在拼搏。我非常害怕跟不上，又怕大家笑话我，感到压力很大。老师说让我试一试，试试就撑上了。"

可意外还是发生了：一次集体劳动，你领着同学们在校园里干活，灰尘飞扬。你无意中抬起头，只见坡坎边上站着一个穿得干干净净的女孩，仔细一看，是她。

你当着全场的同学，冲着她大声批评，然后，你仍旧低头跟大家继续干活。可是她扭头回了宿舍，留下一封信，收拾好行李要走了。

你赶紧跑到她的宿舍，把她的行李打开。

看了她留给你的信，你气得一句话都说不出，她在信中竟然痛痛快快地骂了你一顿。这个孩子怎么能如此恩将仇报？

别的老师来批评她，领导也来批评她。她弟弟和其他老师让她给你赔礼道歉，她却高高地仰着头，不吱一声。

你开始静静地反思自己：那天，她是值日生，按规定可以不参加集体劳动，把自己的活干完就行了。她自己把活干完，脱掉了脏衣服，换上了干净衣服，一个人在宿舍又很寂寞，就跑到劳动的现场来看热闹。这本是女孩子的天性。她怎么也没想到，会被你当着那么多人痛斥一顿。她受不了，但又无法申辩。

是你有错在先，她犯错在后。你决定先道歉。如果你不放下老师的架子，凭着她的"怪脾气"，她是不会先道歉的。这样僵持下去，肯定会影响她的学习和成长，如果她真的离开学校，有可能毁了她的一生。

你诚恳地向她道歉："是老师不对，没有调查就乱批评你，那天你值日，本来可以不去劳动现场，可是你出于对集体的关心去了，却被老师错误地批评了。"

倔强的她立刻哭了，说自己错了。

你在陪护学生的成长中，逐渐形成了自己的教育理念：师生是平等的，友谊是互换的。不能因为老师向学生传授了知识，对孩子们付出一点儿关爱，尽到了教师职责，就居高临下、盛气凌人，就要求学生一切言行都符合老师的意愿，或任凭老师呵斥。不尊重学生的人格，相当于给学生加上了沉重的精神枷锁，这种伤害甚至会是终生的！

这对壮族姐弟毕业后，都考进了省城高一级学校。

你是一个勇敢的擎炬者，让生命化为光，引领着行走在崎岖山路上的孩子们。

你找到了教育的密码：于细微处见精神。

5. 一次特殊的假日聚餐

壮族姐弟成长的艰难，他们父母被贫困折磨得心力交瘁的样子，使你深思。

在你的班里，有类似情况的至少有十几个，光靠你一个人救济，即使把当时每月600多元的工资全拿出来，也是杯水车薪。让他们的家乡脱贫致富才是上策。

然而，你只是一名普通的教师。你只想要以教鞭开路，通过教育，让孩子们学到知识，拥有一技之长，回报社会，或回到家乡，用学到的知识改变家乡、建设家乡。这是改变命运、走向希望的路径。

贫穷，还会滋生懒散、狭隘、目光短浅、不讲纪律、没有时间观念。你必须要做的，是改变他们的陋习，培养他们吃苦耐劳的精神。

每天早上天还不亮，你就喊他们起床，要求他们以最快的速度整理完床铺，接着带他们跑早操，然后吃早餐，早自习不准迟到早退。这样的作息要求，近乎军事化。

民族中学的学生来自县域的四面八方，因为交通极为不便，每个月集中休息三四天，以便学生有足够的时间回家换衣服，拿点儿生活费。其中，有些学生因为山高路远，家庭经济困难，甚至连回家的车费都没有，只得徒步往返——这些学生或干脆一学期都不回家。

政府虽然每月给学生补助30元伙食费，可是食堂饭菜单调，正在长身体的孩子们，长期吃这样的集体伙食，难免腻烦。

你尤其心疼那些有家不得归的少数民族孩子，觉得应该在休假日给他们调剂一下生活。

在一个假日的晚上，你把12个学生领到了小饭馆，要了两盆猪蹄汤、两大盘回锅肉、两盘素炒白菜、两盘凉拌菜。孩子们兴高采烈地吃完了，个个脸上露出满足的神情。但是，服务员来算账，一共花了50多元。他们个个目瞪口呆。这一顿饭花销的，是他们一个人几十天的伙食费。

孩子们感到愧疚："张老师，我们不知道这么贵。"

你坦然地安慰他们："只要你们开心，能安心学习就好。"

班里只要有病号，就立刻被送进医院。看病，打针，吃药，困难学生都是你垫付上费用。事后没能力还钱的，你也不往心里去。把钱花在学生身上，既是应急需要，能让他们解除身心病痛，集中精力学到更多知识，也等于为改变山区面貌做出了一点点儿"投资"。

你认为，行为规范、思想品德是一切教育之首，而且师长的身教胜于言教。

这些孩子的父辈的勤劳、坚忍和智慧，是山里人的精神财富。你认为自己首先要当山里人的学生，锻炼自己的坚忍能力，才有资格当山里人信任的老师。

你做到了——凡是要求学生做到的，自己首先做到，不说空话；用自身的行为潜移默化地影响他们，不但努力做他们的良师，更成为他们的益友，同他们一起在食堂排队打饭，一个饭桌吃饭，一起玩耍，同他们谈心叙家常，让他们接纳你、喜欢你、信任你。

学生和你情同家人。他们由衷地热爱这个集体，热爱学校，这也激发了他们的学习热情。

罗素在《教育的目的》一书中写道："教育就是获得应用知识的艺术，这是一种很难传授的艺术。"

教育的艺术，是使学生先接受你、敬重你、喜欢你，进而信任你、喜欢你所教的东西，能在反复的品味中，把知识转化为能力、情感和价值观念，并在他们的日常行为中运用或体现。因此，教育的艺术是内外结合、纵横交错的立体艺术。它给教育工作者提供了无限广阔的创造空间。

你乐在其中。你把每一个学生都变成了你的杰作。

6. 心灵的陪护

有一个被称为"小睡虫"的男生，是个从外校转来的彝族补习生。

由于你以校为家，有充裕的时间和学生朝夕相处，也许是因为当班主任有了点儿好成绩，转来的学生多数进了你带的班。有的是家长点名要求，有的是学校领导习惯性的安排。如果推辞，势必给别的老师增加压力、使学校为难，所以你基本是来者不拒。

"小睡虫"的爸爸是煤矿上的一位领导，家里经济条件不错。他原来的老师讲："他初中睡了三年。今年在你这个班再睡，那就是第四年了。"

你对他说："你能不能上课不睡觉啊？"

他非常顽皮："不能。"

"为什么？"

"因为我看见老师就想睡。"

"那就别读了，去煤矿挖煤吧。"

"不行，我爸爸说非常苦的。"

"那看见老师就睡觉，不是也很苦吗？"

"我爸爸说，在课堂上睡觉，总比跟我那些哥们儿学干坏事要好得多了，免得进监狱。"

动机就这么简单，顽皮中带着童真，可气又可笑。

"你在我这里睡一年，明年又到哪个学校去睡呢？后年、大后年，把一生都这样睡完吗？"

他瞪着大眼看着你，好半天后才说出一句："我没想这么多。别人也没有给我讲这些呀。"

"你晚上都干些什么去了？"

"和哥们儿喝茶去了。"

"今晚你别去了。我去跟你那些哥们儿谈谈，不让他们再来找你，行吗？"

"老师，你千万不要去，他们都不是什么好人。"

"那你为什么还和他们在一起？"

"因为我们是朋友，朋友是要讲义气的。"

"这种义气是会害你一辈子的。从今天开始，晚上哪儿都不要去了。告诉你的朋友，如果再来学校找你，我会报警的。"

他惊讶地望着你，他知道你讲话是算数的——在背地里你还有一个"大魔头"的绰号。

"从今天起，你不管走到哪儿我就跟到哪儿，咱们就试试吧。

上课不许睡觉了，不光我的课不能睡，其他老师的课也不能睡，我会在教室外面看着你。"

"老师，你做不到。别的老师也这么吓唬过我，可他们一说完，只看了我一节课。你也会一样的。"

"那好吧。下节是我的课，你先坚持听一节课，看看是不是比你们喝茶聊天有意思。"

"好吧，这节课我保证不睡。"

这节课你没有按着课文去讲，而是讲了一些英雄的事迹，又讲了一些罪犯的下场，还诵读欣赏了几首诗歌。之后，你和学生做了一些互动，提出了一些问题，让学生围绕着人应该怎样度过自己的一生进行思考、展开讨论。

一节课在情绪的跌宕起伏和笑声中度过，他没有睡觉。

一天过去了，你问其他任课老师，都说他在课堂上没睡觉。晚上，他也坚持在教室自习。半夜1点多钟，你起来查铺，看到他在宿舍睡得很香。

你不上课时，每节课都在教室外面批改作业、备课，履行你对他做出的承诺。

过了一段时间，他不好意思地对你说："老师，我佩服你了，我不会再睡了，也不会往外跑了。放心吧老师，你回屋办公吧。"

说得到做得到。你把他从危险的边缘上拉了回来。毕业后，他考进了昆明的一所中专，学烹饪；参加工作后，忠于职守。

他每年都回来看你，一口一个"老妈"地喊着你，如家人般挽着你的胳膊走路。

多么温馨的画面！

多么幸福的感受!

这比去探监一个失足学生,更加闪烁着人性的光辉!

你得到了最好的回报。他说:"老妈,我以你为榜样,工作非常严谨,生活非常开心。我已经带班了,搞配料。真的谢谢你!如果没有你,我早成混混了。"

另外一个三年转了三个学校的学生,同样得到了你心灵的陪护——

7. 三年转三个学校的学生

有一个哈尼族男生,初一在一所学校就读时,交往了社会上一些闲散的青少年,从此不能坚持正常学习,经常迟到、早退、旷课。家里没有办法,就把他转到了另一所学校,可一年下来也没什么改变,最后,家长要求转学到民族中学,并要求进你要接手的毕业班。

你习以为常,以此为乐。

这个小男孩聪明好动,不能约束自己,从未安静地听完一节课。无论哪个老师批评他,他都顶撞。老师讲的话,他愿听就听,不想听就自行其是。做什么事情都没有恒心,怕吃苦,从不参加集体劳动。

接班伊始,你去他家做家访。

他妈妈是个小学老师,对你极为客气,你建议让他住校,和同学们同吃同住,也便于老师因人施教。

他妈妈全力支持你,并自惭地说:"我能教别人家的孩子,可管不好自家的孩子。"

刚搬进学生宿舍，他不习惯，转身就跑回了家。你在他妈妈的配合下，硬是把他拽回了学校。

民族中学食堂的伙食，同他家里的比起来真是天壤之别。这里的学生大都来自贫困的高寒山区，衣着、用品、言谈举止都有各自的习惯，和这些同学同吃同住，对他来说格格不入。

午休时你专注观察他，熄灯后也关注他。只要发现他不在，你就满街去找，直到把他领回学校为止。

找他找得很累。有时你眼巴巴地望着前面的学校，两条腿像坠了铅块，拼尽全力向山坡上迈步，因为班里还有那么多学生在等着你。

集体劳动，你亲自给他派任务，并跟他一起干完。他那雪白的衬衣、锃亮的皮鞋，都变了颜色。你不厌其烦地说服他、表扬他，给他讲伟人学习的故事。

他的变化很大，成绩直线上升，也不顶撞其他老师了。

你逢人便高兴地讲他的变化。

有一天，他两个耳朵上戴着夸张的大耳环出现在课堂上，胳膊一抬，手上也有亮光闪闪的东西。你没有当堂发作，强压着怒气把课讲完。

下课后，你把他领到草坪上席地而坐，对他说："爱美之心人人有，老师并不反对。但你是初中生，又是个男孩子，这是课堂，不是舞台，朴素大方，整洁自然，才是我们中学生应有的美。美过了头，反而是丑了。你这个样子，同学们看了不说什么，但心里不会赞美的。如果你不相信，咱们搞一下试验怎么样？"

他没正面回答，你也没强迫他摘下耳环，而是不再提此事。

几天后，他自己悄悄摘下了耳环。

你站在讲台上看着他，报以赞许的微笑。他红着小脸，向你轻轻点了点头。

在中考的前一个月，不知什么原因，他扔下一张纸条竟然出走了。

纸条的大意是：他心里好烦，走三天就回来。不要找他，也找不着，也不要着急。三天后，他自然就回来了。他说这次出走，同老师一点儿关系都没有，只是想出去走走。

你问其他同学，他在课堂上发生了什么，同学们反映：他上课同别人讲话，上课的老师点了他的名，他不高兴了。

怎么会这样？

说话本来就影响了课堂的正常教学秩序，错了还不接受老师的批评，反而用出走来恐吓老师。

快中考了，寸金难买寸光阴，这三天是千金都难以买回的时间，绝不能让他在外面游荡三天，你决定去找他。

给他家打电话，他妈妈说没回家，但向你提供了他以前常去的几个地方。可你判断，这几个地方他是不会去的，在你的劝导下，他已经不和那些哥们儿来往了。

城里的茶馆、游戏厅、大河边、几处山坡你都走遍了，找了一天，毫无结果。你只好回到学校，瘫坐在椅子上，心想：他就不能为老师想想吗？老师每走一步多艰难啊，有什么不满不能同老师讲呢？

你正在抱怨的时候，电话响了，你拿起电话，里面传来了你期盼的声音："老师，对不起。"

"你在哪儿？"

"我在家。"

"好孩子，你去哪儿了？你不知道时间宝贵吗？"

"其实，我看见你了。你累坏了吧，老师？我想在家住一个晚上，明天早上回校。"

你高兴地说："好吧，孩子。好好休息，老师和同学们都在盼着你呢！"

他哭了，他与生活和解了。

第二天早晨，他回来了，你严厉地批评了他，又让全班同学都换位想想，他做得对不对。讨论了一节课，最后他站起来说："从来没见老师发过这么大的脾气。我在山坡上，看到老师很困难地迈着步，还费尽力气喊我的名字，我就知道我错了。我再也不会犯这样的错误了。"

从此以后，他变得很守纪律，能坚持和同学们一道勤奋刻苦学习。他在初中余下的时光里，一直很优秀。老师们都说他完全变了一个人。

他刚转到班里时，初二学年的六科统考成绩总共 240 分。通过一年的努力学习，他中考成绩达到 640 分，以优异的成绩升入了高一级学校。

你婉拒了他妈妈的毕业宴请，他的妈妈激动地说："他变成了一个奋发向上的好孩子。"

作为一名老师，要学会读懂每一个学生，因为每一个学生都是不同的。

你是一个能走进学生心灵的老师。

8. 一次特殊的班会

山里的孩子自小就渴望着走出大山,走向外面的世界,接受正规的教育。他们忍受着城市孩子难以想象的劳苦,背着简单的行李卷儿,在亲人的护送下,拿着小学升初中的通知书,远离家乡亲人,要爬山过岭走五六个小时甚至更长时间,才能坐上汽车,奔向他们憧憬的、承载着现代文明的小县城。

女生小云带着亲人的嘱托,带着大山的希望,依依不舍地告别病重的父亲,来到民族中学。两年中,她沉默寡言,在各项集体活动中也总是心事重重。她牵挂有病的父亲和亲人。尽管她学习还算努力,但因心事重,成绩一般。

进入初三的关键时刻,她父亲的生命也走到了尽头。他临终的嘱托竟是这样一句话:"这么远的山路,就别让女儿回来了,耽误学习。"

你发现小云情绪极度低沉,问她是为什么,她把家里的变故告诉了你,你心里非常难过。曾经饱尝失去亲人痛苦的你安慰她:"回家看看吧。"

"爸爸讲了,回去会影响学习的。"

"好样的,你比老师强。"

"不,是老师你给了我坚强的意志。"

"那你就别憋着,把思念与苦痛全哭出来。然后,实现父亲对你的期望。"

你向全班讲述了小云的不幸，并说了下面一番话："我们每一个人都有家人。老一辈走了，把生活的希望寄托在下一代身上。小云同学的父亲宁舍这生死诀别，也不愿耽误她的学习，这就是他在生命旅途中体味到的知识的分量和学习的重要性。劳苦一辈子的父亲，让别人捎给她的，就是这么短短的一句话。小云同学从这普普通通的一句话里，感知到了父亲饱含着的热切期望和最宝贵的亲情。"

许多同学和小云的境遇相同，教室里发出抽泣声。

你觉得这是唤醒和释放孩子们亲情的时机，也是关心小云、凝聚并升华集体意志力的机会，当即决定：下两节停课，全班同学陪着小云祭奠她的父亲，陪同她释放心中的痛苦，积蓄发奋学习告慰长辈的决心。说完，你含泪离开教室。

这是一次特殊的班会。

祭奠仪式过后，你回到教室，教室里一片寂静，学生个个脸上都挂着泪痕，全都在伏案做作业。他们的神情都很平和，教室里平静得像一湖春水。你的心被深深地打动：多好的孩子们！他们感情丰富，很懂道理，也知道自己肩负的使命。他们在长大。

校长在校会上表扬了小云，其他班的同学给她送来作业本，表示要向她学习。之后，你在生活上更多地照顾她。她的成绩上升得很快，后来顺利地考进了高一级学校。

你深信这样一句话："即使是普通的孩子，只要教育得法，也会成为不平凡的人。"

经过半学期的努力，你任教的语文、政治两科成绩，跻身全县中学的前列。更可喜的是，你这个班的三名学生参加全省语文学科竞赛，其中一人获一等奖，也是全县唯一获一等奖的；一人获二等奖。这个班还派出三名学生参加全国物理竞赛，结果，一人获全国二等奖，两人获全国三等奖。这项竞赛，丽江地区仅有八名学生获奖，你这个班就有三名。中考时这个班又夺得全县第一。这成绩是民族中学从未有过的。

当你宣布成绩时，全班欢腾起来，掌声、欢呼声经久不息。

这成绩来之不易！

因为学生的起点比较低，智力开发比较晚，全体师生付出了多少个日日夜夜，流了多少汗水和泪水！

治学如大禹治水，贵在一个"疏"字。有时候，不经意的一首歌曲，就能疏通孩子心里的"堰塞湖"……

9. 歌声抵达的地方

有一天，你去上晚自习，刚出宿舍门，就听见教学楼上的男生在唱歌：

说句心里话

我也想家

家中的老妈妈

已是满头白发

……

你知道这是唱给你听的。这并不是在歌咏，明显是在埋怨你不让他们经常回家。

你走进教室，一眼看见黑板上画着一间小屋，屋前有一棵小树，门前有一条小溪。画面的旁边写着：好想念屋前那棵小树。

你沉默了几分钟，学生们全都低着头，等待着火山喷发。火山暂时没有喷发。

你做了一次长篇演说：

同学们：

老师也是有血有肉的人，也有亲情和友情。老师也想家，老师家中没有了老妈妈，也没有了老父亲。大理的苍山上躺着我的丈夫，离开大理之前，我去坟上看了他，曾向他发誓，一年至少回来看望他一次，决不食言，可是，从调到这里，我就再也没回去过。

同学们，孩子们，我宁愿对长眠在地下的丈夫食言毁约，也不愿让你们耽误一分钟。我祈求九泉之下的他，能够理解我、原谅我，可你们却不理解老师的一片苦心。

养我多年的姐姐在攀枝花市，每个星期都过来看我一次，我却从来没去看过她，难道我是个冷血动物吗？

在黑板上画画的男生主动站起来说："老师，我错了。"说完就走过去把黑板擦了。

你接着说：

每年开学季，你们的家长来交书费，150元的书费，都装满一大塑料袋，一分分，一毛毛，这是你们爸爸妈妈用劳动换来的血汗钱。每当我数着这些钱，心里就疼得难受，父母供你们来读书，是多么不容易，对你们抱有多么大的希望。想家，你们就回家好了，回去放羊、放猪，永远和大山相守，再也别回来了。想回家的举手，我现在就批准。

你露出"大魔头"的凶相。
没有人举手。

　　你们今早唱的歌曲是《说句心里话》。今天老师就来和同学们讲讲心里话。这是一首军旅歌曲，它表达了戍边的解放军叔叔告别故乡，远行千里，有的在雪域高山上坚守哨位，有的顶着烈日在沙漠里巡逻。在雪山上，因为气压太低，米饭都煮不熟，他们仍然得咽下去。他们含辛茹苦，用身体和意志为祖国构筑起钢铁长城，有的甚至牺牲了自己宝贵的生命。今天我们能坐在课堂里安心地读书，首先应该感谢那些无私奉献的解放军叔叔，他们舍小家、为大家，捍卫了国家的疆土，捍卫了我们和平的生活。他们是我们和平生活的守护者。

　　同学们，我们中华民族拥有伟大的万里长城，可是在一百五六十年前，鸦片战争打开了清朝的国门，从此我们的国家就备受欺凌和践踏，东西方列强迫使我们签订了一个又一个屈辱的条约，割让国土、赔偿白银，掠夺我们的各种资源，几亿同胞失去了做人的尊严，沦为被压迫的奴隶。

老师出生在东北。九一八事变，日本军队占领了东三省。那时，我们东北没有强大的军队，只有少量抗日游击队，用落后的武器抵抗日寇。日寇每一次的大扫荡，都是一次惨无人性的大屠杀。女同胞被杀害前还要遭受残忍的侮辱与伤害。那时老师还没有出生，老师的妈妈带着三个年幼的姐姐，到处藏身，躲避敌人的扫荡。有一次，许多农民躲进一个冬天储藏大白菜的菜窖里，菜窖很大，能容下一百多人，我的妈妈带着三个姐姐要躲进去，被挡在外面，有人说：你们都是女人，另找地方躲去吧。

妈妈带着姐姐躲到山上的树丛里，结果看到了人世间最残暴的一幕——扫荡的日寇发现了菜窖，把乡亲们拖出来，用刺刀捅，用长刀劈，开枪射杀，没有一个乡亲活下来……

老师平时不愿讲这段悲惨的往事，今天，是你们唱的歌唤起了这段悲惨的历史。如果当时菜窖也接纳了老师的妈妈和姐姐，就没有今天和你们在一起的张老师了。

同学们，孩子们，今天是上语文课，但老师讲述了历史，是为了让你们记住历史，珍惜今天祖国的强大。我们有一支战无不胜的人民军队，有无数个解放军叔叔离开他们的家，捍卫着祖国的平安和我们的生活。

同学们，老师也是喜欢唱歌的，今天老师就和你们一起，为戍边的解放军叔叔，再唱一次《说句心里话》，好吗？

……
既然来当兵，

就知责任大。

你不扛枪我不扛枪，

谁保卫咱妈妈，

谁来保卫她，

……

历史课又变成了音乐课。

这是一个两代人的大合唱，是一次泪洒大地的狮吼。

这不是歌声，是脚步声！是震撼群山的脚步声！是你——一个倔强的女人——微弓着背，领着你的孩子们向希望迈进的脚步声！

歌声久远！班里的11个民族的50个孩子，都在歌声中各自抵达了自己的希望之地！

当年在黑板上画房子和小树、爱弹玻璃球的小男孩，以优异的成绩考入了哈师大，用你教给他的忠诚、坚强和睿智，成为当年歌中唱的那个人，并成为一名优秀的共产党员。

他们还会忆起当年曾被称作"大魔头"的那个老师吗？

在民族中学的校刊上，你留下了这样一首小诗：

他们来了，

他们走了。

走走来来，展现了真善美。

求真的舞台，

价值旋律的选择。

迷迷茫茫，

把多少人旋在空中？

施善的舞台，

使你徘徊不已。

你走进了沙漠的边缘，

迷迷茫茫，

仿佛有回音在响——

喂，勇敢地去选一片绿洲吧！

那满天的星斗，

好美！好美！

10. 世纪承诺

2001年的教师节，你获评第二届"全国十佳师德标兵"称号。教育部庆祝教师节的晚会，在北京大学百周年纪念讲堂举行。中国教育电视台与上海、新疆教育电视台，通过卫星直播现场实况。

当音乐声响起，随着主持人那雄浑激越的声音：中国，云南，丽江，华坪……你哭了。在以你为原型的情景剧《咏梅》中，当十六个山村孩子簇拥着一位山村老师，争先恐后地喊着"妈妈"时，一下子把你的思绪拉回那峰峦起伏的群山之中。站在那高山之巅，再往上看，还是山连着山，高低错落，如怒涛奔涌，山峦处处，都有孩子向你招手呼唤……

你忽然觉得，那连绵高远的群山，就被舞台上的五彩柔光轻拂着，高山的神秘，灯光的游移，真如"倒海翻江卷巨澜"，你似乎听出马帮铃声与京城的汽笛声交汇在一起。在这"土"与

"洋"、"落后"与"现代"的吐纳与融合中，造就了多少默默无闻却可歌可泣的人和事！

"张老师和大家见面！"主持人的声音、响亮的掌声，打断了你的遐想。主持人和演员扶你登上了舞台。

你第一次登上这样的舞台，第一次被这么强烈的聚光灯照射，第一次看到台下人山人海，第一次站在多位中央首长面前。

真不敢相信，站在舞台中央的是一名来自边远高寒山区的普通女教师，而且是在祖国首都北京，在驰名世界的北京大学，在壮丽的百周年纪念讲堂，庄严豪迈地代表全国教师，通过卫星向全国人民、向全世界，做出"世纪承诺"。

事前，导演频频叮嘱："你千万不能激动！一激动就要哭，一哭就说不出话来。这是向全国直播，你懂吗？"

"我懂。但让我不激动，我办不到啊！"

此时，你意识到：站在台上的，已不是你个人，你代表着全国千千万万个山村教师。你心里想：即使止不住热泪，也一定要把全国教师的心声明白响亮地表达出来，要让祖国河山、世界各地都清楚听到中国教师新世纪的誓言。

于是，你定下心来，举起话筒，几乎是一词一顿："由衷地感谢党和政府对人民教师的重视和关怀，由衷地感谢全社会对教师的尊重和期待。今天，我对大家说：父老乡亲们，我，我们，是你们培养的人民教师，一定会尽到自己的责任。只要我还有一口气，我就会站在讲台上，就会说：'同学们，请坐！'"

暴风雨般的掌声和会场气氛告诉你：这神圣的任务你完成了。

晚会结束后，大学生们来找你签名。几个云南籍的大学生来找你交谈,其间有学生说:"来到北京,课程有点儿撵不上。"

这句话重重地刺痛了你的心:这些孩子高考的成绩是优秀的,怎么到北京会不适应呢?你想,一是地理环境造成的心理压力;再者北京是全国优秀人才聚集的地方,竞争的压力可想而知。原因分析出来了,你还是不放心。回到昆明,省教育厅厅长接见你时,让你留在省城做一次全面体检,你放弃了。你急急忙忙赶回县里,利用业余时间,到别的学校听课,和其他老师谈感想、找差距。你决心再次读书,系统补充知识,获取新信息,提升自己。

你利用业余时间,进入云南大学成人教育学院中文系,续读(函授)本科。

已经多少年没坐在教室里听老师的系统讲课了,和童年时的感觉大不一样:老师一讲,就懂;老师一走,就忘。而其他同学,一听就懂,下课就放心地玩去了。因此,你下定决心把苦头吃下去,一天到晚看书,累得不行。当同学们认出你就是张桂梅之后,都很兴奋,说:"这回见着真人了。"你非常不好意思:"让你们失望了。"

在生活上,你得到了学院的特殊照顾,免去了你的学费。到卫生室去输液,无论怎么说,医生都不收费,你还是坚持把钱放下,也不知够不够。学院还办了一次讲座,让你讲的题目是《平凡的人,平凡的故事》。海报都贴出去了,时间定在晚上 7:30 开始。你担心没有人听。因为这些学员,大部分是老师,直截了当地说,不少是为学历达标而来,顺便再学点儿东西,一举两得。他们都忙着应付学科的结业考试,这与考试无关的内容,谁有时间和心思来听?你对同屋几位女老师调侃:"这回只有你们几个捧场了。"

你提前十分钟走进阶梯教室,一进门就愣住了:已经没有座位了,阶梯教室后面都站满了人,外面还站着人。

你低估了学员的价值观念和追求。

主持人宣布讲座开始,给你戴上麦克风,因为场面大,人多,音响效果不太好,你努力放大声音回报听众。这一来,整个会场只有你的声音在回荡。你看到了中文系的几位领导和老师,百忙中也来听你的讲座,心中涌起一股暖流。

讲座结束后,热烈的掌声经久不息。一个女同学上台,献给你一首歌——《为了谁》,唱得全场流泪,你也涕泪满面。同宿舍的几位女老师凑钱给你买了条纱巾,当场给你围上。她们什么时候出去买的,你毫不知情。

回到宿舍后,几位老师给你送来了1100元钱,并一再说:"这是临时凑集起来的,钱不多,请一定收下。"

"拿回去做点儿事吧。"他们中有一位女老师,原本准备坐飞机回家,现在她决定不坐飞机了,把省下的机票钱捐给了你。

你无法拒绝这些真诚火热的心,只得代表你的学生,谢谢真诚的老师们。

有个小男生,本身就来自贫困家庭,还买了支钢笔送给你,并让你给他签名留念。一位老师送给你两本书,扉页上写道:"爱——永不止息。与张桂梅老师共勉。"

连日来,你几乎都是泪眼面对发生的这一幕一幕。

你不由得想起小时候学过的一首诗:"凡是有生活的地方就有快乐和宝藏……去以自己的火点燃旁人的火,去以心发现心。"你原来想以自己微弱的火，点燃山区孩子心中的火；可现在，无论到哪里，你都被赤诚火热的心所包围。只要真心向善，人间处处真善美。

你的教师生涯应该感恩丽江教育学院。校方接你去做报告，你把此行看成是一次感恩之旅。

11. 感恩母校

你的母校——丽江教育学院，前身是丽江师专。不到两百学生的学院，孤零零的几座小楼立在郊外，背靠象山，下瞰黑龙潭，小溪长年不息地歌唱着，奔向丽江城里的玉河，去洗刷城里的尘埃，点缀那小桥两侧的粉墙垂柳、瓦舍人家。

你在此就读的时候它还没什么名气。刚来到这所学校时，你甚至还有点儿后悔：凭你的分数，完全可以读省城的重点大学。这里吃饭只有一个食堂，老师年轻的居多。不少同学有抱怨情绪。

有一位老师说："名人不一定是出在名校，关键在于自己。"这话有道理。

在北京做完节目后，母校把你接了回去，让你给老师和师弟师妹们做几场报告。你说你没有资格做报告，就叫"汇报"吧。

母校的变化太大了。下了车，你都不知往哪儿走。老师领着你走进由两所学校合并而成的校区，高楼林立，图书馆尤其宏伟，人群熙来攘往。

上学时熟悉的几位老师来看你。让你惊喜的是，他们都变得更高雅、美丽，一派成熟学者风度，都住上了自己买的楼房，有的已成为知名作家，有的已成为教授。

第一场报告是全体老师听。开讲前，你的心怦怦直跳，真害怕尴尬的局面出现。你推测，高级知识分子大多数两耳不闻窗外事，都在潜心钻研各自的课题，一般不爱听这种汇报，即使听，也不会按时到会。可是，当你看到老师都提前到了会场时，越发感到不安。

你环视会场，希望看到你熟悉的两位老师，看了几遭，也没发现。一问领导才知道，他们在你毕业后的两年内就已先后病逝。

你为之一震：人生易老天难老。在你的记忆里，他们的身体是那么健壮。主持人说着什么，你没有心思听，是掌声把你的注意力拉回了现场。

会场出奇地肃静，给你的讲述提供了最好的氛围。一个个故事，一幅幅生动的画面，感动了在场的每一位老师，你听到了台下的抽泣声。

汇报结束，全场掌声响起。主持会议的领导看到这个场面，只说了句："无须说什么了。散会！"

会后，这位领导说："我难过，但我不哭，因为我是男子汉。"

你提出要去拜祭那两位已故的老师，回答是：你只能去拜祭一位，另一位的坟地太远，你上不去不说，家属也联系不上。

几位领导陪着你爬到了象山背后，看到了那座极普通的坟，岁月已使墓碑上的字难以辨认，你献上花篮，祭上了供品，眼泪流了下来。

人生轮回如梭。你还清楚记得：当年这位老师讲授"现代汉语"，第一节课就提出要背诵《新华字典》。你第一个站起来反对，毫无礼貌地大声嚷嚷，当场使他很难下台。

一阵难堪之后，他并没让步："必须背。"随后解释了背字典的好处。怕他给不及格，你不敢再吵了，倒是想试试，背字典是不是有那么多好处。在后来的教学实践中，你查字典速度很快，甚至能告诉学生在哪一页，学生很惊异地看着你，说"我们的老师真博学"。

你告别了老师简陋的坟墓，心里说：尊敬的老师，您太累了，安息吧。学生永远记得您！

当晚，教育学院又组织了一场座谈会。

"你不喜欢现代化的生活设施吗？"一位老师提问。

你立即回答："喜欢。"

"那你为什么把所有的钱都捐出去呢？"

"那是因为有人需要救助。不是帮他们过现代化的生活，而是帮他们争取起码的生存和受教育条件。"

"你不觉得亏吗？"

"不觉得亏，反而获得了安慰：我对需要帮助的孩子尽了一点儿责任。"

一位老师起立，向你鞠躬表示敬佩，你连忙起来还礼。

你要赶回华坪，你的教育诗还没写完，你的前面还有着漫长的生死苦旅。

第七章　生死苦旅

1. 死神又来敲门

一边在创造着成就，一边在接受着磨难，这似乎成了你的宿命。

1997年12月，你腹痛难忍，去医院复查，被告知肿瘤复发。

你不相信这样的结果，趁寒假你又去昆明复诊，得到的是同样的答复。

你拿着诊断书从医院出来，脸上挂满泪水，精神恍惚地走在昆明街头。

诊断书也是一份死亡通知书。你忽然觉得活着好累好累。天下事，了又未了，最后皆不了了之。你想回到丈夫身边，跟他一起躺在地下，让他像生前一样宠着你、惯着你。

你不是超人，不是伟人，你只是一个平凡的孤独的女人。你在这个世界上已无牵挂，你不想再坚持了。一个人不惧死亡，那是因为活着比死亡更艰难。

疾病将让你失去生命。你是谁的妻子，是谁的女儿？是谁的母亲？都不是，你只是一个想要离开人世的女人。就像当年高考走进考场，瞬间忘记了自己的名字。

回到丈夫身边去！

这个想法忽然无比强烈。你擦干泪水，决定实现这个计划。对生存的妥协亦是一种抵抗。

你看着车来车往的马路，闭着眼睛走向车流。

一声刺耳的刹车声响彻街头，恍惚中，你心里想：死了吗？

你忽然听到一个男人愤怒的咒骂："你想死去跳滇池啊！你想怎么死都行，别来这里害人！你撞我的出租车，你死了我还要承担责任，我家还有老有小，哪个来养他们？"

咒骂声和随之而来的围观，让你无地自容，落荒而逃。

自己不想活了，怎么可以去害人呢？看来，选择死亡也涉及伦理道德。

你蹒跚地走着，见有人挑着西红柿卖。那红宝石般的颜色唤醒了你对美好生活的爱。你花了10块钱买了一大袋，回到住处，也不洗，把一袋西红柿全吃完，栽倒在床上，任泪水打湿枕头，一直躺到天黑。

如台风掠过大海，你内心的狂风骤雨逐渐平息，忽然想找人倾诉，但那时并没有手机，你联系不到朋友。

你情绪的冲动那么强烈，你选择向岁月倾诉。

你从包里找出一个本子，摸出笔，开始疯狂地书写。从幼年、少年、青年，到遇到丈夫，到拥有的那些幸福日子，到丈夫丢下你让你孤独地生活，到你全身心地对学生的付出，到华坪县委、县政府领导对你的关心。你边哭边写，像在写一篇无限长的遗书。

你要死了，要让人们知道，你是多么爱你的丈夫，你是多么热爱生活，也那样深切地爱着你的学生。开始你只是想用对学生的付出来忘记对丈夫的思念，但渐渐地，对学生的好，已经成了你生命中不可或缺的组成部分。

哭了一晚上，写了一晚上，迎着旭日，身心俱疲的你终于放松了下来。

你"审判"了自己！

你睡得很沉，想在梦中见到丈夫，听他的安慰，可是他并没有来。

你的思绪回归现实：你的学生的学习成绩刚有起色，难道你就要离开他们吗？你的人生已经残缺不全，老天还不能给你一个健康之躯去为教育孩子尽微薄之力。

人的生命之所以宝贵，是因为它是有价值、有意义的。所以，有的人生命轻如鸿毛，有的人生命重于泰山。

你生命的价值和意义何在？

你怀念起那些来自贫困山区，与你朝夕相处并有了超越血缘之情的孩子。

那些可爱的孩子如果不能考出去，他们不可能有机会复读，只能重返大山，重复他们父辈的宿命。

你要用自己生命最后的烛光，照亮他们精彩的明天。你要尽全力抗拒死神对你的绑架。

你毅然回到华坪。领导和同事得知你的病情，劝你住院，你婉言拒绝了。

他们说："我们需要你坚强地活着，还想同你多共事几年，请你服从安排，住院治疗。"

这份真情使你住进了华坪县中医院。

你成了医院里最不守规则的病人。如果有课，你拔下针头就跑回学校上课；没有课时，你就回医院打针。这样跑来跑去，控制不住肿瘤的生长。为了不浪费国家的钱，你干脆放弃治疗，出院回到学校。

你的学生们哭了。孩子们说："是我们把老师累病的！听老师讲第一节课时，老师是那么年轻，可现在变成这个样子了……"

你说："同学们，老师不会死的，也决不会离开你们，请相信老师。"

于是，有的学生就学着你的样子，有了小病也不休息，照样上课。

可爱的孩子们唤回了你的信心，激发出你生命的火花，他们是你的"特效药"。你决心在有生之年，加倍地爱护他们，用生命微弱的烛光去点燃他们的理想。

中考在即，你改变了教学方法：不提"中考"两个字，少批评，多鼓励。

学生们都离家很远，学校只能采取"放大假"的办法，每到月底放四五天假，让他们回家背米。有的学生为了节省路费，一直要到放寒暑假才回去。

星期六的晚上，你领着他们做游戏、看电影，把亲友送给你的营养品分给他们。

这一年，学校刚迁到新址，家底薄，一放假，锅炉房就熄火。

回不了家的学生没有水喝，你便自己掏钱去附近的一家饭店买开水。一暖水瓶收1元钱，你一次提四个暖水瓶，回来一杯杯倒满，再回去提。学生不喝生水，保障了身体健康。这使学生很受感动。他们说："老师，你身体不好，我们自己去提。"

当饭店的老板知道你每天买水是给学生喝，降到5角钱一瓶，最后干脆不收钱以示支持。

学习方面，你从不看重分数多少，只要他们尽力学就行。课间放音乐，讲课前唱一首歌，提倡讲普通话，让他们多读多写，引导他们带着感情放声朗读，把自己的情感糅进课文描绘的画面之中。

因为你从一开始就注意与学生沟通情感，师生之间已经产生了默契，所以，每当你提出建议，他们都会立刻响应。孩子们不是被老师"逼着学"，而是变成了自觉的"我要学"。

一个苗族学生，看起书来废寝忘食，你就盯着他吃饭，盯着他喝水，盯着他睡觉。天气酷热难当，他还穿着一身厚衣服，经常大汗淋漓，你就提醒他脱掉外衣，并劝他："孩子，要科学地安排学习时间。"

"我的基础太差，不这样拼搏，我无法挽回两年里丢掉的东西。"

"那也要注意作息时间，失去了健康什么也学不成了。"

"老师，有你做榜样，我精力充沛得很。"

中考结束，全县1000多名考生，他考了第二名。

你身带疾病站在讲台上，成为感召学生的一面旗帜；你的每一堂课，都是学生励志的军号声。

但爱不是一切，矛盾也会随时发生。

2. 买早点的学生

有一个白族男生,学习成绩不错,但跑早操经常不见他的影子,需要每天早上喊他;而他起床的速度又非常慢,往往别的同学已经跑完回来了,他才睡眼惺忪地走出宿舍。

你批评了他几次。

"老师你不要担心,我不跑早操,身体照样挺棒。"

"可是你的行为会影响集体的情绪和规则,你不跑,别人也想不跑;你睡懒觉,别人也想睡懒觉。这样下去,会影响全班的纪律和早上第一节课的质量。"

"老师,没有那么严重吧?"

你打算借此放松一个星期,用事实来教育他。

一个星期试验下来,早自习、第一节课,有迟到的,有吃不上早点的,有一边穿衣服一边往教室跑的,有的进了教室还接着睡,各科作业质量都不同程度下降,感冒的人数不断增多,体育老师叫苦连连,上第一节课的老师也非常不满意,班上从来没出现过这种情况。

校会批评了你们班。

你站在讲台上看着全班学生,面带微笑。倒是有几个学生沉不住气了,朝你说:"老师你还笑得出来吗?你还不快停止你的'宽松'试验!"

你真是与众不同。你看时机到了,就召开班会。

班会上,同学们议论纷纷,群情激昂。大家都在谴责那个振振有词的男同学。他们的集体荣誉感、是非感瞬间爆发出来。

可是,事情并非想象的那么简单,"拨乱反正"后,开始几天早操跑得不错,从身体状况到纪律性都比原来明显进步了,但几天后,那个男生又故态重演了。

你出了个"绝招":每天早上给他1元钱,请他出去给你买早点。他虽然不太情愿,但又不好推辞。他天天早上一溜小跑,下山上山,坚持了三个月。就这样,既保障了他的身体健康,又提高了早自习的质量。

毕业后,他考上了一所公安学校,来信说:"张老师,多谢你了。没有你,就没有我的今天。现在我才明白,每天早上你让我买早点的良苦用心。"

他在公安学校,有时整个下午就一节课,在太阳底下练"金鸡独立"(应该是队列练习吧)。有的同学晕倒了,有的同学吐了,他依旧纹丝不动地站立着。他当初的身体素质在班里不算是最好的,班级篮球赛几乎轮不到他上场,但在公安学校这个班里,他算得上佼佼者了。

你认为,身体素质是保障学习的前提,锻炼身体是在强化情感、意志品质和集体主义精神。所以,激励学生全面发展,还得从持之以恒的身体锻炼开始。

你把复发的肿瘤置之脑后,可是疾病并未忘记你。

3. 挑战极限

来自高寒山区的学生,虽然能爬山、能干活,但是在体育技能的训练中不容易掌握要领，而有的技能科目又是中考必考的。比如，投掷铅球，女同学百分之九十拿不到及格分。仅这一项，就把全班的体育成绩拉了下来。

这个班的女孩子自尊心比较强，也不怕苦，体育老师也非常着急，但似乎已无能为力。

每个星期有两节体育课，如何挖掘她们的潜力，冲出体能极限这一关呢？

你从培养她们的勇敢精神和自信心开始，不畏困难，不怕强手，相信自己能行。

这个班的女孩子会打篮球，你就鼓励她们和强手打，而且要竭尽全力争取打赢。

每天晚饭后，一场接一场地打球，结果越战越勇。你看她们练得差不多了，就让她们和女老师比赛，结果她们获胜。

这一下，全班精神大振，你又把话题扯回掷铅球的问题上，让她们坚信：只要顽强、勇敢，就没有攻不破的难关！

你和她们一起尝试。

每节体育课你都忍着病痛坐在旁边，为她们呐喊助威。有的女生胳膊都练肿了，也不叫苦，咬着牙继续练。有时，你真不忍心看她们累成那个样子，真想说：同学们，我们不练了！

但你没有那样做。一个民族要想强大，立于不败之地，不但要有聪明的大脑，还要有健康的身体，更要有顽强的意志和精神。这种意志和精神不仅会让她们在人生道路上终身受益，也关乎民族的兴衰。

三个月后，从体育考场下来，女生的投掷铅球全部过关。胜利给她们带来的喜悦，冲刷了昔日的懦弱和劳苦，平添了一种顶天立地的豪迈气魄。你想，此时她们不仅是为成绩欢呼，更多的是为能超越自己而欢呼。

体育老师被感动了，多少年后还在念念不忘她们不怕苦、不怕累的精神。

一位作家说过："我们可以不伟大，但我们庄严。我们可以不永恒，但我们真诚。我们可以不完美，但我们努力。"

你由此想到：教师工作，不能只被看成是一种职业、一种谋生手段，更应该看到它承担着国家、民族、人民和时代赋予的神圣使命。要真正地教好书、育好人，让学生德、智、体全面发展，作为教师所要付出的应该是整个身心，才能换来英姿勃勃的一代新人和国家的繁荣强大。

拜"死神"所赐，你以重病之身，悟出健康的重要性。

你要让每一个孩子都真正站立起来！

4. 全体起立

有一天，华坪县政协委员来学校视察。校长在汇报工作时介绍了你的事迹，政协委员们很感动，都渴望见一见你。校长让人把你叫到会场。

你刚刚下课，不知有何事，匆匆赶往会场。当你在会场出现时，政协领导突然发出一声口令："全体委员起立，向张桂梅老师致敬！"

话音刚落，在场的36位委员齐刷刷地起立，恭恭敬敬地向你，向他们心目中的人民教师深深鞠躬，表达华坪人民对一位山村教师最虔诚、最崇高的敬意！

这是你终生难忘的一次心灵震撼！你更坚定了为教育华坪的下一代、为教育事业付出自己所有一切的决心。

为帮你治病，全体委员当场自发捐款，他们事先并没有准备，倾尽囊中所有，共捐出 6230 元。

他们中有六七十岁的老领导，有各行业的先进工作者，有来自山寨的各民族优秀代表，他们的总称是"华坪人民"！

不久，县里召开妇代会，全体代表和县领导也纷纷为你治病捐了款。

当时你作为列席代表出席大会，并向大会汇报了自己的工作。

当你从台上下来时，只见两百多人的会场里，四处都在喊喊喳喳地低语：

"你应该留下车票钱。"

"不留了，全部捐了吧，多翻几座山就回去了。"

"你这钱不是给娃娃买衣服的吗？"

"不买了。"

代表们一个接一个地从主席台右边角走上台去，把钱放在妇联主席面前，再从左边角下来。

"这是干什么？"你向周围的几位代表打听。

所问皆无回应，只有代表们友好地向你点头致敬。

你着急了：这一定又是什么慈善捐款。你没带钱，忙找身边的熟人借钱。

你所属的代表团的团长告诉你："张老师，大家在为你捐钱。"

你的眼泪一下子就涌了出来。

在商品经济的大潮中,"钱"是等价交换物,谁愿意无偿地付出呢?扶危济困,急公好义,是中华民族的优良传统。苍天啊,你睁开眼睛看看,华坪这片沃土上的善良儿女、张桂梅的好姐妹们,他们本身并不富裕,但为帮助一个有病的教师,却倾尽所有!

病魔无情人有情。有华坪人民做后盾,你可以与病魔抗争到底!

县委书记带领有关部门领导,亲自把捐款送到你手里,共计6040元。

当这些带着体温、由大大小小的面额组成的捐款塞到你怀里时,你无法抑制地哭了起来。谁说你是一个没人疼爱的女人?谁说你是一个失去了家园的女人?

你拥抱了大山,大山也拥抱了你!

你拥抱了人民,人民也把你拥在怀里!

不过,这两笔钱你都没有用到自己身上。

5. 第二次手术

捐款是无法退回了。

这是人间大爱!这是沉甸甸的嘱托!

你想,不管有多大的困难,都要把这12270元钱用到最该用的地方。

学校是年久失修的旧楼,电力不足,灯亮不起来,还经常停电，学生全靠点蜡烛上晚自习。看到那一簇簇的烛光，你心如刀割。如果能解决这个问题，正好了却你的一大心愿。

你把这两笔捐款捐给学校架电。

学校用这笔钱重新装了变压器，电力充足了。看见教室明亮的灯光，你的心里也变得透亮。

中考结束了，在两位老师的陪同下，你住进了省城的医院。

1998年7月22日，你做了第二次手术。手术耗时四个多小时。因为各种原因，你对麻醉药不太敏感，手术时，手术刀划开皮肤的感觉是那样真切，刻骨的痛让汗水湿透了你的衣服。你请求医生把伤口缝上，不做这手术了。

医生耐心劝说："再坚持一会儿就好了。"四个小时，你痛得陷入昏迷状态，感觉自己置身于大沙漠，被太阳晒得唇焦舌燥，来了一群狼，把你的肠子扯了出去……

手术终于结束，你被推出来时，铺的、盖的全被汗水湿透。看到姐姐的一瞬间，你像溺水的孩子抓到了救命的稻草，泪水哗哗地流也流不完，姐姐给你擦也擦不干。

医生跟姐姐介绍了手术情况，并说这种麻醉效果不好的情况不多见。姐姐脸都吓白了，你反而哭不出来了。

姐姐趴在你身边，说痛你就哭吧，哭一哭会减轻疼痛的。而你瞬间变得坚强起来，对姐姐说："现在比在手术台上已经好多了，不想哭了。"

你望着满面沧桑的姐姐，心中涌上更大的悲痛。姐姐经历过老年丧子，遭受了人生之大不幸，而今又来照顾病重的妹妹，她的内心将是何等悲怆！你不忍心再给她心灵的伤口上撒盐。

看着面前头发花白的姐姐,你忍住你的怕、你的孤独、你的委屈。你又想着华坪人民和学生都在牵挂着你,痛哭只能证明自己是弱者!

为了省钱,麻醉过后,你坚持不打止痛针,能下床就尽量下床活动。

你怕住在医院久了,你和姐姐都没有那么多钱,所以当邻床病友还在由家人呵护照看着时,你已经捂着伤口自己挪着去打开水了。

一个星期后伤口拆线,你要求出院,医院方不同意。你不敢跟人说怕药费不够,就算有国家报销你也得先垫付。你也不敢跟姐姐说,来医院前华坪县委、县政府为你组织募捐的1万多块钱已全部捐给了学校。你跟医院撒着各种谎,向医院保证你回华坪后会继续治疗。说尽好话,医院勉强同意你出院,并让你签下了"生死状":如果发生意外跟医院无关。

出院后回到华坪,你得知班里学生的中考成绩,综合成绩名列全县第一,在全地区108所学校中名列第六,全县状元也是你班里的学生。这成绩是在一年内取得的。你手捂着伤口,脑际倏忽浮现出带病和他们一起拼搏的日日夜夜。

接着,学校筹备开学,迎接新生。

你拖着尚未康复的病体,迎接新的挑战。

6. 和孩子们休戚与共

和孩子们融为一体,你的生命得以丰富、得以延伸。

你任班主任的这个班共60多名学生,有一半的学生是家长慕名送来的,有的是别的学校推出来的"双差生",有两个孤儿,三人来自单亲家庭。从衣着上来看,有不少贫困生。

你真的有些犯愁了。你也食人间烟火,亲情、友情、人情,谁的情你都不能欠。

你一个月几百元工资,过着极俭的生活。你把每天的生活费控制在三元以内,一顿饭一元钱,吃学生伙食,不添置衣物,头发长了自己剪短,日用品压到最低限度,余下的工资全部用来接济学生。你最害怕学生生病,有一个学生生病,可能就要填上几个月的工资。

两角钱的一份菜,不见油星,纯属于白水清煮。菜也不是优质的,是市场上别人挑剩下减价处理的。这种价格如果用优质菜,食堂是要赔钱的。如果菜价格高一点儿,一半以上的学生就吃不起。刚开始吃这寡淡无味的菜,难以下咽,但想想学生都在吃,你为什么不能吃?

你还从药店买来一些常用药,备一个小药箱,学生得了感冒或小伤小病,随时可以拿出来用。

手术后的两个月,你感觉腹部又开始疼痛,到医院一复查,该死的肿瘤又长出来了。它是如此死乞白赖地要置你于死地!

你觉得无力回天,生命快到了尽头,默默地从医院回到了学校,已无泪可哭了,只有满腔的愤懑。你呆呆地站在教室里,望着窗外狮子山上一座座新旧坟茔,眼前出现了幻觉:一会儿是鲜花,一会儿是荒草,一会儿是沙漠。你该躺在哪座小山包上?

忽听耳边有呜呜的哭声,回头一看是学生,教室里哭成了一片，哭声震动了整个校园。

"老师，我们再也不惹你生气了。"

"我们一定要争气，一定要好好地学习。"

你的泪水也夺眶而出。师生哭作一团。

这哭声给了你动力，又燃起了你的使命之火。

你说："都不哭了。从此谁也不准哭了！老师有病是常态，剩下的是我们师生同心同德共同战胜困难、创造一流成绩的勇气！"

课堂上慷慨悲壮，像在临战誓师、同仇敌忾！

你又去医院开中药，用来止疼和抑制肿瘤生长。

你感触最深的是有人需要你，有别人的关心和问候，你心里就感到温暖，也增添了活下去的勇气。

华坪县四班子领导专程来看望你、慰问你，他们带来了华坪县人民的关心。这给你战胜病魔增添了巨大的勇气，你感恩至今。

教育局局长要求校长减下你一门课，你不同意，对他们说："领导的关心我心领了，但请求给我一个机会。对于我来说，能工作的日子不多了。请允许我像正常人一样上班吧。"

刚入学的那段日子，有几个学生总是呆呆地、木木地没有反应。这是怎么回事儿？你走到一个学生的身边，请他站起来和你讲话，他还是不动。难道他听不见？直到旁边的一个同学用他们本民族的话说了几句，他才怯生生地站起来。你恍然大悟：他听不懂普通话，就连本地的汉话都听不懂。而且，不懂汉话的，班里不止他一个。你用手势比画，请他坐下，他笑了。

你对全班问："还有谁不懂汉话？"有人在底下嘀嘀咕咕小声翻译，陆续站起了好几个。

天哪！这怎么教？

他们的小学，有的是在一人一校读的，有的是在本地复式班读的，在完全小学就读的算是最幸运的了。加之有的读小学是断断续续读，智力开发得晚，高兴了就去读一年，家里需要就跑到山上放一年羊，想读书了就再跟班走。城里都是小学六年制，而他们，实际只读了五年、四年。有的老师只用本地民族语言讲课，别说讲普通话，就连本地汉话也不讲。这些学生到了升初中的年龄，都被政策照顾录取了，因此，他们虽然升入了初中，但实际水平还达不到城里小学三年级。

你采用了最笨的教学方法——领着他们读生字、生词，从拼音的读法到汉字的书写，一点儿一点儿地纠正。凡是语文的早自习，你就写满一黑板生字并注音，反复领他们读，读完了再让他们写，一早上不下十遍。然后，把拼音擦去，让他们注音，有的还是出错；把汉字擦去，让他们填写汉字，照样还有错的。有时你真想对他们发火，可看他们那认真着急的样子，又不忍心了。就这样坚持了一个多月，全班不仅都学会了说汉话，而且也能用普通话同你交流了。

一个多月的练习初见成效，你改由他们自己进行练习。他们在字词的掌握上进步很快。一段学习结束，你进行了单元测验，结果有两个女生，在汉语知识部分全都是空白，短文分析也是空白，作文有百分之八十的错别字。

你把这两个女生带到了你的宿舍，把试卷给她们两个看。一个女生马上就哭了，边哭边说："不知为什么，拼音学不会，汉字也学不会，一写就错，古文怎么也读不懂。"

你说:"别哭了,老师单独教你们。"

"家里带来的钱花完了,爸爸到现在还没送钱来。"

"我借给你,先记账,有了就还,没有就算了。"

在学生面前,你总是那么慷慨。

她不哭了,说:"谢谢老师。"

看看她身上的穿着,确实与这个年代不相称。她和你的个子差不多,你就翻出合体的衣服给她,并嘱咐她常换洗衣服。

从此,每天晚上,你一句一句地教她俩读课文,直到她们能够流利地读出为止。

一开始,还都有兴趣;读着读着,畏难情绪就上来了。一天晚上,一篇古文读了快二十遍,还读不流利。你的耐心剩得不多了,她们自己也灰心了,认为这语文是学不会了,边哭边说:"我们不读了,真的学不会,再学下去,也会把你累坏的。"

她们看着你的病容,真的非常心疼。

你说:"好姑娘,你们能行。相信老师好吗?再试几遍!"

你累得筋疲力尽,但为了给她们树立一份自信心,你的倔强性格起了作用,强忍着疼痛,领着她俩一遍接一遍地读了起来。

终于,她们都能一字不差地给背下来了,你又来精神了:"怎么样?我说行吧,你们还不信。这叫战胜自我。看你们一遍又一遍地哭,可笑又可气。"

师生三人高兴得又蹦又跳。

你和两个女生同时战胜了自我。

此后,她们俩很少让你单独辅导,语文成绩逐步上升,从几分到及格,从及格到高分,带动全班的成绩都有所提高。

这是你最想看到的。

你执教以来，最不愿看到的是教室里出现空座位。

7. 空座位

空座位意味着一个孩子命运的转折——辍学，回到大山里，重复着父辈、母辈的命运。

你以一个空座位为起点，第一次上山里访问一个女孩的家。

一打听，这小女孩的家，离乡镇还有二十多公里的山路。想租个车，驾驶员要 50 元钱，你舍不得，这足够你半个多月的伙食费了。

你索性走路上山，打听好方向，就循着山路往上爬。一开始，还不时能遇见路人，越往上走，就越觉得前面的山更高，两边还有悬崖峭壁，遮住了阳光，眼前一片阴暗。

你小脑受过伤，平衡能力受影响，走得急了就会跌跌撞撞。有时，明明想往前走，反而会后退；越着急，腿越不好使。每到这时，你才觉得自己不是英雄，是凡人，是最普通的人，一切豪言壮语都无法激励你，只得乖乖地坐下来，等待体力慢慢恢复。

此时你深刻体会到"进退两难"这个词的含义，抱怨自己想一出是一出，也不问清楚是什么样的地势，就冒冒失失往上走。

走出了阴暗的山谷，又爬上一面高坡，眼前是一片开阔地，满是绿油油的稻田。见到了散落在山坳里的几户人家，你高兴起来，问一个老乡，你要找的那个女生的家是否在附近。

老乡说："还远着呢，要爬过这个坡，下去，过河，再爬到山那边，一条小溪旁，就是她家。"

就是这样的袖珍小县，你坐了半天汽车，又走了三个多小时，还没到达目的地。而这个女孩的家还不是学生中住得最远的。

你打起精神继续向前走。接下来的行程更加糟糕，走在窄窄的稻田埂上，你掌握不了平衡，像走太空步，东歪西倒，弄得浑身是泥。干活的老乡闲论："城里人真是没处玩儿了，这稻田里有什么好玩儿的？"

好不容易走出了稻田，来到了小河边。河宽流急，看样子水还不浅。没有桥，大大小小的石头横七竖八地露出水面，这大概是老乡们走了多少年的"便桥"了。你是绝对不能踩着石头过河的，只好蹚水过去。

下水走了没多远，一只鞋就被冲跑了。下游有几个小孩在洗澡，你大声地喊他们："小朋友，帮我把鞋截住。"他们帮到了你，一个孩子手里高举着那只湿淋淋的鞋子，几个孩子光着小脚丫跟着，顺河岸跑到你跟前，笑嘻嘻地递上鞋子。男孩是赤条条的，女孩穿着小裤衩，他们就像清澈的河水纯洁地环绕在你身边。多么可爱的山里娃，七八岁了，山外面五彩缤纷，繁荣昌盛，人们乘飞机上天、坐轮船漂洋过海，他们却一概不知，甚至连汽车、火车、拖拉机都没见过。他们跟着父母靠天吃饭，过着与世隔绝的生活。稍大一点儿，无法去城镇继续学业，就留在大山里，像父辈一样刀耕火种，一家老小挤在茅屋里，过着古老的日子。

你仰天长叹，如何能让他们从小就接受现代化教育，让他们与时代一起去感知文明和幸福呢？

你站在水里，逐个拥抱着这些孩子，弄得浑身湿淋淋的。你好想亲亲这些大山里可爱的小精灵。

孩子们热心地把你送到了那个女生家。

女生给你舀来山沟里的冷水。你实在是渴了，也顾不得那么多了，喝下大半瓢。吊锅里煮着饭，还煮着几大块火腿肉，真香啊。这是他们待客的最好饭菜。

女生的父母都在田里。你走出院子，望着静静的山坳，倾听着山溪细细诉说着世世代代永远讲不完的故事。

偶尔看见一两个人在田间劳作，周围稻谷如海，田野静极了。你要是在这里长期生活，会闷死的。

女生被你艰辛的跋涉和倾心的交谈所打动，同意和你一起下山，继续读书。

看着你步履艰难的样子，她双手扶着你哭了起来，说了句："老师，我对不起你！"

这时你两脚红肿，疼得钻心，用手拍拍她的肩膀，算是回答。

光下山你就用了六个多小时，用脚掌边斜着往下蹭，晚上 10 点多才回到学校。

所有的学生，都坐在教室里等着你。

见女生和你一起回到课堂，全班同学报以热烈的掌声。你带回的女生填补了那个空座位。

你忍住疲劳和疼痛，做了十五分钟的"演讲"，然后让大家回宿舍睡觉。

而你回到自己宿舍，连盥洗也取消了，一头倒在床上，像电影里一个中弹倒下的战士。

此次家访，你透支了体能……

8. 再次拒绝手术

有天早自习，你闷得喘不上气，胸腔里火辣辣地疼。

你赶回宿舍，一张嘴喷出了三口鲜血，疾病又变着花样、带着艳丽的色彩来向你示威。如果去医院，连检查加打针，没有千把块钱是不行的。你心里嘟囔着"去你的吧"，翻找出一年前用剩下的药，吃了两颗，就继续去上课了。

你不吐血了，却总觉得两条腿挪不动，浑身疼，饭量一天天减少。

为了能精神饱满地上好每一节课，你叮嘱自己："多吃饭，绝不能躺下。"

有一天下午上第一节课时，你浑身疼得直冒虚汗。坚持把一节课讲完，你却连迈步下讲台的力气都没有了，眼前一黑，昏倒在地。

学生和老师们把你抬进了宿舍，校领导给中医院打了电话，院长亲自到校给你检查，学校又用担架把你抬进了中医院。班里的学生哭得凄凄惨惨。

有一个小男孩，已经把全县另几所中学都转遍了，最后来到了你的班，家长希望他能在你的教育下把初中读完。

他看到你在讲台上病倒，含泪给你写了一封信：

老师，在这段时间里，我知道了很多事。你才仅仅教了我一个月，可是你永远都是我的好老师。我将来无论走到哪里，永远都忘不了你这位对工作认真负责的老师。今天，你病倒在讲台上，我们都很伤心，希望你能坚强地好好再站起来，再给我们上课。我向你保证：不管什么课，我都不闹了。我多么愿和你成为朋友，愿你做我永远的老师。

你在医院看完学生真诚的表达，当即就给他写了回信：

老师愿做你的知心朋友，而且是永远的。希望通过我们的共同努力，完成你初中的学业。

学生的哭声和这封信，使你决定不输液了，让同事们扶着你回到了学校。

当你出现在讲台上时，60多个孩子眼睛眨也不眨地望着你，教室内静得叫人发慌。

你把声音控制得像平时那样："同学们，今天我来讲新课。"

瞬间，满教室欢呼雀跃。看着那一张张可爱的脸，你心想：为了他们，有什么样的困难不能战胜？

那段时间，为了恢复精力，你晚上要吸三袋氧气，第二天早上才能精神抖擞地出现在讲台上。全校老师都在关注着你，不论是什么时间，也不论什么形式，只要能为你救急、能减轻你的痛苦。

一个风雨交加的夜晚，你突然又喘不上气来，有几位男老师顶风冒雨下山为你去取氧气袋。他们回来时，也是一路小跑，湿衣服紧紧贴在身上，见你时，还都很不好意思。这件事，到现在你还心存愧疚，一直没想出用什么方式才能表达这份感激之情。

为养成学生乐于助人、尊老爱幼的品德，你就让他们利用星期天去帮五保老人搞卫生，同时让学生把领导和老师给你送来的营养品带给老人们。

学生不肯，说："老师，你更需要这些。"

你说："听话，孝敬老人家比我更重要。"

寒冷的冬天一个接着一个，你的厚被子和没穿过的毛呢衣服、皮鞋、毛衣，都一件件地分给了有需要的学生们，你变得身无余物。

同事们劝你说："你管得太宽了，社会竭尽全力也不可能快速脱贫，你又有多大的力量？不是白白地把自己拖垮吗？"

同事的话不无道理。当时学生的贫困面太大，而且脱贫后返贫的现象又时有发生。但你不能不管，你是他们的班主任老师，是人民教师。

而且从 1998 年起，你已经成为一名共产党员。

共产党员，在革命时期，就意味着奋斗和牺牲，意味着为人民的解放贡献自己的一切。正因为如此，共产党才得到了人民的信任和支持，中国才有了"各族人民心向党"的空前凝聚力。

即便是一滴水也应该去润泽大地，这个大地就是人民。

你是一个对教育事业、对学生特别是对少数民族的孩子积累了深厚感情的教师，不能对孩子缺吃少穿不闻不问，不能不尽自己的力量去帮助他们。只要班里还有这样的学生，你就本着初心执着地继续做下去，决不能因为身体不好而退缩。你曾对朋友说过："我不要求所有老师都这样做。然而，对我来讲，后退是没有出路的。我不住学校，住哪儿呢？既然住在学校，我心里不想着学生，那还有什么可牵挂的？"

离开学校和学生，你的身心寄托在何处呢？

2000年春节过后，你的颈部淋巴肿大，嗓音也有些沙哑。因为正值假期，你乘车去省城复查。医生说，还是要动手术，把它拿掉才放心。

你又拒绝了手术。因为，经过一学期的努力，那些从外校转进来的所谓"双差生"，都有了不同程度的进步，不能因为你治病耽误，让他们又退回原点。自第一次动手术之后，你感觉身体到处都疼，坚持至今，你是靠与学生生死相依活下来的。

你对医生说："你开些药，我先回去消炎，消不掉，再回来手术。"

医生说："那好吧。一定要按时复查。"

你又坐车回到华坪。

你去去来来，坚忍地跋涉在生与死的旅程上。

9. "校园妈妈"

1999年秋季开学，你接手初一新班。班上60多人，来自华坪县四面八方的各个民族。因为接的是新生，班额大，"双差生"和贫困生较多，所以很难管理。你采取了精心培育、严格管教的措施，第一学年下来，统考成绩是全县第一名，也没发生什么违纪现象，学生们已经舍不得离开你了。

有个学生是初二插到这个班的，原来的学校不要他了。他家住在城镇，爸爸妈妈都是机关工作人员，家庭比较富裕。他小时候患有严重的疾病，在父母和亲人的百般呵护中长大，一直过着衣来伸手饭来张口的生活。上初一时，他成绩也算不错。可是到了初二，由于电子游戏机的吸引，跟着社会上的一些人学会了抽烟喝酒，学习成绩落到了全班最后。

他整天跟着一群小伙伴到处乱跑。他从电视上看到了外省某个武校的广告，觉得新鲜有趣，就闹着要家里送他去学武术。家长怕他在外面染上毒品，也只好同意。

一家人带着5000元钱到了武校。这费那费交完，剩下的仅够父母回家的路费了。

没想到，父母到家刚刚一个月，他就扛着行李回了家。原因是，他实在受不了那儿的艰苦生活。随后，他爸爸想办法把他送进了你这个班。

第一堂课他就迟到了。他以为你没发现，悄悄溜到座位上。你说："你第一天来就迟到啊？"

你从眼神上察觉他开始和你抵触了。你也没有多说，开始讲课。

他家离学校很近，开始是走读，每天早晚父母接送，但工作忙了，逐渐地对他也就放松了。

他虽然不逃课了，但课堂表现和学习成绩却没有多大长进。于是，你去家访，建议他的父母让孩子住校，跟同学一起吃住，改掉娇生惯养的习惯。这个想法得到了家长的支持。

当时学校条件比较简陋，没有大门，没有围墙，更没有保安执勤。平常，他们从宿舍的窗子就能看见你的寝室门，可以看到你屋里的灯光，虽然直线距离不过四五百米，但是，步行要下好几道坎、转好几个弯，加上你晚上走路平衡能力不好，深一脚，浅一脚，眼睛也看不清，必须拿个大电筒。因此，他们老远就能看见电筒光，也能听见脚步声。

一天晚上你查夜时，发现他的床上没人，就赶去教室看，也没见人。

你打着手电筒，在院里晃来晃去。这时治安科长领着个学生向你走来，走近一看，是他。科长说，在教室外的墙角里找到了他，当时，他正在抽烟。

你板着脸把他领进了你的宿舍。他对你说："我自己控制不住，买了香烟，看见你的灯熄了，就跑到教室外的一个角落里抽了。"

你让他把剩下的烟放下，先回去睡觉。

第二天，学校决定在校会上点名批评他。你打电话征求他父母的意见，父母都说，他们的儿子非常要面子，这样处理不好。

你想：既然要面子，就别犯错误。可嘴上并没说出来。

你又找到了学生，问他这件事怎么办。

他低着头对你说："不抽心里慌慌的，想躲着抽一口，不想是这么个结局，真没面子。"

你说："一下子戒不掉，老师理解你。但你不能这样下去。今天吸一口，明天吸一口，不就永远戒不掉吗？中学生不准抽烟，这是校规，违反了学校的纪律，是应该要受到处分的。处分不是目的，让你戒烟才是目的，因为它会危害你的身体健康、影响你的学习。更多的大道理，老师不讲你也是懂的。"

"老师，我以后真的不抽了……"

"好,看你的决心了。"

他的头垂得越来越低。

后面的几节课,他一直闷闷不乐,失魂落魄地坐着。你想,这孩子虽然不太守纪律,但自尊心特别强,点名批评,会适得其反。

你去找校领导,请求暂不给他处分。学校尊重了你的意见。

当学校通知开校会时,他认为要宣布对他的处分了,想逃跑。你一直看着他,他逃不掉,把头垂得低低的。

校会上他等待着那个最坏的结果,可直到校会结束,校长都没有提到他的事情。

会后,他情不自禁地拥抱了你,连连说:"谢谢老师,你为我保住了面子。"

从此以后,他的表现有了飞跃。但经验告诉你,这类学生容易反复,不能过早乐观。好习惯的养成,要很长一段时间,这也是他们意志形成的过程。

果不出你所料,几个星期后,中午刚下课,他向你请假,说是头痛,要回家吃药。你看他那个样子,不像是有病,但还是准他回家。他非常高兴地走了。

他走后的十多分钟,你越想越不放心,决定到他家去看看,再沿路到电子游戏室里看看。

没想到,在第一家电子游戏室就发现了他。他连一个币也没耍完,就被你逮了个正着。

从他离开学校到电子游戏室一共才十五分钟。这回你真生气了,扯起他就走,把他送回了家。这时,他父母正在做午饭,一看师生这副表情，就知道大事不妙。

"我把你们儿子还给你们了。我教不了，另请高明吧。"

你扭头就走了。

走出门后，你又非常后悔：学生犯错误也是正常的，怎么能这样草率行事？但你也不好回去了，回到屋里坐卧不安，真害怕他不来读书了。

没想到，下午上课前，他自己来到你的办公室。

你问他："吃饭了没有？"

他回答："爸爸一中午满脸的不高兴，一家人都没吃午饭，嘴里老念着：这回张老师不要了，怎么办？这下去哪里找老师教？可我知道，老师你从来没有赶走过一个学生，班里的人数总是越来越多。所以，我自己又回来了。老师，能让我去上课吗？"

看他那悔恨交加的样子，你真想说句狠话，但是理智告诉你，狠话不能说。你轻声地说了句："先去买点儿吃的，上课去吧。"他高兴得蹿着跑了。

有一天夜里1点多钟查铺，你发现有三张空床，其中就有他的。从学校到街上还有一段没路灯的小路，又都是上坡下坡的梯坎，拐来拐去，你每走到这儿，都有点儿害怕。县城里有好几家电子游戏室，不在一条街上，全走完要一小时左右，而且好几段路都没灯，昏昏暗暗。本来就疾病缠身，加上这段时间的劳累，身体更加虚弱，但你还是下决心上街去找他们。

连找了几家都不见人影，找到最后一家，三个全部在里面，玩得全神贯注，都没发现你进去。你不小心碰了凳子，发出了响声，其中一个回头看见了你，忙喊同伴"别打了"。

他们看你满头大汗,快要站不住了,就一边一个搀着你的胳膊,把你扶回了学校。一路上,你没有一句责备,他们也都不讲话,只是互相传递着体温,看得出他们很受感动,也很惭愧。

从这以后,他夜间再也没有离开过学校。

休息时,你们坐在一起聊天。那是初二结束的时候了。湛蓝的天空,碧绿的草地,这是南方冬天固有的美景。你坐在中间,学生把你团团围住,躺的躺,坐的坐。他一副不计前嫌的样子,坐得离你最近,绘声绘色地讲起你夜间抓他们三个玩电子游戏的事,大家哈哈大笑。

从笑声中,你品尝到了亲情的味道。

他讲他们溜出学校前,还去你的窗下看你熄了灯后才走的,没想到,出校才一个多小时,就被你找着了。

"当时,看到你累成那个样子,我们真恨自己,怎么这么混,这么不争气!心里真是后悔极了。"

你问他,在这个班生活学习得开心吗?

他高兴地说:"非常开心。这个班非常团结,大家和睦相处,非常友善。你是我们的严师,又是我们慈祥的妈妈。"

你终于做妈妈了!你拥有了这么多可爱的儿女!你是世界上最幸福的女人!

孩子们七嘴八舌地议论起来:"我们背后都喊你'校园妈妈'。有时,你又像我们的大姐姐,带我们一起唱歌一起跳舞。"

"你的生活那么简朴,食堂的饭菜你都能吃下去,我为什么不能呢?我们经常在草坪上一起说笑,过得非常开心。"

"我们班66个同学,不分民族,不论贫富,亲如一家人。"

"老师你晕倒在讲台上，我们真的非常害怕出什么事。记得有一次，你侧靠在讲台上，大约过了几分钟，你又坚强地站了起来，脸色铁青，很久都没有说一句话，我们眼睛一眨不眨地看着你，你终于开口说话了：'同学们，对不起，我可能不能上课了。我一生没有儿女，没有亲人，你们66个同学就是我的亲人，是我的希望，请你们以后勤奋学习，长大做一名合格的公民……'你的话还没有说完，我们已是泪如泉涌，哭声一片。老师，说真的，这是我生平第一次为老师而哭。"

打游戏机的男孩说到此处，草坪上坐着的学生都沉默了。

你终于用真诚和大爱唤醒了孩子们向上的心灵。

打游戏机的男孩以优秀的成绩考入了高中，并常回来看望你。

你常常"出奇制胜"。

初二的下学期，你发现一个学习优秀的男同学，上课时眼光总爱斜向一个墙角看，坐在那里的是一个女生，小女生也脸上泛红。

晚饭后，你把小男孩找来，问他是怎么回事儿。他挽着你的胳膊，边走边说："我喜欢她。我知道不该这么做，但我克制不住自己，脑子里什么都装不进去。怎么办呢？"

看着孩子真诚而痛苦的样子，怎么办呢？孩子出于信任，说了实话，严厉斥责他，似乎不合适。况且，他也知道自己错了，只是无法控制情感的萌动。

你说："你先回去吧，我替你解决这个问题，老师理解你。"

可你该怎么办呢？让小姑娘远离他？这不公平，也不是个办法。

第二天，你把小姑娘的座位调到了这个小男孩的后边，结果上课时小男孩还是情不自禁地回头看。

最后，你采用了最危险的做法：把他们两个安排到同一张课桌。

一个月以后，小男孩找到了你说："把我们分开吧。"

早恋就是蓬勃的热情加上罗曼蒂克的想象，而接触多了，神秘感自然消失，彼此的个性和缺点，会粉碎他们美丽的遐想。

重新调了座位，两个学生都恢复到了正常的学习状态。

"校园妈妈"出奇制胜、做得漂亮！

你的疾病变成了一门课程，学生们从你身上学到了坚韧、顽强、善良、包容、不屈不挠，战胜一切敌人而不被敌人所屈服。应试教育的硬件是分数，你为师品格的软件激励了孩子们，他们终生都会记住那个屹立于讲台而不倒下的"校园妈妈"！

你堪比世界上任何一个民族的"乡村女教师"！

10. 难忘《乡村女教师》

春去秋来，每送走一批学生，几十个熟悉的面孔离你而去，就像母亲送儿女远行他乡，你心中涌起惆怅和离愁，接着又有几十双天真无邪的目光向你投来，短暂的离愁很快被迎新的振奋和繁忙替代。

教育工作的节奏决定了你的生活节奏。在学校里，有形、无形的教育无所不在，而在软硬件都简陋的民族中学，全靠教师的责任感加上全天候的时间、精力投入，这是对身心的巨大消耗。

有家的老师，有调节身体和情绪的机会；而你，形单影只，以校为家，身体素质又不好，加上你的"怪癖"：只要与学生在一起，就精神陡长，不觉得身上有病，闲下来，就病痛加剧，平添乡愁。夜深人静，你想念起故乡那生你养你的黑土地，那里曾有你儿时的小摇车，有你童年的伙伴，有你经常来往的小路，有你玩耍过的小溪，有爸爸妈妈长眠的土坟……

三十年没有回去了。那七十多岁的姐姐，儿时你吃过她的奶，还有唯一的哥哥，不知道他们生活得怎么样，一想到这些，你禁不住柔肠百转，魂牵梦绕，难以安眠。

那年二姐家人来电话，说二姐病危，你真想回去，但路费不足，你只能讲，希望二姐坚强活着，等你回去看她。他们问你：是不是没有钱？接着给你寄来了500元钱。手里拿着这500元钱，你不知说什么好。也凑巧，一个学生生病，正在住院治疗，这个学生从上初一就是你供的全部费用。几百块钱的药费，他家里是绝对拿不出来的，你也没能力再替他交住院费。咬咬牙，你把路费当作药费交了。此事做得似乎不近人情，可人间的是与非，有时真的是说不清的。

2000年暑假，你作为全国劳模去北戴河度假。

你乘飞机来到住地，生平第一次面对大海，大海的辽阔、大海的磅礴、大海的包容震撼着你的心灵。

你与近百名全国劳模在此度假。你看到这些劳模不论男女，个个都气质非凡。唯独你，面色黄黑，与同龄人相比，显得苍老而憔悴。时值盛夏，你却穿了一套西服——还是专为此行狠心花60块钱置办的"礼服"。而其他女同志大都着各色夏衫和裙装，你的自卑感悄然而生。

你这种心理状态书上称为"一过性自卑",是环境骤然变换所致。你有意不和大家走在一起。乘车,坐在人少的车尾。记者的镜头来了,你悄悄躲开,怕影响别人的画面。

你反复提醒自己:乘飞机到北戴河度假,是很多山村教师做梦都想不到的荣誉和待遇。再有这种事,你要自觉退后,你还是在大山里和你的孩子们在一起最惬意。

你眷恋着课堂上琅琅的读书声,看见学生那认真学习的情景,一切的辛苦和病痛都烟消云散,那是你生命的快乐源泉。

你小时候看过苏联电影《乡村女教师》,影片中的两个形象对你触动最大,一个是那位乡村女教师,她成了你终生效仿的榜样;另一个,是那个衣衫褴褛的小男孩,他气宇轩昂地朗诵:"……身穿破棉袄,别害臊,迈开大步朝前走,眼前就是光明大道……"

你从来华坪执教开始,就把来自山里的孩子们看成电影里的小男孩,让他们每一个人都喊出:

身穿破棉袄,
别害臊,
迈开大步朝前走,
眼前就是光明大道。
……

北戴河度假的联欢晚会上,你应邀演出了一个节目,你那带有高原气质的歌声和舞姿,爆红了晚会。大家得知你是来自云南大山里的山村女教师，对你刮目相看，对你载歌载舞展示出的自信报以久久的掌声，彼此的心顿时拉近。

你带来了高原的歌声和舞姿，却没有带来你的无数动人故事。

疾病依然赖在你的身上不肯离去。每一次面对生死拷问，你都拒绝向死亡屈服。医生说，所有的疾病都是人体的免疫系统打了败仗，而你却带着一身疾病穿越了属于你的艰难而光荣的旅程！

你相信忘我的工作是一种良药，至今你身上被医生诊断患有23种疾病，肿瘤疾患即有3种。你身上发生的是医学的奇迹，还是意志与信仰的奇迹，抑或是爱的奇迹？

罗曼·罗兰说："世界上只有一种真正的英雄主义，那就是看清生活的真相之后，依然热爱生活。"

你生命的价值、生命的原动力，不正在于此吗？

当年马克思挚爱的伴侣去世后，马克思陷入生死离别的极度痛苦之中，他用演算数学和理论著述来转移痛苦。后来他写信给恩格斯说："我拯救了自己的灵魂！"

一个人在世间的所有言行，都在确认着这个人的身份。你的身份是何时确认下来的？

1998年，你站在绣有镰刀锤头的党旗下，举起右手宣誓时，你的身份即被终身确认——你是一名中国共产党党员！

从此，你便成为一个有身份的人——

你的家乡传颂的杨靖宇将军的情报员赵玉仙，是一名共产党员，是活跃在东北黑土地上的女英雄，人们称她为"林海梅花鹿"。她被叛徒出卖后被捕，遭受各种酷刑却只字不吐，被日本人用刺刀挑开肚子，腹中七个月大的婴儿滚落出来时已会啼哭，无辜的婴儿和共产党员妈妈一同就义……

你和赵一曼一样拥有同一个身份：她被称为东北抗日革命的"密林女王"，毕业于黄埔军校六期。她是一名坚定的女共产党员，曾就读于莫斯科中山大学，怀揣"誓志为人不为家"的情怀，离开殷实的家庭，投身革命。九一八事变，东三省沦陷，她受党指示，参加组建了东北人民革命军，成为一名团政治委员，骑白马、挎红枪，带领部队驰骋于滨绥铁路线之北，给予日寇沉重的打击。被捕后，面对日寇的酷刑和屠刀，她坚贞不屈、视死如归，高呼"打倒日本帝国主义""中国共产党万岁"的口号，一腔热血洒在了林海雪原。如今，她被哈尔滨人民尊称为白山黑水民族魂……

你和你出演过的江姐今天是同一个身份：她发誓在丈夫倒下的地方继续革命工作，因叛徒出卖而被捕，在狱中经历各种酷刑——坐老虎凳、灌辣椒水、吊打、撬杠、电刑，甚至竹签插进手指，但她始终严守党的秘密，并蔑视敌人："竹签子是竹子做的，共产党员的意志是钢铁！"在新中国成立的前夜献出了29岁的生命。她死后仍让敌人畏惧，她的遗体被残忍的敌人用镪水灭迹……

千千万万个烈士，筚路蓝缕，前仆后继，在生死苦旅中推动中华民族伟大复兴的伟业！

而今，你和她们拥有着同一个身份——共产党员！你身上传承着千万个英烈的高贵血统！

你和她们一样，怀着对共产主义的崇高信仰，不向敌人屈服。

我命由我不由天，个人与疾病斗争的生死苦旅又算得上什么？

你坚信，人生下来不是为了拖着锁链，而是为了展开双翼！

你秉承信仰，在新时期重塑了中华民族的人格精神。

你在云南的群山中一路跋涉，2021年7月1日，你作为一名优秀共产党员，登上了巍峨的天安门城楼。

第八章　为母则刚

1. 做妈妈

群山叠翠，森林茂密，水源丰茂，长年空气湿热，孢子植物在阴暗潮湿的土地上肆意生长，动物自由地在林间穿游——这大概是史前华坪的样貌。五千万年前，随着地壳运动，大片森林被埋在地下，这些绿色植物长期与空气隔绝，并在高温高压下，经过一系列复杂的物理、化学反应，变成被誉为"黑色的金子""现代工业之粮"的煤炭。

无烟煤将华坪煤炭的形成期前推到了古生代的石炭纪和二叠纪，在历史无声无息的演进中，这些黑金一直静静地眠于地下，静待机遇到来。

2001—2011年，在国家经济高速增长的发展环境下，作为工业动力之本的煤炭需求大幅增长，同时带来产量、价格、利润的飞速上升。这十年，被称为"中国煤炭黄金十年"，亦是煤炭资本的一场盛宴，同时也是华坪这个西南边陲小县城经济高速发展的十年。

彼时，华坪人口不足16万，作为全国100个重点产煤县之一，兴盛时期，采煤大军达10余万人。很多人带着资本或借贷当起了煤老板、挖煤人、伐木者、运输者……黑金吸引了各行各业的投入，高峰时民营煤矿达270余家。外来资本和人口纷至沓来，这个地处西南边陲的小县城一度繁荣兴旺，带起很多相关行业，拉动了酒店、餐饮、交通、房地产、机械维修、劳务中介、娱乐等相关产业。

煤炭经济大发展的背后隐藏着辛酸的眼泪。

财富引发的家庭裂变、矿难造成的伤亡、重男轻女的传统观念等因素扩大了弃婴和孤儿群体，他们需要被救赎。

2001年，一家华侨慈善机构在昆明听到了你的事迹，动容不已，专程赶到华坪找到你。一番交谈考察后，他们当即决定：在华坪县创办一所公助民办的儿童福利院（儿童之家），聘你为兼职院长（不领薪酬）。县领导也认为你是最合适的人选，只是担心你的工作负担过重，怕身体吃不消。你竟然用一句"让我来做一次妈妈吧"承诺下来。

华坪县儿童福利院（华坪儿童之家）成立便收养了54个孩子，年龄从2岁到12岁不等，其中还有残疾儿童。未曾做过母亲的你，一夜之间成了54个孩子的妈妈。

儿童福利院（儿童之家）开办是借用消防队的跑道建的食堂，同院还有一家养老院。儿童福利院（儿童之家）招聘了四个生活老师，四个年轻人充满活力，活泼能干，好奇心强，但都没有学过幼儿教育专业。

作为院长的你，育儿水平和四个生活老师在同一条起跑线上。

每一个孩子被你领进来时都喊你"妈妈",你兴奋、感动,却又无所适从。你从来没有给婴儿喂过奶,从来没有洗过屎裤子,也不知道他们为什么突然哭泣。他们都是被生活遗弃的小天使,是失去了父爱和母爱的孩子,他们迷茫、无助、戒备、自卑、恐惧的表情令人怜惜。

他们有的刚牙牙学语,有的还不会走路,有的则满院子大小便,有的开始互相打架。

同院养老院的老人便过来告状:"吵死啦""烦死啦""快搬走"……

你第一天就体会到了"妈妈不是那么好当的"。

儿童福利院(儿童之家)每顿饭是两菜一汤,顿顿有肉,有时还加香肠、鸡脚、水果。山上的孩子们没见过这么好的饭菜,开始几天饭菜老是加个不停。

你被吓坏了。募捐来的钱,这样吃下去,不久就会吃光的,那穿衣、看病、读书怎么办?你的工资还供着几个中学生、小学生,钱包已经瘪了,怎么办?怎么向社会交代?

你是一个刚强而又脆弱的妈妈,你竟像孩子一样哭泣起来。看到"妈妈"在哭,先是小些的孩子被吓哭了,接着大些的孩子也跟着哭起来。孩子们像在发泄命运的不公,这边哭完了那边又接着哭起来。

为了节省开支,你带着大点的孩子上山砍柴,自力更生。每年的新春茶话会,你都会将桌上没有吃完的水果、花生、瓜子打包带回儿童福利院(儿童之家)。后来你在的那桌大家干脆就不动,都让你打包带走。

人们都以为这些孤儿在儿童福利院（儿童之家）吃饱了饭就会很听话，其实他们的心灵饱受过创伤，对谁都不信任。

一天夜里，男宿舍里闹了起来，生活老师来告诉你："这些孩子说有鬼呀。"

你走进屋子，大家都不叫了，看看周围，也没什么怪异。

你问他们："鬼在哪儿？"

就听有个孩子说："他吐。"往地下一看，有一个孩子真的吐了很多。

"吐了就是鬼吗？"

"他妈妈就是吐死的。他妈妈来找他了，他才吐的。他活不成了。"

"你们都老实睡觉，我送他去医院，回来再说。"

到医院一检查，医生说是吃多了。

此后，"鬼"的事件没再发生。

有一个小男孩，来的时候穿的是长袖衣服，他胳膊上长了个血管瘤，有鸡蛋大，等天热起来，穿短袖衫时才发现。问他是怎么回事儿，他说早就有了，一直没人管。你把他领到了中医院。外科大夫与院领导商量了一下，同意免费为他手术。

你把他送进了手术室，告诉他："忍着点儿，别哭，别动。叔叔免费为你治疗，一定要听话！"小男孩感受到了人间的温暖，顺从地点了点头。

一个小时后，他从手术室走了出来，胳膊用绷带缠着挂在脖子上。他看见你，流出了眼泪。你心里很不是滋味：如果他父母在，他会大声叫疼，也肯定不是自己走出来，而是被大人抱出来。

你抱不动他，只能给他穿上衣服，搂搂他的脖子，用语言来安慰他。

你以为，对这些缺少爱的孩子，只要对他们倍加关怀，他们一定会乖乖的。

有一个小女孩，原来住在山上亲戚家，从来没人约束她，到了儿童福利院（儿童之家），还是脸不洗脚不洗就上床睡觉。生活老师一说她，她就要从楼上往下跳，要不就跑出去。她见商店里有那么多吃的，就要买。

如果她因为不服管理而逃跑，一是要四处找她，增加工作负担，二是影响儿童福利院（儿童之家）的声誉。为了稳住她，你就悄悄地给她零花钱，让她买零食吃。一开始，她还能正常上学，可后来发现，她不做作业。你问她为什么，她说没有作业本。你马上给了她作业本，她拿走后却背着你把作业本撕了。你得知后很生气：本子是叔叔阿姨捐来的，她竟这么不珍惜。你拉着她到办公室进行教育，她却抱住你的胳膊狠狠咬了一口，胳膊当时就肿了起来。你明白了：无原则的爱，早晚会被咬一口。

许多人都骂她忘恩负义。可是，这么大点儿孩子，她懂什么叫"恩"，什么叫"义"？

看着胳膊上留下的伤痕，你心头涌出一股苦涩：那么多年的教师生涯，什么样的顽童没教过？你自认为已经有一套了，没想到竟栽在了这个小女孩身上。

你原谅了她咬你的那一口。她不讲卫生，头上长了虱子也不理会。你要把她的头发剪短一点，以便于她自己梳洗，她坚决不同意，结果那一头虱子几天就传遍同屋的女孩。你好言好语地把她领到了你的屋里,带到镜子前,夸她长得真好看又聪明,又问了一下家里的情况。她说着说着就流了眼泪。你趁机又提出了虱子的问题,跟她说:"如果不弄掉,我们这么大个家,会人人头上都有虱子。那样,别人会怎么看我们?再说,也影响你的美丽呀!"

说话间,你顺手把她搂在怀里。她终于不好意思地点了点头,同意剪短头发。

这件事让你记住:对孩子进行教育时不能迁就。教育,从要求开始;没有要求,就没有教育。对孩子要有爱,但是不该让步的地方就不能让步,该严格的就一定要严格。

一天,你去学校上课回来,听说孩子们打群架了。先是两个人打,周围的孩子不但谁也不拉,反而在旁边加油喝彩,更有帮忙的,有的帮这个找刀,有的帮另一个找棍,几个老师都拉不开。正赶上一位男老师来看你,费了好大劲才把他们拉开。

你出了一身冷汗,如果不做好教育引导,这些孩子长大了可能就成警察的对手了。

"人之初,性本善。"这些孩子是由于失去双亲,没人疼爱,没人管教,加上在颠沛流离的生活环境中耳濡目染而变得顽劣的。他们当中,有的父亲因罪入狱,母亲离家走了;有的父亲死于矿难;有的父母死于疾病,或者死于喝酒打架,或者自杀。来自这样的家庭,孩子的心理很难健康成长。

半夜里,一间屋里传来了哭声,听起来非常凄惨,你赶紧跑过去看,是一个小女孩在哭。

你问她哭什么,她说:"一只眼睛突然看不见了。"

"疼吗?"

"不疼。"

你晃晃手,有只眼睛果然没反应。你赶紧找车,把她送到了县医院。

眼科医生诊视后,肯定地对你说:"她这只眼睛早就看不见了,不是现在才发病。"

你听了很是生气:她为什么不说实话?莫非是想赖你负责,骗你给她出钱?

很可能是大人出的主意。

你没有批评小姑娘,反而向她许诺:"等捐款来了,我就领你上省城检查。如果能恢复视力,就想办法治疗。"你也没向任何人讲这件事。

两个月后,她悄悄递给你一封信。当面不好意思说,所以她用书信来表达。打开一看,是讲眼睛的事。她写道:"小时候上山干活,摔倒碰到了树杈,扎瞎了眼睛。"

孩子的天性善良、诚实。冲着这份真诚,你也要为她治眼睛。

还有一个小女孩,慈善机构用17万元募捐款,在北京一家医院历时半年治好了她的病。回来后,她到学校不学习、不做作业,考试成绩只有几分。一开始,谁都不敢批评她,生活老师给她擦澡、给她洗衣服,她从未说声"谢谢",似乎是别人应该做的。一天,老师给她讲了一些道理,她就要跳楼自杀。你走到楼顶把她拉回屋里,讲大家的钱来之不易,救了我们的命,我们应该懂得感恩。谈得关系缓和了,你夸她唱歌很好听,让她唱《为了谁》这首歌。唱着唱着,她流下了眼泪,一屋子小女孩都开始抽泣。借此机会,你告诉她,人的生命只有一次,要珍惜生命,要珍惜时间。从此，她再也没说要跳楼，学习成绩也逐步提高。

　　妈妈是人生的第一个老师，而缺少母爱的孤儿们无法弥补这堂为人之初的最重要的课程。

　　日复一日，你凌晨即起，匆匆赶到民族中学执教，下午放学，拖着疲惫的身体回到儿童福利院（儿童之家），辅导孩子们做作业，开生活会，纠正他们的缺点，引导他们的言行。周日教孩子们唱歌跳舞，美育是最好的素质教育。你和孩子们一起把院子变成了美丽的花园，种上了玫瑰、月季、鸢尾、米兰、剑兰、夹竹桃、夜来香，你和孩子们一起浇水、施肥，孩子们的生命之花也随之盛开——54个孩子在母爱的呵护下全部完成了九年义务教育。有些幸运地考上高中甚至升入大学，费用仍旧由儿童福利院（儿童之家）提供。

　　为此，你感谢华坪县委、县政府及县民政局的支持和帮助，感谢社会各界人士的关心和捐助。

　　母亲对孩子的养育之恩不可忘，而母亲的伟大也在于诞生新生命。你没有诞下一个婴儿，但作为54个孩子的母亲，却在此诞生了一个梦想。

2. 是梦想还是天方夜谭？

　　你的梦想是在华坪办一所免费女子高级中学。

　　今天，一拨接一拨的记者、媒体人涌到华坪采访你，探询你办女高的初衷。

　　国内著名剧作家王宝社先生2009年有缘认识了你。他创作了一部情景短剧《感恩的心》，在中央电视台播出后，打动了无数观众，甚至你也为这个短剧流下眼泪。他因此成为你的挚友。

2021年夏季，王宝社先生又创作了一台话剧——《桂梅老师》，公演后引起轰动，场场爆满。

王宝社先生向笔者讲述了关于你办女高的六个因素，笔者甚为认同：

1. 空课桌。你在民族中学当班主任时，上着上着课，有个课桌空了，你知道，这个孩子辍学了。去家访，看到的结果是要么因家庭困窘，成为一个牧羊女，帮衬家里的生计；要么是家里收了彩礼，小小年纪准备嫁人了。你和孩子对望，感受到锥心的痛。这种痛，变成你梦想最初的种子。

2. 黑眸子。有一次你去山里家访，在一个山坡上，你看到一个女孩身边放着草筐、镰刀，破旧的衣服掩饰不住她美丽姣好的少女面孔。她有着一双美丽的黑眸子，却手托着下巴，呆滞地望着大山那边。你登上山坡坐下来和她攀谈，问她："孩子，你在想什么？"女孩回答："我想上学。"你当即哭了，含泪走下山坡。你梦想的种子，拼命要拱出板结的土壤，朝着阳光生长。

3. 慈母心。至今你仍是儿童福利院（儿童之家）的院长、妈妈，为了妈妈的责任，你再苦再累也不会舍弃这份没有薪酬的工作。第一批54个孩子大都是女孩，你作为妈妈已经和她们有了超越血缘之爱。在相处的日子里，你亲眼看到了由于母爱和家庭之爱的缺失导致的她们扭曲的童年，无知、敌意、撒谎、冷漠取代了童真、活泼、善良、诚实。如果她们拥有受过良好教育的母亲，何至于此？你用爱救赎了她们。她们在重塑健康人格的同时，全部完成了九年义务教育。可是她们没有父母、没有亲人，继续升学由谁来关照？那么多的孩子啊，要是有所免费的女子高中该多好！

4. 华坪恩。你来到华坪工作不久就查出患有重疾，是华坪县委、县政府、县政协组织一次次的捐款帮助了你。一位领导说："张老师，放心治病，我们决不能捧着骨灰盒来赞美你。"尤其那次妇代会捐款，那位来自大山深处的村妇联主任连车票钱都捐了出来，说"只要张老师病好了，能上课了，我就是爬十座大山也心甘情愿"，这句话你将铭记终生。还有县政协主席及委员们到学校视察工作，听了你的事迹，非要见你，当你进门时，政协主席一声口令："全体委员起立，向张桂梅老师致敬！"为报华坪大地之恩，你也要把女高办起来。

5. 女儿泪。你的一个学生在中考之际，父亲病危弥留，告诉家人不许告诉孩子，回来送葬没有用，读书才有用，让她好好跟你读书吧。这个女生考上了高中，却因家庭变故上不了，这样的女孩有多少？为了老一辈的期盼，你一定要让办女高的梦想生根发芽。

6. 战蒙昧。对待贫穷和愚昧，空口说教是解决不了问题的。在男尊女卑思想深扎的山村，男人无节制的酗酒、匪夷所思的家暴是家常便饭，由此导致家庭破裂、轻生、破罐子破摔。他们的女儿的命运便照此循环下去。你把这一切概括为两个字——蒙昧。改变蒙昧靠什么？靠教育。改变一个女孩的命运，相当于改变三代人甚至无数代人的命运。女高势在必办！

你要实现这个梦想。

王宝社先生还讲了你办女高的性格因素：

1. 党性原则强。面对困难，总是越战越勇，不为困难所折服，身上总是会焕发出强大的力量。

2. 有伟大的同情心悲悯心，更有回报他人的感恩心——这是你性格的底色，从你身上能看到中国历朝历代巾帼英雄和伟大母亲的身影。

3. 坚韧不屈。你拥有超常的坚忍和顽强，在追逐梦想的路途上，能屈能伸，甚至做到忍气吞声。

4. 智慧。自私的人很难拥有真正的大智慧，你永远是个利他主义者，是一个纯粹的人，所以才会有超越常人的思维方式。

5. 刚正。你的眼里容不得沙子，一旦碰触到你的底线，你就毫不留情面，因诚而威，因信而威，得理不让人，所以有的学生私下称你为"大魔头"。

6. 既坚强又脆弱。做事果断，认准的路走到底，但心软，好独自哭泣。你承认自己只是一个普通女人，爱打扮，也爱"作"，你的脆弱表现在：宁愿去死，也不让人看笑话。

在贫困地区办一所免费女子高级中学,尚无先例。现实远比梦想复杂得多,你亦是无知者无畏。

也许你最初设想,办一所免费女子高级中学,一是需要资金,二是需要教师,资金向县、市申请,找一个旧厂房改造装修一下,再招聘教师,不就可以开课了吗?

你开始一趟趟跑教育局,说出你的梦想,许多人听后认为这简直是一个童话。

教育局领导倒是挺客气地对你说:"张老师,那你就打一个报告,往县里报一下吧。"

当时由于煤矿产业的发展,县里财政状况好转,房地产也在兴起,如果领导支持,你认为办一个学校不会成问题的。

你信心满满,把多年酝酿的梦想写进了报告中,包括资金的预算、师资的招聘、教学的规划等详之又详。

教育局领导看了报告,十分谨慎。

你是全国十大女杰之一,又是全国优秀教师、劳动模范,你的话语不能被轻易否定。教育局把报告送给了县委、县政府。

县领导也很重视,邀请了相关教育专家、心理学专家专门召开了论证会。

让你失望的是,论证会全盘否定了你的梦想。

主要理由是:当时,华坪县总人口数不足 16 万,县城已经有一所高中,第二所高中因为招生人数不足、师资力量不够,办了没几年就关闭了,再办一所女子高中只是会蹈前车之辙。何况办一所高中需要的资金数额太庞大,免费高中的经费来源无法解决。

局长问你:"张老师,不说别的,就说建一个实验室你觉得要多少钱？"

你回答："2万元差不多吧？"

局长说："你在后面再加两个零都不一定够啊。你教书可以，办学校是妥妥的外行。"

虽遭打击，但你的梦想没有因此而破灭。

2002年暑假来临，你安排好儿童福利院（儿童之家）的孩子，把历年来所获得的荣誉奖章、证书装在包里，出门直奔省城。

你不是个拜金主义者，今天你却要去"拜金"了。只要有足够多的钱，就能换到你想要的东西——比如一所学校。

在繁华的省城，你像一个小商贩，在热闹的街头铺展开一块塑料布，把你历年获得的奖章、证书摆得满满当当，立起"筹资办学"的纸板，一开始确实吸引了不少人围观。

你很兴奋地给围观者们讲起了你的梦想。

围观人群中有人好奇，有人冷漠，有人不屑，有人指指点点，有人摇头不置可否地走开。

你宣讲得精疲力竭。大山离城市太远，人们像在听一个寓言，人群渐渐散尽，你只募到些小钱，最大面额是10块。

有时候你刚把塑料布铺开，就被执法人员驱赶，说是占道经营，你辩解："我不是经营，是为办教育募捐。"

"那也不行！挪走！"

你挎着包，在人群密集的闹市把奖章和证书一次次递到陌生人面前，讲述着自己的梦想。

一天，你把证书递到一个穿着体面的人手里时，他看看证书，又看看你，说了句："你是骗子吧？用全国优秀教师、五一劳动奖章骗钱,稀罕。"

有人说:"获得了这么多的荣誉还用得着出来要钱吗?""这证书去广告店,要多少能做多少。"

你忽然明白,同样是金钱,人们对它的认识和使用是多么不同,你几乎是视金钱如粪土,把用金钱帮助困难的人引以为乐。为帮助困难的学生和家庭,你的工资月月光,连看病的钱都留不下。而今当你办学需要资金时,却不能得到社会的理解。这个社会是怎么了?

你不气馁,走进一家企业,想着企业是要承担社会责任的,你提出要见总经理。保安把你拦住,你拿出兴滇人才奖证书和优秀教师证书,进行自我介绍,要和企业领导谈办学项目。保安见你是个女老师,信赖你,用对讲机叫出一个年轻人。这个年轻人是企业广告部的,他把你领进一间办公室,看了你的证件,他也知道你的名字。但当你提出要建免费女子高中,来找投资时,当即被婉言拒绝,他说企业是做电子的,目前尚未考虑向教育投资。年轻人热情地留你用午餐,你道声谢谢便离去了。

你又累又饿,走到一个挂了许多政府机关牌子的大门口。正是午休时间,机关的工作人员已经下班,你便靠在门口边歇脚,准备下午上班时闯进去试一试。冬日暖暖的阳光洒在你身上,你不知不觉睡着了。

下午2:30,上班的人陆陆续续走进机关大门,其中一位是领导,看到门口侧躺着一个灰头土脸的女人,以为是遭受家暴的上访者,近前呼唤,竟然发现是你张桂梅:"桂梅老师,你在这里做什么?"

你揉着疲惫的双眼，一下认出了对方，礼貌地站起来回应。

你随着领导乘电梯上了办公楼层，看到走廊里挂着"向十大女杰张桂梅学习"的标语，心中五味杂陈。

一杯热茶递到你手里。

"桂梅老师，你来昆明有事吗？为什么不打个电话？"

"你工作忙，怕麻烦你。"

"我还以为是遭受家暴的妇女来告状呢。"

"我没有家，也不会有家暴发生。"

两个人都笑了起来。你觉得这次闯对了门，以最好的状态讲述了你的梦想。

"张老师，这个事情太大了，不是一个人、一个部门能做成的。你还是好好当你的老师吧，而且你身体不好，扛不起。"

多少人劝你，你已经拥有了那么多荣誉，做出了那么多成就，养好自己的身体，不要再揽那么多事了。

误解不断。一次，你应云南电视台之邀赴昆明录节目，你早到半天，见缝插针在火车站人多处拉开横幅募捐。执勤的警察当即要把你带去派出所，怀疑是诈骗，你只好把电视台工作人员的电话告诉了警察，最后在警察的敬礼中离开了车站。

也有人在会议上说你竟然拿着荣誉去社会上骗钱。这种误解最令你痛心。

也有朋友劝说，国家现在鼓励上职高，没有钱，可以上职高啊，国家还有补助，建什么免费女子高中，出力不讨好……

你忽然觉得自己很无能，很无奈。5年的假期，你筹得的钱不到2万元。算起来，要75年才能凑足你一甩手捐出的30万元兴滇人才奖的数额。75年后，你还在世吗？

你曾乐观地想着每一个人都会有和你一样的金钱观。

猴年马月才能筹够建一所学校的钱？放弃吗？

3. 没着正装的十七大代表

2007年10月，你当选为中国共产党第十七次全国代表大会代表。

县委办给你送来7000块钱，作为你参加会议的费用。

你在领款条上签完名后，县委领导郑重地对你说："张老师，你去买一套像样的衣服。你代表的不仅是我们华坪，也代表丽江，更是代表云南。从你走进人民大会堂的那一刻起，你的形象就是我们全云南的形象。"

参加党的十七大这样隆重的会议，你一生唯有一次，你要把自己整饬出最正式的样子。

按通知，你需要在10月13日到达昆明，由驻昆办工作人员陪同购买正装。但就在当晚，你接到市委办公室的电话，说给你准备了一套纳西族服装出席会议。

纳西族服装很漂亮。你是个爱美的女人，有了这套纳西族盛装，你就不用再考虑买什么样的衣服了。

那7000块钱怎么用？你开始打这笔钱的主意了。

办免费女子高中的梦想已经在你心里盘桓了多年，这笔钱，可以为梦想添置一些什么东西呢？

当时电脑已开始普及，也许应该为学校添置一台电脑。它可是现代化的标志之一。

你不知道一台电脑多少钱，但你知道，留1000块钱备用足够了，另外6000块钱你就可以拿去买电脑。

你马上找到了一个卖电脑的联系电话。

销售人员很快就带着一台手提电脑上门了。他打开手提电脑给你演示，你看不懂，但你看到了一个全新的世界——只要你想知道的，电脑上都可以显示出来。

"这东西好神奇啊！"你由衷地感叹着。

"张老师，用熟悉了它能做的事更多。"卖电脑的帅小伙笑着介绍。

"我要买最好的。"你完全动心了，人类已经进入21世纪，电脑打开了你的眼界。

小伙子给你选了一台配置比较好的台式电脑，价格大大超出了你的预算。

"8600元。"小伙子报价。

"这么贵？"

"张老师，我是按成本价格给你的，不赚你的钱。"

你一咬牙买下了它。你买的是信息时代，买的是与时俱进！买得值！

13号，你囊中羞涩地到了昆明。驻昆办工作人员很热心地要陪你去买衣服，你很尴尬，又不能说自己把钱花没了。支吾了半天，终于说服女办事员别跟着你去，你会自己去买。

女办事员还是百般不放心，临出门又扭头说："张老师，还是我陪着你去吧，我对昆明更熟悉些。"

"不用了，我不会走丢的，你们跟着我会让我觉得不自在。"

你向她保证一定会买一套合乎会议要求的衣服，她才千叮咛万嘱咐地离开。

她一离开，你就如释重负地躺到床上，把头埋在被子里笑出了声。

天还没黑你就睡下了。这一夜，你睡得很香很沉。

15号，你穿着纳西族盛装走进人民大会堂。

五十六个民族，五十六种服饰，美不胜收。

在分组讨论的时候，大家自由着装，你换下纳西族服装，穿上自带的深色西服上装、浅蓝色牛仔裤。

牛仔裤耐脏耐穿，便宜又经洗。既然可以自由着装，你就穿牛仔裤呗。

进了分组讨论会场，所有人的目光齐聚你身上，你赶紧低头打量了一下自己的着装，衣服扣子都在呀，裤子拉链也没开呀，抬头看，发现还是有人用怪异的目光盯着你。

你觉得好尴尬，你对大家笑笑，狼狈不堪地自我介绍："大家好，我是来自丽江的张桂梅。"

"张老师，你好。"

"你好，张老师。"

与会的人开始笑着跟你打招呼。你松了口气，找到自己的位置坐下，悄悄问身边的一位女代表："刚才我进来你们为什么都那样看着我？"

"看你的衣服呢。你怎么穿成这样？"

你眼光四处一转，才发现所谓的自由着装并不是没有限度的自由，只是大家换下了民族服饰，穿上了西装或者其他比较正式的衣服。

你低头瞥了眼自己身上那件褪色严重的西服，你甚至记不起这件衣服在你身上穿了多久了，现在它泛着一种陈旧的亚灰色，蓝色的牛仔裤也洗得发白，膝盖上还有两个小破洞，它们唯一还能示人的就是干净，除此之外几乎无一可取之处。

你额头背心都在冒汗，忽然产生了自卑感。

县领导曾对你说过：你代表的是华坪、丽江还有云南的形象。

早知道这样，借钱你也要买一套像样点儿的衣服。

你做客央视，刚到达演播室，尴尬的一幕又发生了——导演看着你，皱着眉头说："张老师，您这身衣服不合适，您赶快回去换一身正装来吧。节目马上就要开始了，您快点儿。"

幸好还有丽江市委送给你的纳西族盛装。你马上回去换了，才算过了这一关。

会议期间，一位与会代表买了一件新西服送给你，衣服很厚实，颜色很低调，你非常喜欢，马上就穿在了身上。

谢天谢地，你穿着它参加了好几个电视台的节目录制，会议结束回华坪时也穿着。

你穿着褪色西服、发白牛仔裤的形象被一位敏锐的记者发现了。她就是党代会驻云南组的记者林红梅。她在你下榻处采访至深夜，你把多年来想说的话都倾诉给了她。

林红梅是一个"快手"，第二天就和同事写了一篇通讯，会议期间在新华社发了通稿，题目是《"我有一个梦想"——访云南省丽江市华坪县民族中学教师张桂梅代表》。

《人民日报》等各大报纸都在显著的版面上刊登——

新华网北京 10 月 14 日电（记者　林红梅、徐江善、张先国）"我想办一所不收费的女子高中，把山里的女孩子都找来读书。这是我的梦想。"云南省丽江市华坪县民族中学教师兼儿童之家孤儿院院长张桂梅代表一双眼睛里跳动着热切的火苗。

"十七大代表不仅是荣誉，更是一种责任。我是基层党员的代表，我要把基层百姓的心声反映上来。"张桂梅说。

张桂梅用生命追逐着她的梦想。记者看到，她的额头上、脑门上有一个个鼓起的包。她笑笑，淡定地回答说："这是肿瘤转移鼓出的包。"记者愣住了，不相信地看着眼前这位齐耳短发、双眼炯炯有神、穿着牛仔裤的党代表。

今年 50 岁的张桂梅从小丧母，由姐姐抚养长大。1995年，她的丈夫突然被查出患了晚期胃癌。张桂梅花光了家里所有的积蓄也没有能挽留住丈夫的生命。

"家没有了，我的天塌了。"张桂梅决定到深山中躲起来度过余生。她离开大理，来到华坪县任教，承担起四个毕业班的政治课教学工作。1997 年 4 月的一天，她肚子疼痛难忍，到医院一检查，发现肚子里长了一个大肿瘤。她手拿医院的报告，徘徊在回学校的路上。没钱治病，举目无亲。她哭了整整一个晚上，思来想去，决定不治了。她要用有限的生命，把孩子们带到毕业。

第二天，上课铃声一响，她准时站到了讲台上。她日日夜夜和孩子们在一起，辅导孩子们冲刺中考。孩子们问她："老师，你为什么不笑？"她答道："等你们考完了，我告诉你们我的秘密。"学生们毕业后，学校知道了她生病的事，送她到昆明医院做了手术。

出院后，她被派到新设的民族中学任语文教师。她拖着病体，每天只吃9毛钱的饭菜。哪个孩子缺用品，她给；哪个孩子交不起学费，她拿。肿瘤在她的体内再次发作，她忍着，把学生带到毕业。她的学生拿了全省语文竞赛一等奖和二等奖、全国物理竞赛二等奖和三等奖。

一个默默无闻的、来自山外的女教师，引起了山里人的关注。华坪县妇联专门为她发起了募捐，县政府出资送她进医院再次做了手术，并免费为她提供药品。

"面对深情厚谊，我下定决心，一定要活着，尽最大努力为这些山里孩子做事。我的生命是由这块土地上的父老挽回的，我要报答他们的恩德。"

张桂梅把县妇联1.6万元的捐款捐献给了学校，为学校架起电线。从此，孩子们不用再点着蜡烛上自习了。

2001年4月，华坪儿童之家孤儿院成立，张桂梅任负责人。她在完成教学任务的同时，又担负起儿童之家孤儿院院长的重任。孤儿院一成立，就来了54名孤儿。到现在，孤儿院已先后收养了83名孤儿。这些孩子有的已经走上了工作岗位，有16名孩子正在高中、中专或技校就读。

张桂梅把所有心血都花在了孩子们的身上，在忙碌中，治疗着心灵的伤痛和肉体的病痛。她奇迹般地活了下来，已经转移到肺部的肿瘤竟然消失了。

"是这块土地给了我第二次生命。我不怕死,我唯一不踏实的,是欠这块土地上父老乡亲的情没有还。"她看着记者,眼睛里饱含着泪水。

"山里人穷,穷在意识落后、文化落后。山里人把很多希望寄托在党的十七大上,希望党能出台更多适合山里孩子读书的好政策。"张桂梅说。

一石激起千层浪。
那个在你心里埋藏多年、困难重重的梦想会破茧而出吗?

4. 生命的转折点

党的十七大提出的"教育是民族振兴的基石,教育公平是社会公平的重要基础",让你兴奋得彻夜难眠。

这意味着每个孩子在人生道路上都将拥有公平的起跑线。而从边疆少数民族地区教育实际出发,创办一所全免费的女子高中,让大山里的女孩享受到公平教育,无疑是和会议上所提到的教育精神相契合的。

你怀揣着美丽的梦想,走进各大媒体的演播厅。

你被党和国家的发声鼓舞着,你觉得生命里充盈着力量,心中从来没有如此踏实过。

你在访谈中提出办学梦想:用知识改变山里女孩子的命运,阻断贫困代际传递,让大山深处因为党的阳光照耀而光亮起来,为中华民族的伟大复兴培育出更多的优秀人才！

你的梦想产生了辐射效应。教育频道、人民网、央视网、新华网等众多媒体都对你的梦想进行了报道。

回到华坪后，省委、省政府给这个梦想亮起了绿灯，各种手续很快批了下来。丽江市委、市政府和华坪县委、县政府均划拨了100万元的建校经费，县政府立即协调土地，进行规划，并成立了女子高中筹建领导小组。

然而，就在一切进入预定轨道时，你接到来自东北老家的电话：哥哥病危，想见你一面。

你自从来到云南后，只回过两次老家，跟老家的哥哥姐姐们几十年没有相聚了，但他们一直没有忘记你这个一直在外的"小老五"。

就在你悲痛不已准备返乡时，你又接到中央电视台财经频道的电话，要为你的办学梦想录制一期节目，一位想要给办学赞助的企业家也要参与这期节目录制。

你极其矛盾，你曾经自欺欺人地想让一个病危的姐姐坚强地活着，等你忙完了再回去看她，姐姐没有等你。如今，你还能再让哥哥坚强地活着等你回去看他吗？

你忽然想到，去北京、回老家都是一路向北，既可以去北京录节目，也可以回去看哥哥呀。

你先赶到北京，约好节目录制时间，老家的电话打了过来，姐姐在电话里哽咽着说："哥哥一直不肯咽气，人都不清醒了，还在喊着你的名字。你快点儿回家吧！"

从北京乘飞机回家，只需要两个小时，只要愿意，你一定能见到哥哥最后一面。可是，已经约好了录制时间，你回家就要错过，错过了他们会再让你录一次吗？企业家还会和你对话吗？那笔钱他还会捐助给你吗？错过了，你要通过什么渠道再能筹到这笔钱呢？

纠结中，你哭泣着对姐姐说："姐姐，我真的有件重要的事儿，走不开，只要等两天……"

没等你把话说完，姐姐就挂了电话。你的心窝一阵阵绞痛，全身无力地瘫软在地上，把头伏在手臂中，由抽泣变为号啕痛哭。

第二天，你含着眼泪走进了演播室。

企业家被你的梦想打动，捐赠给学校50万元钱。

走出演播厅，你身体无力地倚在路边，摸出电话打回老家。

"姐姐，哥哥怎么样？"

你好希望姐姐说哥哥还在等着你，可对面传来的是抽泣声，然后是姐姐哽咽的声音："哥哥走了，我们已经送他到殡仪馆了。"

你的心碎落一地，你不知道怎样结束的通话。回到住处的路变得漫长难行，双脚似乎踩在棉花上，感受不到大地的厚实。

你用一些苍白的理由来欺骗自己，不敢再打电话回老家。你对自己说：人总有生老病死，病榻间的亲情缠绵，纵然万分不舍不忍，而去的人，终究要去，无力回天，与其如此，不如为活着的人努力。华坪，那个善待了你的小县城、给了你包容与温暖的城市，你需要用毕生来拥抱她。

你订了飞机票，回到了华坪。

负罪感使你害怕和家人通电话。自然规律使亲人逐一离去，你也会死，并且怕自己撑不到学校建成就死了，所以你要利用好每一次机会，让学校能尽快建成，让山里女孩尽快入学，你才死得安心。

与在外面募款的艰辛不同，华坪县委、县政府和全县人民给予了这所学校极大的帮助。

全县所有机关和事业单位都发起了捐款倡议，平民百姓也自发捐款。

当时华坪是全国100个重点产煤县之一，虽然国家煤炭政策逐步紧缩，一些小煤矿面临生死存亡，但所有煤矿都慷慨解囊，募捐金额达106万元。

华坪有着良好的人文生态、政治生态，爱你的人远远多于淡漠的人。

一切是不是都如你所愿了？

5. 招生波折

你的梦想破茧成蝶，一栋五层的教学楼在狮子山下拔地而起。教学楼与民族中学一路之隔，预计8月建成，9月1日正式开学。

学校定名为"丽江华坪女子高级中学"，面向全市一区四县招生。

你站在繁忙的工地上，想象着大山里走出来的青春的女孩子们，在校园里学习、奔跑的场景，孩子们的未来将从这里起飞，她们的命运将由此改变。那是多么激动人心的景象啊。

你没有料到，梦想与现实有着遥远的距离。高中录取分数线下来后，你满怀希望地贴出了招生广告。

你想象着山里的女孩们会奔走相告、结伴来报名，结果你望穿秋水，来询问报名者寥寥无几。

你让已到职的老师们将招生宣传的桌子摆到热闹的街市、广场上，你则带上一个老师走遍了丽江的一区四县，想尽量招收一些达到录取线的贫困女生。

你们把招生简章贴到各县学校门口，回到车上扭头一看，有人手脚利索地把它撕掉了。

你奔走招生的初衷是希望尽量招收一些学习优秀的尖子生，起码分数达到录取线，但是你失望地铩羽而归了。

回到华坪后，招生慢慢有了起色，有少数高分学生来打听相关情况了。但绝大多数报名者没有达到分数线，有的分数甚至低到不可想象，家长对她们考大学也不抱希望。

但"免费上学"四个字，对于家境贫困的女孩们太有吸引力了。这四个字像长着双腿，很快跑遍了大山的旮旮旯旯。她们面带菜色地被家长带着来询问：是不是真的不交学费？

得知一切承诺都是真的后，家长瞬间喜笑颜开。

有一位老父亲，听到学校不仅不收费用，还发放衣服、被褥时，便从破旧的衣服兜里掏出一大把零钞和钢镚儿放在你面前："张老师，这么大一所学校，娃都不交钱怎么办啊？你多少还是收点儿吧。"

你拉着这位父亲黝黑皴裂的手，把钱塞回去说："你真的不用担心，孩子上学的费用政府会解决，穿的、用的都有社会好心人捐助，你给她带点儿生活费就行了。来，我带你去看看她们的衣服和床。"

你带着这位父亲去了由教室改成的临时仓库,里面整齐堆放着已收到的校服、被褥。他脸上露出了笑容,泪水滚入了脸上的沟壑:"党和政府太好了,能这样关心我们山里人。"

"让你的女儿好好读书,才对得起党和政府啊。"

老父亲一会儿哭,一会儿笑,他感受到了公平和希望。

还有一位残疾父亲,带着两个女儿来到学校,半信半疑地问你是不是真的不用交钱,得到肯定的答复后,他同样泪流满面:"张老师,我两个孩子的妈妈死得早,我不识字,又有小儿麻痹后遗症,我这两个姑娘从小读书就努力,可她们同时考上高中,我根本没有能力供她们一起上学。"

姐妹俩也在一边抽泣着。你抱住两个孩子对她们说:"孩子别哭,到这里就是到家了。"又对父亲说:"大哥,你不用担心,我一定把两个孩子管得好好的,让她们都能考上大学。"

"我受够了没有文化的苦,二姑娘小时候生了一场病,我不知道送医院,在家找草药给她吃,结果耽搁了病情,娃娃有点儿残疾。"

一对老实的夫妻在带着女儿报完名后,无法表达感激之情,当即挽起衣袖帮助学校打扫卫生。父亲一边俯身用抹布擦拭着教室地面,一边嘴里念叨着:共产党的天下啊!共产党的天下啊!……

那一瞬间你意识到:你的选择、努力,是正确的。如果没有这所学校,她们初中毕业后就没有机会继续读书,她们的一生都走不出"魔咒"。

一传十，十传百，学生陆续来报到了。然而她们的成绩都不理想，百分之八十左右的学生中考分数不够普高录取线。但她们的父母太希望她们通过读书来改变命运，太希望她们能借由女高走出大山了。

看着这些父母焦急渴盼的眼神，你无法将她们拒之门外。

一天，一个特殊的学生被送到你面前。

她的父母在县城里有工作，家境宽裕，孩子并不符合女高招录的"贫困"条件。她的父母很为难地对你说："张老师，我们这个姑娘，肯定是考不上大学的。其他高中都不要她，成绩有点儿差，我们只想把她放在一个还能管束她的地方，不要混社会、当小太妹。"

你断然拒绝了这对父母的请求。

这对父母坐在你面前抹泪。

"女子高中不收费，你们来这所学校就是占用社会资源，我收了你们的孩子，就对不起党委和政府，对不起全社会的好心人。"

这对父母哭着对你说："张老师，我们知道学校不收费，但我们交费用，全都交，请你收下她吧，不然我们管不了，她的一生就要被毁了。"

看着这对父母在你面前相对而泣，你最后还是心软了，把她看成是一个"精神特困生"。

这件事让你有点儿蒙：社会对女高的印象是什么？难道这里是混岁数的地方？

虽然成绩参差不齐，但终于招满了100名学生，其中没达到普高录取线的占大多数。

有人认为文化资本具有连续性，其内容往往取决于原生家庭的经济收入、社会地位、文化教育程度和权力状况。

现实中，经济资本与文化资本常常达成一种合谋，通过家庭教育的差异性、制度的不公平、教育资源的有限性、证书制度的权威性，使有优势文化资本的人持续处于上层，而只有劣势文化资本的人持续处于下层，二者之间的流动越来越小，逐渐形成阶层固化。社会的不公平由此产生。

要消除这种不公平，首先就要让两个阶层之间有畅通的流动渠道，让贫困家庭孩子能通过努力、奋斗改变自身命运，感受到社会、制度的公平性。

这个渠道，就是公平、普惠的教育。

只有通过接受教育这个渠道提高贫困地区人口综合素质，使其产生穷则思变的精神动力，才能彻底拔除穷根，真正阻断贫困代际传递。

因而，教育公平是社会公平的最重要的基础。

在破土而出的丽江华坪女子高级中学，你带着一群刚放下牧羊鞭的姑娘站到了教育公平的起跑线上，以破釜沉舟的姿态向文明冲刺。

你将在狮子山下书写属于你的《钢铁是怎样炼成的》!

6. 艰辛办学路

2008年9月1日，丽江华坪女子高级中学正式开学。

一栋五层高的孤楼矗立在狮子山下。

因时间仓促、资金有限，尚没有硬化的操场上堆满了各种建材和建筑垃圾，学校没有围墙、没有宿舍、没有食堂，甚至没有厕所。

很多人劝你第二年9月1日再开学，你拒绝了：等一年，对大山里的女孩子来说，这一年也许就是她们的一生。

8月30日，全校师生都在忙着打扫卫生，以迎接第二天的开学典礼。下午，县教育局干部职工全都来到女高参加劳动。教育局局长拉着你的手说："张老师，不要着急，学校的事就是我们教育局的事。"

处于极度劳累中的你，感动于这一句温暖的话。

一直到次日凌晨，学校卫生才打扫完。教育局干部职工连夜在花坛里种上花、浇好水，保证了开学典礼如期举行。

100名正值花样年华的女生穿着整齐的红色校服、提着学校免费配发的统一被褥包站在操场上，你的眼眶湿润了。

学生代表上台发言。她叫先惠，在民族中学时是你的学生，学习成绩很好，是那年女高录取学生中的第一名。她说：

> 我的父母都是农民，他们长年靠种地为生，从来没有走出过大山，他们把走出大山的希望寄托在了我的身上。
>
> 今年7月，我以优异的成绩为初中三年的学习生活画上了圆满的句号。
>
> 正当全家人为我的成绩感到高兴时，随即又陷入了深深的焦虑：读高中的学费从哪里来？
>
> 就在我因筹集不到念书的费用准备放弃高中学业时，由

张桂梅老师任校长的女子高中建成的消息传来，让我重新燃起了读书的希望。我毫不犹豫地在志愿表第一栏中填报了丽江华坪女子高中。

不久之后，我就收到了一张红色的录取通知书，上面写着：免收书费、学杂费等一切费用。甚至连行李也是免费的。这无疑给我们的家庭减轻了很大的负担，我深知读书的机会来之不易，作为一名贫困家庭的女孩，成为丽江华坪女子高中的第一届学生，终于能够圆了自己读高中的梦，我感到无比激动和喜悦。这是一所在党和政府以及全社会好心的叔叔阿姨们的关心和帮助下建起来的学校。在今后的学习中，我将更加努力，以优异的成绩来回报社会。

先惠在民族中学上初中时，天天从窗里往外看着女高的建筑工地，她知道在建的是一所免费的女子高中后，希望学校早日建好——因为她家庭困难，没有钱念高中，初中毕业就面临辍学。如今她也圆了自己的梦想。

食堂、厕所暂时要和隔壁民中共用。没有围墙、没有保安，学校背后全是荒山，是这所女子学校面临的最大问题。

教学楼共有五层，你把办公室设在三楼，方便上下照看学生以及应对每个楼层发生的突发事件。为了保证学生安全，你带着女老师们住进了由教室改成的学生宿舍，吃住和学生在一起。男老师则在一楼用砖头和木板搭建起简易床铺，兼做保安。

学校没有围墙，你就每天 4:30 起床，5:30 准时把教学楼的灯打开，并赶走很多来夜栖的小动物，比如蜈蚣、蛇等。学生和老师都还没有起床,你打开办公室的灯后,天地之间一片静谧,你开始打扫学校卫生,让老师、学生们一起床,就看到清爽、干净的校园。

每天学生起床时,你已经安静地站在教室门口微笑着等着她们。

山上还有很多坟茔,深夜发出的幽幽磷火,令人毛骨悚然。为了给学生们安全感,你便等学生们全部睡下后,才一个人慢慢地关掉所有的灯。

每天处理完学校的事,差不多都是午夜了。

静谧的校园里,最早的人和最晚的人都是你。

做这些事情,你心里充满着欣喜:期盼孩子们能喜欢上这所学校、爱上这所学校,在此改变她们的命运。

学生基础太差,你做了个决定:早上的卫生由老师们打扫。

每天早上5点多,17位教职员工起床扫院坝,学生读书、背书。

但老师们都太年轻了,大多是独生子女,在家里也没吃过苦,晴天扫完一身灰,雨天扫完一身泥水,学校没有可以洗澡的地方,有时要一两天后才能离校出去洗一次澡。

恶劣的环境让部分老师打了退堂鼓。冬天的一个早晨,几名老师相约着不再打扫卫生,想到华坪县教育局联名反映你。你什么也没说,背着儿童福利院(儿童之家)最小的孩子"小萝卜头",拿着扫帚默默地清扫校园。

"小萝卜头"受不了灰,在你背上哇哇大哭,用手抓扯着你的头发表示抗议。你只是背过手轻轻哄拍着背上的"小萝卜头",坚持扫地。看到笼罩在灰尘中的你和"小萝卜头",大家沉默了。

他们慢慢聚拢在你身边,闪着启明星微光的校园里,响着沙沙的扫地声。

想去县教育局反映你的人最终没去。老师们想出一个办法,用尺子量了操场,按人头平均分割,还买来油漆画上线,每人去认领一块。

学校卫生问题在这样的不情不愿中解决了。你哭笑不得,甚至感到了一丝无奈。你无法苛责他们,毕竟条件这样差的学校,全县仅此一所。何况在你眼中,他们也是刚毕业的孩子啊!

9月的华坪多雨。一下雨,老师学生出入都极不方便,但更为不便的是学校没有厕所。老师学生都借用隔壁民中的厕所,或是去学校外的公共厕所。

为保证学生安全,你规定学生夜间上厕所必须有一名女老师和一名男老师陪同。如果遇到学生拉肚子频繁地上厕所,护送她的两位老师基本就无法安睡了。天一亮,老师红肿着眼睛又要进教室上课。

你心疼老师,也从心底觉得对不起他们。但你的歉意还没有持续多久,就发现学校洗漱间里总有一股怪味。这是怎么回事儿?

一天早上,你到校后决定先去洗漱间看看。当你推开洗漱间门时,一位女老师慌张地提着裤子站了起来。因为厕所离学校远,她们把洗漱间当成了厕所。

"我天天这么辛苦打扫卫生,你们天天把洗漱间当成厕所。你们这样做,是给学生带了个好头吗?"

你毫不客气地痛斥了这位老师，直到她哭着离开洗漱间。当你的怒气平息之后，又觉得这也不能全怪老师。都是年轻小姑娘啊，也许她半夜不好意思叫醒别人陪她上厕所，才不得已想出这样的解决办法。

想到这里，你回到办公室找来桶和扫帚，开始冲刷洗漱间。

冲洗的过程中，留校值守的老师们几乎都来了，没有一个人说话，只是默默地干着活，直到洗漱间被冲洗得干干净净。

学校地势较高，自来水经常压不上来，只能先保证生活用水。学校后面有一条农用灌溉渠，每隔十天半个月水渠里会来一次水。这时，全校便停课去抢水用。洗完衣服的水，再端去浇灌花木，整个学校忙乱不堪。

灌溉渠里每次淌的水都非常混浊，学生的白衬衣只要洗一次就变黄了。而且要把水渠堵截起来才能取用，这就使得下游农民灌溉用水受到影响，他们便堵在水渠上不让学校用水，还会聚集很多人到学校讲理。因为理亏，你无法辩解，你讲到学校的难处时，他们也不能理解，每次用水都会被老百姓骂得狼狈不堪。

你只能在挨骂后开校会做老师、学生的思想工作，告诉大家，只要再坚持一下，我们的蓄水池修好后就不会这样被动了。你还对学生讲要发扬井冈山"小米饭、南瓜汤"的革命乐观主义精神，所有的困难都只是暂时的。

办学渐渐露出了诡异的一面。这些刚从大山里出来的女孩没有时间观念，懒散，缺乏自律，初次离开大山，看到城里的一切事物都新鲜，三天两头溜到街上买各种垃圾食品吃，一个星期甚至一个月的生活费，被她们两三天就花光，接下来的日子完全无法应付。上课时间，教室里总有空位，有时课上了半节还有学生气喘吁吁地从街上跑回来。到吃饭时间，有的学生不吃饭，到下午上课时就无法集中精力，一会儿胃疼，一会儿恶心。

有一个孩子每天早上还要花二十分钟敷面膜，这让你觉得不可理喻。

你问她哪儿来的面膜，她说买的，3块钱一张。你问她钱哪儿来的，她说一天少吃一顿饭就省下来了。

你记得她父母送她来学校时，看得出家境不好，可为什么父母才一转身，她就要敷面膜呢？

这些都是你始料不及的，这跟你原来预想的完全不一样。你想象中的贫困孩子都会珍惜上学的机会，她们会拼尽全力地努力，学习风气会好得让你感动。面对现实，当了几十年教师的你才觉得，自己还是太天真了。

面对这样的艰苦条件和看似不可救赎的学生，年轻老师对学校失去了信心。当激情消散，他们的理想从现实的悬崖上跌落下来。

接着，就发生了不该发生的事。

7. 党旗所在

你决不放弃。

你制定了女高的校训：刚强、勤敏、宽厚、慈惠、知礼、质朴。你把学生集中起来，一个词一个词地讲给她们听，要求她们背下来，并要求以此自律自戒；你对学校实行封闭式管理，要求老师们统一备课，实行坐班制，学生有不懂的地方随时都能找到老师解决；甚至，你还要求签订未婚老师三年内不结婚、已婚女老师三年内不怀孕的合同。

三年，是刚好送走这批孩子的时间，你希望所有的老师都能和你一起，把全部精力放在这些孩子身上，帮她们打开通向外面世界的道路。

开学不久，因学校条件差，17名教职员工中有9人不顾你的挽留，相继找理由辞职离开。

接着有学生转学。有一个学生父母来接女儿时，带走了学校免费发放给学生的被褥、行李箱和衣物，还不屑地对你说："如果我们稍微有点儿钱，都不会让娃在你这儿耽搁时间。"

一个月内，6名学生转走了。

局面似乎失控了：剩下的老师人心惶惶，学生精力不能集中，校园内外流言四起，学校又出现经费短缺。一切都呈现出最糟糕的状态。

一天早上，你为学校的经费跑了好几个部门都无功而返。你疲惫不堪地坐在旗杆下，看着开学才升起来的鲜艳的五星红旗，心里说不出的苦涩。

"张老师，你还好吗？"一位老师关切地问你。

"也许学校办不下去了，没有钱，一分钱都要不来，不知道接下来怎么过。"你强忍着眼泪对他说，"老师也走了这么多，都无法正常上课了。现在从哪儿可以快速地招到老师？也许，学校真的要黄了。"

一阵心酸涌上心头，你紧紧咬着嘴唇，怕一开口就会哭出声来。

这位老师坐在你身边也沉默着。

因为过度焦虑，你的身体出现了各种毛病：全身浮肿，额头鼓起多个小包，去医院检查，是骨瘤；肺上也有了结节；加上长期服用各类药物和一些强效止痛药，肌体损伤很大；你经常感到呼吸困难，全身像针刺一样痛，剧痛过后还会出现眩晕和虚脱感。

接着，相关部门把你叫到办公室，说为了照顾你的身体，让你提前办理退休。

甚至有传言：将派人来接管女高……

绝望来得那么突然、那么真实。

疲惫感如潮水般将你淹没，支撑你的力量消失殆尽。周遭变得空旷，你无物可依。

寂寥的天地间，一串银铃般的笑声从云间传来，你依稀看到：赤玫火笼的原野上，跑着穿红花袄的小姑娘，小辫子在春风中摇荡，洒下一串清脆的歌声；对着妈妈叫着"大麻子"的小姑娘，被爸爸抽了一耳光；唱着《红梅赞》、演着江姐的小姑娘，被观众一遍遍叫出来谢幕；走出车站的少女，伏在父亲背上，滑落在父亲颈窝的热泪；新婚被落下没有参加到婚礼的新娘；洱海边琴瑟和鸣的丈夫；苍山上那块孤独的石碑；民族中学里辍学的姑娘；儿童福利院（儿童之家）可爱又可怜的孩子；还有那些要钱的屈辱、拼尽所有建起来的女高，那里面有你的梦想、你的希望。

这一切，都真实地存在过，又虚幻得不可触摸。所有的人和事，都远离了你，你拼尽一生心血，最后不过一事无成。

"不能供自家孩子上大学的家庭就不要去强求了，每个人都有自己的命运，打工也需要人。"有人这样对你说过。

你想改变她们的命运，但是你没有做到，曾经豪情万丈，如今只落得绝望凄凉。你最终辜负了大山的希望和贫穷家庭的期盼。

自责和绝望将你笼罩。

你闭上眼睛，进入冥想的世界。

丽江著名的风景区虎跳峡，山高峡深，水流异常湍急，暗礁林立，失足掉下去的人会尸骨无存。听说死在虎跳峡的人会去到一个叫"玉龙第三国"的地方，那里鲜花遍地、四季如春。

你似乎恍惚地坐在观景台上。

发源自青海格拉丹东雪山的金沙江千里迢迢奔流到此，因突遇玉龙雪山、哈巴雪山的阻挡，原本平静温和的江水变得怒不可遏，咆哮着从两座雪山之间的夹缝中硬挤过去，形成了世界上最深、最壮观的大峡谷之一。虎跳石横踞中流，将江水一分为二。传说中猛虎从玉龙雪山跃下，在这块石头上稍微垫一下脚，就能跃到对面哈巴雪山上，虎跳峡便因此得名。

江水在脚下咆哮、翻滚，卷起重重浪花，狠狠摔打在石壁上，水雾氤氲上卷，扑得你一脸一身。你不在乎。对心无所念的你来说，没有什么能让你在乎了。

踏歌而来的小姑娘在对你招手，红扑扑的小脸满是幸福的笑容。

永别了，那些如花朵般的笑脸，那些曾经不堪或荣光的往事，那些你曾深爱过的人，那些也深爱着你的人。

对不起，那些对你寄予厚望的人们，你最终没能达成他们的愿望——让你们失望了，下辈子我再努力吧！

脚下的江水咆哮翻滚，轻轻一跳，立即会被暴虐的江水卷走，丝毫不会留下任何痕迹；会被浪花抛砸到石壁上，让全身骨头碎成齑粉；会在浪涛的裹挟下，不停地撞向一个又一个巨石；会随着湍急的水流，跌下一道又一道的瀑布——你却不会感觉到痛。灵魂感受到释放的快感，所有羁缚肉身皮囊的一切都会在暗礁的碰撞中撕裂，被江水洗刷殆尽，无可拘束的灵魂便会展翅高飞，得到真正的自由！

怒吼的江水卷起千堆雪，向你发出呼唤："来吧，只要投入我的怀中，你的灵魂将得以解脱！"

"张老师，你还好吗？"一位老师用双手将你扶起，"你头晕吗？"

"我只是打了个盹。"

你拒绝了这位老师送你去医院的提议。

虎跳峡为什么能成为世界最深、最壮观的大峡谷之一？因为金沙江水毫不犹豫地硬挤过看似最不可能的那一条路，造就了最狭窄处仅 30 米宽、峡谷内礁石林立、18 处险滩、7 处 10 米落差、瀑布 10 条的壮景。

这种壮美源于金沙江从来没有选择改道！

然而，如今的你，还能坚持自己的选择而不改初心吗？

此时放弃，是最好的选择。你吃力地站起来，脚步蹒跚，走进办公室，开始整理档案，准备学校的后续事项，却忽然发现留下来的 8 名老师中，竟有 6 名是党员！

那一瞬间，一丝亮光如利剑劈裂了黑暗，你顿时觉得，学校有希望了：党员们没有离开！

你也没有理由提前退休离开！

你当即打报告向县委组织部申请成立党支部，很快得到批准，你被任命为党支部书记。

有党员在，学校就不会垮，你要举办一次特别的宣誓仪式。

你让美术老师找来红黄油漆，在教学楼二楼墙壁上手绘了一面巨大的党旗。

你带着6名党员在党旗前重温入党誓词，由你领诵：

我志愿加入中国共产党，拥护党的纲领，遵守党的章程，履行党员义务，执行党的决定，严守党的纪律，保守党的秘密，对党忠诚，积极工作，为共产主义奋斗终身，随时准备为党和人民牺牲一切，永不叛党。

每一个宣誓人眼中都涌出滚烫的泪水。

你耳畔响起熟悉的旋律：我把党来比母亲。

你张桂梅是党的一员，是党的组成部分，是一位母亲，你能承担起党员的责任！

为母则刚，你将为理想扛起一切！

战斗堡垒筑成了，阵地守住了。

你带着老师们重新开始了学校工作：除了正常教学任务，你要求党员必须佩戴党员徽章上班，每周开会让党员轮流读党章、重温入党誓词、唱革命歌曲，并把《为人民服务》《纪念白求恩》《愚公移山》作为必读文章，组织师生每周看一部红色电影，讲长征精神、延安精神和老一辈革命家艰苦奋斗的事迹。

只有记住来时的路，恪守入党的初心，才能把"要我干"转化成"我要干"。

党员必须要明确自己为什么入党并坚守信仰，这不仅是为了女高的发展，更是为了党的肌体的健康和民族复兴的事业！

你告诉他们，党员不仅仅是一个称谓，而是要用各种形式让大家真正把"党员"外化于行、内植于心。

你把毛泽东诗词作为必修课，每天让学生朗读、背诵，让她们时时"与经典为友，与伟人同行"。

在学习背诵毛泽东诗词的基础上，你精心挑选传统经典名篇作为全校师生的必修课，让他们在名篇佳句、锦绣华章的书香中熏陶浸染，感受中华优秀传统文化内涵之深厚，领悟人生哲理之睿智。用雅言传文明，以经典润人生，把传承传统文化和红色经典相结合，作为陶冶情操、激励斗志和传播社会正能量的有效载体，让老师和学生们从传统文化中寻找到真善美，汲取力量，修身律己，摒除浮躁之气，安心静神而向学。

而原来的晨跑，经过深思熟虑后，你将之改成了练太极拳。太极拳是中国的一种优秀传统文化，内涵十分丰富，充满着哲理，与中国传统医学有着极大关系。学练太极拳是一项很好的健身运动，可以强身健体，可以防身自卫，也可以陶冶情操，是一种美的享受，还可以给人们的生活带来无限情趣和幸福。一招一式发乎心，学生会渐渐领悟其中精妙，也许，多年后还会对她们的人生有着影响。

学校卫生也重新归由学生完成，除了要求每天早中晚的三次大扫除外，课间也需要两次打扫，并收走教室的所有垃圾桶，让她们养成归置收拾东西的习惯。产生的垃圾在课间打扫时，统一置放，由专人运出校园。这样实施后，并没有耽搁学生读书的时间，而是更好地培养了她们的时间观念。每到下课，所有学生小跑出教室，风一样卷向操场，最多五分钟，操场便一尘不染，而一天三次的打扫，使得整个校园干净整洁。吃饭时间也做了规定，从打饭到吃完饭只有十分钟时间，这也养成了学生吃饭不讲话的习惯。

各种秩序的重新建立，让整个学校都发生了很大的变化，老师们对学生的言传身教和学校严格的要求，很快在学生身上看到了成效。

渐渐地，学生上课准时了，有了纪律观念，很多小毛病都改正了。你终于舒了口气。

你治校的严格中透着浓浓的母爱。高一年级新入校的女孩们在大山里没听说过奶茶，见城里女孩喝奶茶，趁你心情好时也会向你撒娇。

"妈妈，我想喝奶茶。"

"喝你妈个头。"

"妈个头能喝也行。"

你扑哧笑了，便让办公室主任去给高一新生每人买了一份奶茶。高二高三的学姐们也撒娇要喝奶茶，为了公平，你下狠心给每人买了一份，作为对她们童年的集体补偿。一杯奶茶，让人品出了浓浓的人情味，不过这笔钱是要慢慢从你工资里扣的。

你的事迹通过媒体渐渐为世人所知，各级领导和公众敬佩你一心扑在教育事业上，积劳成疾而不抱怨，创造了生命与工作的双重奇迹。

省委发出了《中共云南省委关于开展向张桂梅同志学习活动的决定》，号召全省广大党员、干部和大中小学教师学习你牢记宗旨、坚定信念、对党忠诚的优秀品质，淡泊名利、无私奉献、不求回报的崇高境界，热爱生活、艰苦奋斗、乐观向上的优良作风，爱岗敬业、教书育人、为人师表的高尚品德。

活动迅速在省内掀起了高潮，并很快形成了全国学习的态势。这给学校带来了极大的转机。

来自全国各地的捐款飞向校园：一个化名为"一滴水"的志愿者，每年定时为学校捐款，一直到今天。很多人给你写信、打电话，要求来学校支教。

你开始有选择地接受志愿支教老师。一对来自南方的退休教师夫妻，不适应云南的高海拔气候，批改作业只能坐在地上，晚上睡觉也只能打地铺，但还是坚持支教了三个学期；两名来自北京的志愿者，原定支教时间为一年，可一年过去了，他们却不愿意离开，要求再留一年。

一切都在你的坚持下发生了改变。

你喜欢种花，你和师生共同在校园里种下了玫瑰、月季、白玉兰、海棠、长寿花、网球花、夜来香、三角梅、桂花、君子兰、芭蕉、芒果、橡皮树、小叶榕等花和树。

你是一名真正的护花使者。

8. 又闻歌声

为了保持学校干净整洁，你规定老师每天早中晚打扫三次卫生。一天中午，老师们将扫帚放到操场上，在四楼天台准备唱完歌后再下楼继续扫操场。跟往常在天台上唱歌一样，有些老师耷拉着眼皮，不情愿地唱着。可没唱几句，楼下操场便传来了响亮的歌声，正准备上中午课的学生经过操场时，自觉地站好队，"无缝对接"地接着唱起了同一支歌，声音完全盖过了楼上的歌声。

楼上的歌声仅一瞬间，就由弱变得激情昂扬、声线饱满。楼上楼下相呼应，革命歌曲大合唱有力的旋律飘扬在校园上空。

唱完歌，没等老师们下楼，楼下的学生主动捡起地上的扫帚开始打扫卫生。楼上的老师们奔下来，抢夺着学生手里的扫帚，学生们抱着扫帚不放，说："老师你们辛苦了，以后卫生就由我们来打扫吧。"

此后，只要看到操场上有杂物，老师们都会主动去打扫，那些油漆划分的区域标志成了"文物"。

老师和学生之间的关系越来越好，师生关系融洽带来的是课堂效率的提高。

短短三年，学校就形成了师乐教、生乐学、知礼崇文的良好氛围。

在师生们的共同努力下，2011年，第一届学生毕业，学生以本科上线率73%、综合上线率100%的好成绩，全部考上了大学。

党旗下宣誓的老师们，挽着全体教职员工的手，终于向党和人民交出了一份满意的答卷。

感时思报国，拔剑起蒿莱。

学校沸腾了，老师们笑着笑着哭了，哭着哭着又笑了。梦想之路曲曲折折，但终于迎来了希望的曙光。

那个叛逆少女的父母拿着女儿的重点本科录取通知书，带着厚厚一沓钱来到学校，和老师们一样，笑了哭，哭了笑，激动得说不出一句完整的话。

那些原本因家贫无法让孩子上学的家长，甚至跪在教学楼前表达感激之情。

94名大山里出来的女孩将走向诗和远方！

整个县城和丽江市都刮目相看。有的学校拿女高学生说事："那帮'乌合之众'都能教育好，我们自己的教育搞不好说得过去吗？"

唉，这是什么话啊！

第九章　长征十万里

1. 堪比蜀道难

有历史的老学校，所有的事情都有自己既定的发展方向，都遵循着既定的道路前行，新学校则都需要根据实际情况制定自己的前行轨道。

丽江华坪女子高级中学开始招收了 100 名学生，中途有 6 名学生的家庭因不相信简陋的女高能培育出人才，转学而去。剩下的 94 名学生基础都很差，必须用"狮子带绵羊"的方法，让她们强大起来。

你决定使出你的独门绝招——家访。

马克思说过："人的本质不是单个人所固有的抽象物，在其现实性上，它是一切社会关系的总和。"

没有一个孩子的成长是绝对独立的，家庭和村庄是他们的"社会"和课堂，他们的成长与其有着千丝万缕的关系。

你要走进大山，了解 94 个孩子成长、生活的环境，那里是树木生长的根系所在，你必须探明那里的水土和季风，因人施教，为每一个学生单独制订学习计划，突破瓶颈。

为了给这些偏远山区的孩子节省回家的车费和时间，女高并没有按常规休周假，而是一个月集中放三天月假。孩子们每月只往返一次，回家带生活费，帮家里干点儿农活，你也可以利用这三天时间进行家访。

9月仍是雨季，雨虽然不再像七八月那样暴烈，但淅淅沥沥仍下个不停，天地都笼罩在一片潮湿中，所有山间小路都湿滑难行。

一次家访，学生家住山顶上，只有一条羊肠小道可行。你和同行的老师不得不打电话向乡政府求助。乡政府很快找来一辆摩托车，摩托车司机刚巧是你在民族中学教过的学生，看到你非常高兴，但坚决阻止你上山。他说："张老师，上山的路非常危险，我去把她家长接下来就行了，你就不要上去了。"

你坚决回绝，并微笑着说："我已经到山脚下了，难道离山顶还远吗？"

"远倒是不远，可是很危险啊。"

"他们都长年住在山上，我只是上山而已。我是一定要上去的。"

"你还是我以前的那个张老师啊，一点儿也没变。那你一定要紧紧抓住我，别到处乱看。"

你心想：看哪儿叫"到处乱看"？你忍不住暗暗发笑：这小子，没几年就以为自己长成大人了，还不让我到处乱看，当我是什么人？

学生能骑摩托车帮助他的老师了，你有些小小的骄傲和得意。

你坐到摩托车后座，他回头对与你同行的老师说："老师，你们先在这儿等等，我把张老师送上去了就回来接你们。"

当摩托车行驶在山路上时，你才明白他为什么阻止你。山路异常狭窄，左侧是陡峭的石壁，右侧是深深的悬崖，因为长时间下雨，加之出山的人比较少，路面完全被疯长的杂草掩盖住，只有摩托车轮子落下弹起才感到路面的凹凸不平。而因为雨水的冲刷，不停地有石块泥土从石壁上滚落下来。

你感觉随时会坠落到右侧的悬崖下，紧张得想闭上眼睛，眼睛却完全不听使唤，越想闭上越闭不上。你无法思想，胸腔憋闷得似乎要窒息，整个身体变得僵硬，连动一下手指或者调整一下坐姿都无法完成。你终于明白他让你别到处乱看的苦心了，目光所及，都是惊心动魄的恐惧。

还没到学生家，你就感觉到全身僵硬并疼痛，抓住摩托车后座支架的手似乎已经石化，无法动弹。你就这样在恐惧和狼狈中到达了山顶。

女孩子和她妈妈老早就站在细雨中等候着了。看到摩托车上来了，两人飞奔过来，女孩子扶住摩托车上的你，可是你双脚双手都是僵硬的，根本下不了摩托车。最后是摩托车司机和孩子的妈妈把你抬了下来。

他们刚一松手你就跌坐在泥水中，你的脚趾全部蜷曲着僵在鞋子里。当你从泥水中被搀扶起来时，才渐渐恢复了常态。

你做的第一件事就是颤抖着僵硬的手摸出电话，打给等在山下的老师："你们别上来了。"

走进学生家，发现女孩父亲头脸肿得好大，学生说父亲被马蜂蜇了，但因为下雨无法下山去医院。

你震惊了，马蜂和山路，两害相权，他们选择马蜂之痛。

回到学校后你心里一直无法平静下来，忍不住找到学生问："为什么这么恶劣的天气、这么危险的山路还要回家？"

学生回答："张老师，放假不回家，我能去哪儿呢？"

本以为放三天的假，让孩子们在家庭的温馨中休息一下，对她们来说，也许是繁忙学习后的一种幸福，哪知道后面竟然隐藏了"蜀道之难，难于上青天"的惊险。

你回校后决定将月假取消，改成每周日下午放三个小时的假。你给她们计算好了，去城里洗个澡，在街上逛一逛，回学校刚刚好，既省了钱也让学生的安全得到了保证。

这样做后，老师们的抱怨又多了起来，平时加班加点地干，结果一星期只有三个小时休息时间。你向他们解释，放三个小时的假，学生回家途中危险的问题解决了，学习时间也多了，何乐而不为呢？这件事就这样定了下来。

在接下来的一次家访中，一个学生的奶奶一定要你转告她的孙女，要好好读书。刚好有志愿者带着摄像机跟着你，把奶奶对孙女的期望录了下来。当时奶奶对着镜头老泪纵横，抹着眼泪告诉孙女，因为贫穷，家里几辈人都没能读上书，如今既然赶上了好时代，不交钱都能读上书，就一定要把书读好，才对得起国家，对得起党和政府，对得起帮助他们的好人。

你觉得这样的方式非常好，以后每到一家，就把父母或爷爷奶奶想带给学生的话摄录下来，回学校后再回放给孩子们看。这一幕，是女高最锥心的一幕。屏幕上的爷爷奶奶或父亲母亲，流着泪向孩子诉说着生活的不易和家人对她们的期盼，孩子们望着屏幕不由自主就哭成了一团。这样的场景，让没有参与家访的老师们也唏嘘不已。

老师们的变化非常巨大。整个学期，孩子们几乎都没有回家，学校便成了她们的家，老师和同学就是她们的家人。每当有学生生病，不管是白天还是深夜，不管是不是自己教的学生，老师们都会毫不犹豫地自己掏钱送她们去医院看病。冬天感冒频发，有的老师一天要跑七八趟医院，到后来，老师们跟医生都成了熟人。医生甚至开玩笑说，老师的摩托车就是女高的"120"救护车。

学生要输液，老师们轮流守在病床边，等学生输完液再送回学校。有时遇到病情复杂的，老师就在急诊科的过道里通宵守候。有的老师还坚持每个月从工资中拿出三五百元钱，为困难学生治病或做生活补贴。学生病好后，班主任还会打电话给家长报平安。

师德，女高的立校之本！

而另一次家访，你又听到了一首动人的歌……

2. 老奶奶的歌

你在家访中无数次摔倒，甚至摔断过肋骨。为了避免雨季家访的危险，你将家访改到寒假。

那年冬天，你到了永兴乡习好村，找到学生家时，已是傍晚时分。无须敲门，因为根本无门可敲。

一些破烂木板拼成的所谓门，连着一溜歪歪斜斜的破烂篱笆。你站在门口大声喊，一个弓腰驼背的老奶奶蹒跚着出来应门。

"老师辛苦了。"奶奶开口就是对孙女的校长的感恩问候。

进了院子，孩子的母亲正忙着做饭："张老师，你们辛苦了，先坐一下，马上就可以吃饭了。"

"我们不吃饭，你们坐过来，先看看孩子的成绩。"

"那不行，饭一定要吃。虽然我们家条件差，但还是能让你们吃上一顿饱饭的。"

"我们带着吃的，车里有面包。"

"这么冷的天，怎么能只吃面包呢？虽然我们吃得不好，但至少饭是热的。"

"不行，真的不吃了，你过来听听孩子的情况。还有好几家没有走，要全部走完了才能回去呢。"

孩子的母亲一听你们还有好几家要走，一时蒙了。她说："天都要黑了，今天就在我们这儿住下吧。"

你打量了一下她们家，"留宿"只是客套话，一排三间土房，一间厨房，她们家现有三个人，客人住哪儿？

孩子的母亲很聪明，看到你在打量房子，不好意思地笑着说："你们住这儿，我带着娃去那边我姐家住。"

你也笑着说："别忙了，快过来，说完孩子的事我们好赶路。"

孩子的母亲坐到你身边来。她衣着单薄，你问起孩子的父亲，她说在外打工，家里常年就孩子的奶奶和她在家，放假了就祖孙三人在家。

看着破败的院落孤立于田野，你问她晚上不怕吗，她说习惯了。

你介绍了孩子在学校的情况，并问了孩子母亲家里的情况。婆婆多病，她为照顾年迈的婆婆，无法随同丈夫外出打工。丈夫打工带回来的钱，一半要用于婆婆的医药费，一家的生活一直是捉襟见肘。你们说话时，学生一直站在旁边。她穿着学校发放的红色羽绒服，为这个简陋的家增添了温暖和亮色。

你拉着女孩的手说："孩子，咱得好好学习啊，考个好大学出去，以后带着奶奶，带着爸爸妈妈去看看外面的世界，他们为你辛苦了一辈子，你是他们的希望啊。"

女孩使劲点着头，哽咽着说："张老师，你放心，我会努力的。"

当你家访结束准备走时，年迈的老奶奶从烟火缭绕的火塘背后站起来，扶着墙颤巍巍地走过来，拉着你的手，老泪纵横地说："老师啊，幸好有你们，幸好有这样一所学校，不然我孙女根本上不了学。我们没有钱，我又有病，干不了活，又不死，光是吃，就是这个家的拖累。"

你一阵心酸，赶快扶住老奶奶说："你别那么想，有个妈多好，他们回来能叫声妈有多幸福，有好多人想叫声妈都没人应了。你要好好活着，等你孙女考上大学了带你去大城市看看，你要好好活着嘛。"

奶奶的泪水擦不干，顺着脸上的皱纹曲曲弯弯流下面颊。你看到奶奶的裤子破到肉都露出来了，便把包里的钱翻出来，塞在了她手里，对她说："一定要好好活着！至于孙女你不用担心，她很懂事，是个好孩子。"

奶奶拒绝收你的钱："不交钱就让孩子读书，已经谢天谢地了，怎么还能要学校的钱哪？"

你说："奶奶，学校不是我的，是党和政府办起来的，还有社会好心人捐款，所以孩子们才能免费读书。"

奶奶紧紧抓住你的手，说了一句："从老辈子起，没有不交钱读书的啊。"

最后奶奶说："我想唱一首歌给老师听。"

你问奶奶："你唱什么歌呀？"

奶奶用苍老的声音唱了起来：

> 没有共产党就没有新中国，
> 没有共产党就没有新中国，
> 共产党辛劳为民族，
> 共产党他一心救中国，
> 他指给了人民解放的道路，
> 他领导中国走向光明，
> ……

久违的歌声，从一位老人的心底升起，带着岁月的沧桑，深深打动了你。你的泪水瞬间止也止不住。

你从这苍老的声音中听到了丽江华坪女子高级中学创办的意义所在。

为人民谋幸福，乃"国之大者"！

3. 使人流泪的阳光

2017年1月1日，元旦当天，你家访来到了船房乡。去一个学生家的道路，刚好在头一天硬化完成，你们到时正处于保养期，无法行车，而到学生家还有近六公里路程。对于小脑萎缩、无法很好保持平衡的你来说，走完这六公里路，再走回来的话，一天的时间可能就没有了。而且，长年服药导致骨质疏松，过度行走对于你有很大的危险。

一筹莫展之际，一些当地村民认出了你，他们告诉你，路面虽不能过汽车，但摩托车可以行驶。附近村民很快集中了几个会骑摩托车的人，推出自家摩托车准备送你们。

骑摩托车的小伙子大概怕你冷，路上尽量骑得很慢。很快，就跟其他人的距离拉得远了。你对小伙子说，咱们跟上他们，不然他们到了我们还到不了。小伙子说那你坐稳啊，然后加大油门就开始往前冲。

一直是上坡路，山道盘旋，真的是弯急坡陡，一加速你便完全被笼罩在巨大的恐惧中。山间地势坎坷，阳光只能照到高地，摩托车一直在阴影中行驶，加上冬天寒冷，寒风从耳边呼啸而过，心里的惧怕，随着寒冷不断弥漫，直到笼罩全部身心。你一只手紧紧抓住摩托车后的架子，一只手提着包，还要用两个指头紧紧抓住小伙子的衣角，心里想着：如果要是滑倒的话，这样快的车速，我一定会摔出好远，在惯性作用下还会滑行好远，脸一定会被坚硬的水泥路面和砂石蹭坏，羽绒服会被刮破，羽绒会到处飞扬。你越想越害怕，越害怕越忍不住要想。就在这样极端的恐惧中，在呼呼刮过耳边的寒风里，摩托车终于冲出阴影，赶上大家了。在手脚都因为极端的寒冷而变得僵硬的时候，摩托车忽然盘旋到高处，阳光洒下来，顿时一片温暖紧紧包裹着你，你心里瞬间有一种劫后余生的感动，你眯着正对着太阳的眼睛，眼泪不可控制地哗哗流下。

原来眼泪不只会因为感动、因为委屈而流,还会因为阳光而流!

学生的家里穷得几乎什么都没有。一排三间失修的土房,张着巴掌宽的裂缝。这种农村的土房中间是堂屋,供奉着香火,左右各一间耳房,耳房外,用简陋的竹片和木片各搭了一间简易棚。你们先走进一边简易棚,里面光线极暗,从简易棚的缝隙里漏进的阳光,只会显得棚里更阴暗。你站了几十秒,眼睛才能勉强适应棚里暗淡的光线。里面只有几只碗,黑乎乎的砧板上放着四个鸽子蛋大小的番茄,一只水桶,地上有个火塘,旁边有两口锅,其他就什么都没有了。

家访中,贫穷的家庭已经看惯了,但这样的清贫,还是让你震惊。难道一家人一年四季就在这样漏风漏雨的简易棚里做饭?

走进堂屋,四壁都是烟熏火燎的痕迹,墙壁漆黑,挂满了大大小小的蜘蛛网。供香火的地方,只有一块木板横在半墙上,木板上放着一些干瘪的苹果,唯有一炷香火,颜色尚新鲜。你想看看他们的耳房是什么样,但站在堂屋里半天,居然看不出耳房的门在哪里,因为屋里太黑。看着孩子局促的表情,你放弃了看耳房的打算,走了出来。

站在屋外明媚的阳光里,你心里像堵了烂棉花,呼吸不畅,随手指着旁边耳房外的另一个棚子问那里是什么,孩子母亲说,那是兄弟家的厨房。

这样的三间房子还住着两家人,这日子得过得多艰辛?

有女孩子的家,厕所应该修整得比较好。你提出要去看一下厕所,女孩子说让你等一下,她去找手电筒,你说不用了,你的手机可以照明。

厕所在猪圈背后，过道极其狭窄，瘦瘦的你侧着身子走，衣服还是会蹭到猪圈墙上。厕所里漆黑一片，你调整了一下目光，看到只有一块木板横在土坑上，是不是应该还有一块？不知道他们一家人怎么上厕所。

只有一间耳房，养的又是个女孩子，一家三口要怎么住？临走时，看到院子边上还有一间用薄木板搭起、顶上盖着石棉瓦的不足三平方米的小屋，木板之间缝隙很大，很容易就看到里面有一张床，床上铺着简陋的铺盖。你转头，看到女孩子羞赧地看着你，你猜想，这儿应该是她的房间。你回过头，装作什么都没看到，离开了小木棚。

你让老师们回去车里拿了一床被子过来送给孩子的母亲，并询问着家里的经济情况。原来附近曾有一个煤矿，夫妻二人都在煤矿上打工，但自从煤矿停产后，夫妻二人都没有了经济收入。现在孩子的父亲在外打零工，母亲就在家里种几分薄地，此外，再没有其他经济来源。

你问学生母亲，儿童福利院（儿童之家）缺一个打扫卫生的人，她愿不愿意去，如果去的话，管吃管住，每个月发一些工资，而且可以就近照顾孩子。

孩子的母亲顿时满脸惊喜，难以置信地反复问："张老师，你说的是真的吗？真的吗？"

你斩钉截铁地说："真的，如果你愿意，过了年就可以去了。你女儿开学带着你一起下来。"

这位母亲两眼含泪，当即就接受了这份工作。

这份工作对这位母亲来说，就如你坐摩托车时从自己不可控的恐惧中，忽然进入温暖的阳光下，温暖的阳光使她流下了热泪。

去到相隔十多公里的另外一个孩子家时，虽然已近午时，但由于房屋所处低洼，阳光并没有照进去，走进房屋时，还是感到阵阵寒意。孩子和父亲把你们让到厨房，厨房地上有火塘，烧着柴火。因为客人的到来，孩子和父亲往火塘里加着柴火，想让火苗更旺，以让客人能感受到温暖，可是更多的柴火加进去，火苗并没有大起来，浓烈的烟雾倒是瞬间就缭绕弥漫起来，熏得人两眼辣涩，泪水不停地流。

坐在火塘边，孩子的父亲局促地抱着双膝，不知道和来访者说什么好，只能盯着火苗带着一丝尴尬的憨笑，沉默无语。

学生站在父亲旁边，神情稍微坦然一些，她的妹妹站在她身边，捏着衣角，微微扭动着身子，显得也很局促。

你问妹妹在哪儿念书，妹妹回答说已经辍学了，初中毕业没考上高中便回了家。说着妹妹的眼眶便红了。你问她为什么不补习，或者上职高，小姑娘没说话，她父亲接过去说她不想再念书，也只能让她回家了。

山坳里的家，一直没有阳光照进来，在这个冬天的午时，你仍然觉得很寒冷。低头的瞬间，你看到女孩父亲光脚上的塑料凉鞋，一阵寒意从你的脚底蹿上来，想着你们来时，山间路上还有没融化的霜花，你打了个寒噤。火塘里的柴火旺了起来，但无法避免的烟熏让你们不停地擦着泪水。父女三人却似乎习惯了这样的生活，在这样的烟熏中，没有表现出一点儿异样。

院子里突然来了两个打扮得较为时髦的女人，你问那两人中谁是孩子的母亲，父亲尴尬地说，孩子的母亲在大女儿 2 岁多的时候就离家出走，至今没有回来过。那两个女人，是孩子的远房姨妈。看着她们，你心里忽然产生一种直觉：她们是来给小女儿做媒的。

你狐疑地打量着两个女人，回头问妹妹是否还想读书，小女儿终于哭了出来，说想读。

孩子哭得伤心，你起身将她抱入怀里，小姑娘瘦小的身躯在你怀里因伤心的抽泣而颤抖得很厉害。你的泪水也止不住涌出了眼眶。你想改变的，就是这些女孩子的命运。如果今天你没有走到这儿来，她的未来将会是什么样子？

你拍着她的头，轻声道："别哭啊，姑娘，想读书，我们想办法就是。职高去吗？学一个技术，以后打工也有点儿本事。"

姑娘抽泣着点头。

你立即拿出电话，开始给孩子联系学校。在县委组织部、教育局的共同协调下，很快，孩子的入学事宜就解决了，等 3 月份新学期开学，孩子就可以进职高学习了。

你也清楚，她父亲让她辍学的真正原因是想让她早些嫁人。

你对姐姐说："开学你把妹妹带下来就告诉我，妹妹的学费由我来解决。"

姐姐哽咽着点头，无法说话。

你又对那位父亲说："开学了你让小女儿下来读书，一切由我们来管，行吧？"

父亲点着头，连声说好。

临走，你看到厨房角落里散放着的几棵大白菜，便顺口问道：

"一天就煮这个大白菜吃?"

那位父亲说是的。

你又问:"加点儿肉煮还是就这样煮?"

父亲回答:"就这样煮还好吃点儿。"

你不再问,拉着学生的手走出家门,爬上一个坎,站到阳光下,回望洼地阴影里孤独破败的院落,对学生说:"你一定要好好读书,要改变这样的地方,让这样的地方变得好起来。"

学生泣不成声,使劲地点头。你把她抱在怀里,又对妹妹说:"年后到学校好好念书,不然以后你姐姐考上大学,出去工作,你的人生跟姐姐就完全不一样了,就算姐姐愿意帮你,也不能帮你一辈子。而且,今后你们都会有你们自己的日子,你也不能一辈子依靠姐姐。"

妹妹也哭着点头。

离开学生家,走到路上需要一路爬坡,越往高,感觉阳光越温暖。从阴冷的屋里出来,站在温暖的阳光下,身旁经冬没有枯萎的树叶上,霜色如银,在太阳光的映照下,反射出宝石般璀璨的光,映照着脚下小小的世界。如果没有见过这些伤痛,山村的冬天,其实很美。

而你一直在想:我们所做的一切,也许就如冬天的阳光,在一些人倍感寒冷时,给她们带来了温暖。以后,那些因为上了大学彻底改变了命运的女孩们,也将会像阳光一样,去温暖她们曾经寒冷的家和山村。

阳光真的会使人流泪!

4. 热情的"佐罗"

在大山深处，有时为寻找一个学生的家，得花费一天的时间。

一个冬天，家访小团队行至宁蒗县，在路边一个加油站问路时，一个身材高大、面色黝黑的男人走过来，梳着拉风的大背头，脖子上挂着小拇指粗的金链子，手夹着香烟，手指上戴着宽大的金戒指，身着黑色风衣、闪闪发光的黑丝绒裤子，脚蹬锃亮的皮鞋。如果他再戴上一副墨镜，骑上骏马，活脱脱的一个中式"佐罗"！

家访中，很少碰到生活如此优裕的人。

他板着脸过来问你们有什么事。

你坐在车里思忖，这难道就是传说中的"扛把子"老大吗？家访小团队的人向他介绍，是华坪女高的张桂梅老师要去家访，问一下路。

男人一听，板着的脸一下就笑得云开雾散，整个人变得又热情又温暖，乐呵着跟走下车的你打着招呼，问你要去哪儿。

你把写有学生名字和地址的纸拿给他看，他说："我知道这家人，但他们没有住在这里了，搬到城里了，我带你们去。"说完拉开车门就上车了。

在车上，他自我介绍是那个加油站的老板，他老早就听说过张桂梅的名字，只是一直没有见过，并用"幸会！幸会！"描述和你的相遇。

他说："张老师，你知道吗？我一直觉得你就像菩萨一样，如果没有你，我们宁蒗好多女娃娃都读不上书。"

你回答："这不是我一个人的能力，这是党和国家对老百姓的关心，学校是党和国家办起来的，我只是帮忙代管一下。"

他说："现在党和国家的政策是越来越好了。"

一路亲切交谈着到了城里，他带领你们穿过几个小巷，在一处偏僻的大杂院里找到了学生家人的租住处。如果没有他带路，这要花多长时间才找得到学生家？

"佐罗"率先下了车，站在狭小的院子里，用民族话大声喊着什么。很快，低矮的木楞房里就有人出来，男人回身笑着告诉你，就是这家了。

当你跟学生家长聊着学生情况时，加油站老板肃立在一边听着，听到学生成绩不太好时，他竟比学生家长还着急，开始大声训斥站在一边的学生。

他汉话民族话并用，教训完学生又教训家长，大意就是张老师如此辛苦，带病工作，你们还不把自己的孩子教育好，还要给张老师增添麻烦，还要让张老师这么大老远从华坪跑去宁蒗……

每一次脾气发完，可爱的"佐罗"总要回身恭敬地跟你说："张老师，您继续，您继续。"

你笑着说："我想说的你都说完了，我没说的了。就这样了，你们当家长的，多关心一下孩子。孩子呢，回学校要努力学习，不然会辜负这么多好心人。"

你站起身来，加油站老板赶快过来扶住你走出门，你要用车送他回加油站，因为出来路程似乎有点远，结果他大气地说："谢谢了张老师，我已安排员工把我的车开来了，我坐自己的车回去。"

他又豪爽、恳切地邀请你们留下吃午饭。

你说还有好多学生家要走，一再向他表示感谢。车开出好远，回头看，他还在原地目送着你们。

显然，这位"佐罗"是改革开放后先富起来的人，可是他仍关心着贫困家庭的孩子们，实为难得。

家访遇到"佐罗"这样的人不多见，闹心事倒是不少。

5. 三顾土屋

家访遇到的问题千奇百怪，生活本就多元化，苦乐并存，祸福相依。

就像世界上没有相同的两片树叶一样，世界上也没有完全相同的两个家庭。

你目光如炬，随时能从一个眼神、一个表情中捕捉到某个女孩的异常，并用心灵的雷达去探测孩子们的心灵。

陈老师向你报告了他班上有一个家庭情况复杂的女生有轻生念头。

你立即提高警惕，女生正上高二，正值花样年华，为什么想轻生？而且高二是高中阶段非常关键的一年，一个学生在此学段掉队，她的高三和高考怎么办？

你决定去女生家看看，对症下药解决问题。

从县城出发，三个小时的车程进到大山深处，没有了车路。

热心的乡亲告诉你需要步行一个小时才能到达女生家，你在路边一筹莫展。

"你是张老师吧?"

"是的,我是张老师。"

"真的是张老师哎!"

村里人围过来向你挥着手。

他们热情地告诉你,原本摩托车还能进去,目前因天气太冷,路上有冰霜,摩托车也危险。

"你能骑骡子吗?"一个村干部模样的人问。

你小时候在东北骑过马,家里有马车,小时候,父亲扶你到马上骑着玩儿,你觉得骑马和骑骡子应该差别不大。

很快,一匹高大的黑骡子被牵到你面前。骡背鞍子上还铺着一床毯子,那是乡亲们传递的温暖。

乡亲们七手八脚地把你扶上骡背,一个中年人牵着骡子走在前面,骄傲地向路人打着招呼:"嗯呢,我送张老师去家访呢!"

一间土屋孤独地坐落在山坳里。

土屋里装着一个悲惨的故事。

女生原本有一个弟弟,10岁左右下河洗澡时不幸溺亡。同年,爷爷奶奶因琐事争吵,奶奶一气之下喝农药自杀了。

一年之内,这个本就不富裕的家庭失去了两个亲人。

女生的父亲失去了生命中最为重要的两个人,由于无法排遣伤痛,没有文化的他只能借酒浇愁。酒里乾坤大,壶中日月长,最后父亲完全沉浸于酒壶中不愿再清醒过来。

妈妈有病,却不懂延医请药,只会在乡里找人来作法。画符、舔火棍,病没有好转,只能残喘度日。

爷爷已经年过花甲，也已无力盘田种地。

家里破锅烂灶，已经不像农家正常过日子的样子。

这里山太高了，阳光只照得到两三个小时，你感到浑身发冷。

女生的爸爸还处于半醉半醒的状态，坐在板凳上身子直摇晃。

女生的妈妈面带菜色，目光空洞而麻木，光脚穿着一双辨不出颜色的塑料拖鞋，裤子肥大不合身，可能是哪个亲戚淘汰送给她的。她的手极不自然地捏着右裤腿里侧——你看出来了，那里破了一个口子，她的手并不能把那个破口全部捏住。上衣是极不协调的大红色。

"你们就打算这样过日子啊？"你问。

他们夫妇互相看着，未作回答。

"你们女儿在学校都不吃饭了，你们难道不想让她考上大学吗？不想让她活下去吗？"

"家里一个灾连着一个灾，只能过一天算一天了。"女人说。

你把包里的钱都掏出来，塞到女人手里："这些你先拿着，先治好你的病，添点儿家里用得着的。你要帮你男人戒酒，有钱喝酒，没钱过日子，你们把日子过颠倒了。"

"张老师，我不能要你的钱，拿了你的钱，也会被他拿去喝酒了。"

"你拿着，你男人酒醒了劝劝他，咱还有一个姑娘不是？难道你们不心疼她？"

回到学校，你让女生搬到你的宿舍和你住上下铺，并负担起了她的生活费。

你同时叮嘱她的班主任陈老师，多多关注她的精神状态和学习成绩。

女生和你住在一起后,朝夕相处,逐渐产生出一种亲情,她愿意和你说话的时候也多了起来。

有一天你问她:"姑娘,告诉我,还有什么困扰你的呢?"

"我不知道我爸爸妈妈现在怎么样,家里怎么样了。"

"我去过你家,你妈妈状态还好,也答应帮助你爸爸戒酒。"

"弟弟出事后,他们就像家里没有其他亲人了,只顾自己,完全不顾爷爷和我。我只希望家还能像以前那样,即使出了事,我们一家人还能度过去。"姑娘哭了。

为了她这番话,你决定再去一次她家。

这次,村干部提前通知了家里,女生的爸爸只是小酌了两口,你进到屋里还能闻到一股酒味,他知道是姑娘的校长来了。

"你姑娘怕你们在家过得不好,不放心,让我来看看你们。"

男人一愣:"她自己过好点儿就行了,担心我们干吗?"

"她自己过好?她怎么过好?你给过她一分钱生活费了吗?天冷了,你给她送过棉衣铺盖了吗?你给过她一点儿父爱了吗?你醉了就躺下睡,你想过她没有?你希望她回到大山里像你一样生活吗?"

男人愣住了,这可能是他从来没有想到过的问题。他以为托共产党的福,把女儿送到女高,就万事大吉了。

"就算这样,她还担心你们,怕你们冬天难过,让我来看看你们过得怎么样。"

说着,你又从包里掏出钱来——你刚发了工资。

女生的妈妈上前拦住,压低声音说:"上次你给的钱,这个酒鬼都用去买酒了，不要，不要……"

酒鬼因被揭发，表情尴尬又有些恼怒，摸起小凳子要向妻子砸过去。

你制止了家暴，你知道改变需要时间。

男人干脆顺手摸过手边的酒瓶仰脸灌了一口。

这是酒鬼的习性，这亦是对你的挑战！

"你喝给谁看呢？这家不是你的？姑娘不是你的？身体不是你的？"

男人也觉得有些过分："对不起张老师，我没忍住。"

"我来过两次了，你们不问一下女儿在学校学习好不好、生活过得好不好，你还是她亲生父亲吗？"

不是每一次家访都会获得成功，此次家访不欢而散。

难道天下真的会有不爱儿女的父母？

你分析了酒鬼父亲的状态，失去儿子对他的打击很大，他失望、绝望，认为自己绝了后。重男轻女的陈旧观念，使他并不把女儿放在心上。临走时，你还是嘱咐女人好好操持家务，一定要帮助男人戒掉酗酒恶习，多多关心女儿。

回到学校，你怕影响她的学习，就告诉女生家里一切都好，撒了一个善意的谎。

姑娘盯着你看了一会儿，淡淡地笑笑，回了声谢谢。

每一个纯真的孩子都是一个天使，她们的第六感会戳破谎言，你却没有看懂她那淡淡的一笑背后隐藏着的无法排解的心结。

有一天凌晨，你发现睡在上铺的她在偷偷写着什么，你翻身时，见她迅速把纸塞到了枕头下。

你很警觉："姑娘，你去我办公室给我把抽屉里的药拿点儿过来，我浑身痛死了。"

姑娘不是第一次为你跑腿，她急急跑出宿舍。

你起身伸手从她枕头下摸出一张纸——

竟然是一份遗书！

姑娘在信中写下失去奶奶和弟弟的痛苦，写下父亲酗酒母亲有病的失望，写下对前途的迷茫和决绝的放弃……

你赶紧打电话给她的班主任，讲明了事情的严重性，并让班主任不要声张，多关注陪伴她。你马上又联系车，带着两位体育老师，第三次赶去女生家。

你和两位体育老师走进了那熟悉的土屋。女生的父亲仍然醉醺醺的，无法谈话，而他的妻子上山做农活去了。

你默默地坐下等他酒醒。

"你又来了？"父亲口舌不利索地开口了。

一位体育老师把女儿的遗书递给他。

"什么？遗书？她，她怎么了？"他顿时醒过来了。

"你自己看吧，你女儿自杀，死了！"

失去才知道可贵，亲情被唤醒了，他号啕大哭起来，边哭边吼："娃啊，你要了爸的老命啊……呜呜……"

"你知道她是为什么死的吗？"

"都怪我啊，都怪我啊！我要去看看她，呜……"

"现在正在医院抢救……"

"她还有救吗？"

"说不准。"

"她要是能活回来，我再也不喝酒了哇……再也不了哇……是我把她喝死的啊……"

女生的妈妈从山上赶回来，跟着一起放声大哭。

男人突然抓起一根木棒，高高举起来，像要打人。

两位体育老师上前按他，却没有按住，棍子落到酒坛子、酒瓶子上，打了个稀碎，酒流了一地。

你看火候差不多了，便说："幸好我们发现得及时。你想让她活下来吗？"

"想啊，想啊……"

"那你能保证今后不喝酒了吗？"

"只要她能活下来，我再也不喝酒了，不喝酒了啊……"

"你写个保证书吧，我们全力抢救她。"

生离死别，使他知道了女儿的宝贵。

"我写！我写！"

体育老师递上纸笔，男人抖着手，写下了一份保证书，向女儿保证不再喝酒，保证会关心她，保证把家里的日子过得好起来。

一个家庭重生了！

你把保证书叠好装在包包里，对夫妻俩说："做人父母的都希望自己的儿女好，而不是拖他们的后腿。如果你们再不努力，今天我们帮你看住了女儿，明天呢？后天呢？你们能接受失去女儿的痛苦吗？"

回到学校宿舍，你悄悄把这纸保证书交到女生手里，她双手微颤地接过，泪水滴落到信纸上，无声的啜泣渐渐变成小声抽泣，最后她一头扎进你怀里放声大哭。

"哭吧，姑娘，哭一场就好了。"你轻轻抚拍着姑娘瘦弱的脊背。

转年，女生考上了大学。

有多少个女孩能成为山村里的第一个大学生？

6. 自古以来第一个大学生

永胜县秀美村，是一个风景秀美的地方。

但很奇怪，这里虽然有成片的森林，却没有水。村民种地全是靠天吃饭。

学生家长告诉你，村里只有几十户人家，全部姓和，是早年从丽江搬迁过来的，可能是祖上为躲避战乱，所以哪儿偏僻就在哪儿安家。

这家父母吃苦耐劳，把家收拾得非常妥帖，还修建了丽江古老的木质雕花小楼。看得出，标致的小楼才建了没多久，玻璃铿亮，木质新鲜。这是家访中很难看到的。

学生的妈妈是一名党员，她告诉你，每次去乡里开党员大会，来去都要三四天，但她从来没有落下过。

她笑着对你说："桂梅校长，我早就认识你了，只是没有看到你真人。"

你很奇怪，难道她有你照片？你还没发问，她就走进屋拿出一本画册，翻开画册，里面竟有你的图片。她兴奋地指着图片里的你说："我告诉大家，我女儿就在张老师的学校读书，这就是张老师。"她骄傲的心情溢于言表，你也忍不住跟着一起笑了起来。

她说，村子里没有水，种不出水稻，吃的米全部要出山去买，以前穷，得赶着毛驴去驮，最快也得两三天才走得到家。现在种魔芋、种药材，生活有了起色，这些就是党和政府扶贫想的办法，老百姓就是要跟着党和政府走，生活才有奔头，所以不论村上、乡上开党员大会，她都从不缺席。

她还笑着自我介绍，她是一个党小组组长。

你问："那你丈夫呢？"

她爽朗地哈哈笑着说："他是普通党员，他归我管。"

她丈夫在一边憨厚地笑着。

这样和谐的家庭，在家访中是第一次见。党风影响着家风。

她说："现在生活还算不上很好，但已经是以前无法比的了。现在政府把路也给我们修通了，能干的人家已经买上了汽车，我们请他们帮助拉米，大半天就回来了。"

说完村里的事，她开始感叹："张老师，你说现在党和国家咋那么替老百姓着想呢？什么都给我们想到了，修路，帮助我们找钱。还有你们，解决了娃娃读书的问题，这个才是真正地帮了老百姓的大忙啊！现在我们的生活看起来是好多了，但真正的脱贫还算不上，供一个娃娃读书还是有点儿困难。我们的娃娃去你那儿读书，真的是不仅解决了娃娃的问题，也解决了我们家庭的问题。不然，找钱供娃娃读书都吃力，家里的发展就完全顾不上了。"

你说："现在党和政府就是一心为老百姓谋福利啊，我们学校也是在党和政府的领导下、在社会爱心人士的支持下办起来的，目的就是为了让像你们一样的家庭安心脱贫，也让孩子能有一个更好的未来。以后孩子考上大学了,家里就更好了。"

这时孩子的父亲插话说:"张老师,你知道吗?我们村子里只出了一个大学生,叫和泽美,就是你的学校出来的,去年毕业的。"

你一听有点儿意外,问他:"你说只出了一个大学生?"

"是的。"孩子的父亲很肯定地回答你,"从我们搬迁到这儿后,也就是说从民国时期到现在,只出了一个真正的大学生,就是和泽美,去年从你儿毕业的,是一本。"

孩子的母亲使劲点着头,证实她丈夫说的是实话:"嗯,一本,就是和泽美。再往前,从来没有出过大学生。村里现在不识字的还很多。"

"张老师你来,"夫妻二人站起来搀着你走到院子里,指着自家上面不远处对你说,"你看嘛,那儿就是和泽美家,就是上面第三家了。"

每个孩子高三的时候,你都要家访,但你真不知道和泽美是这个村子里的第一个大学生,而且用他们的话来说,是民国时期以来的第一个大学生。

回到廊前坐下,你百感交集。夫妻二人絮絮地跟你说着和泽美拿到录取通知书的时候,全村都沸腾了,很多人提着米、鸡蛋去她家庆祝。

"我的女儿也一定考得上大学,是吧?"夫妻俩笑着问你。

"肯定能考上。"你肯定地回答他们,"而且,以你姑娘现在的成绩,只要再努力一点儿,一本也是没有问题的。"

开朗的父母笑得嘴都合不拢,叫过姑娘便说:"听到没有,姑娘?张老师说你努力就能考上一本,那时,你就是我们村里的第二个一本大学生喽。"

姑娘也笑出一脸幸福："张老师，爸爸妈妈，你们放心，我一定会努力考上大学。"

后来，这个姑娘如愿成了村里的第二个大学生。

在华坪田坪，另一座大山深处，你家访时，村主任一直陪着你和同行老师，带路，寻人，沿途帮你们讨水喝，跑前跑后，非常殷勤。傍晚时分，家访快要结束了，你看到他好像有什么话要说，就主动问他有什么想法。

他说："张老师，我们村里出过大学生，但从来没有出过清华北大的学生，你能为我们村培养出一个清华北大的学生吗？"

你震惊了：一个村主任居然有这样的想法。

"为什么一定要是清华北大的学生呢？"

他说："我读的书也不多，但我知道，清华北大是我们国家最高学府、最好的大学。我真的好希望我们村子里能有清华北大的学生。那样，她们以后回来帮助村里发展，就太好了。"

停顿一下，他又说："哪怕不回村里来，也能为国家做大事，让自己下半辈子过得更好啊，以后她们的娃娃交不起学费读不起书的事情就再也不会发生了。"

你问："如果有了你会怎样呢？"

村主任想了想，兴奋地说："如果有了清华北大的学生，我们这座大山都会沸腾，我们会载歌载舞三天。"

你再次震惊，为了一个美丽的向往，一个五大三粗的农家汉子瞬间变成了诗人。谁说他们心里没有蕴藏着岩浆一样的感情呢？

"如果有了清华北大的学生,我们全村老少都会为她送行。"

你瞬间感动得几乎要流泪了。你坚定地对他说:"我一定拼尽全力,为你们培养出第一个清华北大的学生。"

你感到你肩负着的,不仅是改变一个贫困女生的命运,更是一个村庄、一座大山向往的未来。

7. 把笑容归还你

在十几年的家访中,她是你遇到的最有个性、脾气最暴躁的女生。她家在金沙江畔,虽处大山深处,但气温较高。去她家家访是国庆期间,华坪的暑热并没有退去,江边则更热。

村干部是个中年妇女,知道你要去家访,放弃了国庆休息为你带路,你们顺利到达了她家。

女生等在自家门口,看到你和同行的记者时满脸不高兴,扭头就往回走。你因为腿脚不便,由村干部和一名在儿童福利院(儿童之家)长大的姑娘搀扶着。

你不知道她为什么态度如此冷淡,为了缓和气氛,你喘了一口气站稳后对她说:"姑娘,来扶我一把吧。"

她扭头冷冷地看了一眼,没有做出任何表示,又扭头继续往前走。

家访这么多年,这是你第一次见到态度如此恶劣的女生,心里不禁有点儿恼火。

进到院里,农家小院扫得干干净净,院子左侧的房檐下摆着一张小桌子,桌子上放着苹果、柑橘等水果,还有些花生瓜子和几杯已经泡好了的茶。桌子旁放了一些凳子,学生爸爸有些紧张地搓着手把你们让到檐下坐下。

看得出来,为了这次家访,他们父女俩是做了准备的。

你忍不住扭身看了女生一眼,她耷拉着脸极其不高兴地站在你们身后。

"姑娘,你是不愿意我们来你家吗?"

她直接一个大白眼甩过来,把头扭向一边不说话。

你半晌憋出来一句:"你怎么了?"

这次她头都不扭回来,以原有的姿势看着远处。

你愕然:这孩子怎么是这样呢?谁惹她不高兴了?自女高建校始你就一直坚持家访,这已经是第十二年家访了,还是第一次遇到如此"有个性"的孩子。

村干部忙着打圆场说:"唉,你这个姑娘啊……"又转头对你说:"张老师你别介意,这姑娘呢,是单亲家庭长大的。"

话音还没落,姑娘三两步冲过来,气愤地指着村干部鼻子骂:"谁是单亲家庭?你说谁是单亲家庭?你才是单亲家庭!"

大家一时都愣住了,村干部把后半截话噎了回去。

女生的爸爸很尴尬地给你道歉,又语气温软地对姑娘说:"你别这样,别这样啊。"

这孩子脸色极其难看地退回到你们右侧坐下。她爸爸虽然尴尬,却又舍不得责骂自己的孩子,跟你们道歉后,指着桌上的水果、花生、瓜子说:"老师,你们吃吧,你们吃吧。"

你心里有火,便对她说:"看你把爸爸逼成什么样了?"

结果她怒气冲冲地退到院子角落去了。

女生爸爸介绍，家里只有父女俩相依为命，孩子妈妈在孩子很小时就和他离婚了，嫁在离家不远的村子里。

村干部接着说："像这样离婚后嫁在家门口的人不多。"

说话间，女生突然从角落里跳出来，又骂了大家几句，然后又飞快跑回角落里。

大家全部愣住了，不知道还该不该继续聊下去。

女生的举动，让你生气中又夹杂着想笑的感觉，忽然觉得这个小姑娘有点儿可爱。她有情绪，但不知道用什么样的方式表达，单纯地以自己的个性方式表达着不满。

你们又继续尴尬地聊着，但总不知道哪一句话会触动她，她就怒气冲冲地来打断并纠正你们的聊天。你觉得你的教育太失败了，开始时觉得她有点儿小可爱的情绪也消弭殆尽。在她又一次冲出来打断你们谈话并吼你们的时候，你愤怒地叫住了她："你给我站住！"

她一时惊愕，真的就站住了。

"你说，你到底要干什么？要说话就坐这儿好好说，不说就好好待在那边。哪有人家一说话就跳出来、一说话就跳出来的道理？"

她不作声了。

"在学校我们是这样教你的吗？有你这样对爸爸的吗？你看看，你们村干部没休息就带我们到你家，这些哥哥姐姐们没休息地跟着我走容易吗？就是来你家这样被你骂的吗？"

你愤怒了。

不想她却梗着脖子，指着你和同行的人反驳了回来："你以为我不知道你们来做什么吗？你们就是想把我拍下来，挂在学校走廊里，我不愿意这样。"

你瞬间明白了她的意思。学校走廊里挂着一些家访照片，都是最初几届师姐们的，现在师姐们都上了大学，有了更好的前途，挂那些照片，本意是激励师妹们好好学习，像师姐们一样通过奋斗改变自己的命运。家访绝大多数照片、资料都是绝对保密的，在校学生的照片是绝对不会出现在墙上的。她可能误会学校会把她的照片挂出来公之于众。

同行的记者一时尴尬，便默默地将照相机、摄像机收了起来。

姑娘毫不客气地指着记者说："让他们出去。"

你对同行的人说："你们都出去吧，在外面等我。"

其他人都出去了，你问姑娘："现在好了吗？有什么可以说了吗？"

姑娘仍然沉默着。

她父亲开始慢慢讲起家里的事。夫妻俩早年就离了婚，妻子改嫁在邻村，为了孩子能过得好点儿，他自己一直没有再娶，除了起早贪黑种地，前两年还省吃俭用的钱买了一辆小农用车，帮村里人拉货赚一些钱。自己没有什么文化，也不知道怎么和孩子交流，孩子脾气变得越来越古怪，自己也没办法解决，父女俩就在这种不和谐的氛围中度日。他自己非常希望孩子能好好读书，将来有出息。

你看着女孩，她的眼眶有些红，但倔强地忍住眼泪，根本不看你。

你轻声问姑娘："孩子，爸爸这样对你，你真的不感恩吗？真的不想对爸爸说一句对不起吗？"

孩子开始哽咽，也许，那句"爸爸我爱你"抑或是"爸爸对不起"在她心里已久，只是无法说出口。中国人都是含蓄而内敛的，从她的哽咽声里，你知道他们是互相关爱的，却无法表达。

你把她拉到身边，问她："爸爸这样，为了你一直不结婚，你刚才那样的举动，弄得爸爸如此尴尬，你就不心疼他吗？"

本来处于僵持状态的孩子忽然泪流满面，却使劲忍着哭声，只让眼泪默默地流。

"姑娘，你妈妈走了，她一定有自己的想法，我们不要责怪她，也许现在她过得很幸福，并且我们还能随时看见她，不是吗？想妈妈了，我们就去看看。"

"她从来不去看她妈。"爸爸在一旁解释。

"想去看就去看，不想去看就不去。妈妈有了自己的生活，你和爸爸也要有自己的生活，不能总纠结在往事里，把时光荒废了，不是吗？如果一直处于这样的情绪中，不能好好学习，那爸爸为你付出的这一切又换来了什么呢？我们不能做没良心的孩子啊。爸爸妈妈都是成年人，他们的事他们自己解决，但你和爸爸的事，也要你们自己解决啊。你不好好读书，到时候考不上大学，回到村子里，爸爸的努力不是就白费了？"

从她的言谈举止中，你感觉到她对妈妈就在邻村而不管她颇有怨气。

"现在妈妈也是另一个孩子的妈妈，那个孩子更小更需要照顾，不是吗？你和爸爸在一起也生活得很好啊，我们不能老把自己想得那么可怜，是不是？"

孩子的眼泪越流越凶，却始终咬着牙不哭出声。

那一刻你真的好心疼她，只希望她能放声哭出来，压抑太久的情绪需要有个出口宣泄，但孩子始终不哭出声，只是流泪。

她太需要母爱了，不管父亲对她多好，都不能代替妈妈在她心中的位置。她从小缺失母爱，不知道被妈妈心疼是什么样的感受。对她来说，妈妈，只是可望而不可即的符号，可以具象到一个人，却又抽象到不能感知。她渴望母爱，又抗拒母爱。她怕别人提起她的单亲家庭，怕提起妈妈，又以一种幼稚的方式维护着妈妈。这个让人心疼的孩子啊！

你拉过她，紧紧地拥抱了她，让她坐在你的对面。

"你不喜欢现在这样的生活，那就好好读书，让自己真正强大起来，就可以改变自己的生活。而当你足够强大的时候，吸引你的事情会更多，你就不会再专注于这样的琐事，就会拥有保护自己的能力，不只你，连你的孩子也都会生活得更幸福。"

说这些的时候，你希望她能哭出声来，发泄完她的情绪，平静地投入到下一轮学习中。但自始至终，她都没有哭出声来。你发现她是一个坚强的女孩。最后她反而渐渐地止住了泪水。

"我知道了，张老师。"她终于这样说了一句。

"那能不能去给村委会的阿姨道个歉？你看，这么热的天，她放弃了休息带我们来你家，多不容易。能不能给被你骂的哥哥姐姐们道个歉？他们都可以在家休息，但为了陪着我，这么大老远地来这里，人家没有一分报酬，图什么呢？"

"我知道了，张老师。"孩子还是这句话，却擦干了眼泪，"好吧，我去给他们道歉。"

她搀扶着你站起来，小心地扶着你一起走到门口。她的表情虽然还有些僵硬，但明显能感受到她脚步的轻盈。

"对不起。"可能很少道歉，她道歉的语气也略显僵硬，但村干部却出乎意料，开心不已。

"没关系，姑娘，你一定要好好读书，这样才对得起张校长，对得起这些哥哥姐姐。"村干部鼓励着她。

"嗯，知道了。"

坐回车上准备离开时，姑娘终于主动跟你挥手，脸上少有地增添了一抹笑容，说了声："张老师再见！"

收假后，你发现这个姑娘有了明显的变化，以前她总是躲着你，而现在随时都会出现在你面前，虽然只是喊一声"张老师"就赶快离开了，但至少这也是一个变化啊。她只要一出现在你面前，你就夸她：

"哎，姑娘，今天查课，看见你上课很认真哟，要继续啊。"

"哎，姑娘，今天衣服穿得很整洁哟。"

"哎，姑娘，头发该剪了，这个星期出去把头发剪一下哟。"

……

渐渐地，姑娘脸上有了笑容，同学们都说她比过去好相处了。

如果没有那次家访，也许这个小姑娘还活在她自己的世界里，以不信任的眼光看待身边的人和事，以冷漠和暴躁来掩饰幼稚和单纯，以假装的强硬来掩盖她内心的脆弱。最后所有的假装会变成坚硬的壳，让她真正地失去关心和爱的能力，也失去被关心和被爱的机会。

你期望大山里的女孩子都带着笑容成长。

可能吗？

8. 孩子，不要败给愚昧

冬天的阳光对大山来说很吝啬，只在一两点之间匆匆从山间一晃而过。日照时间短暂，因此，大山里中午也很寒冷。

家访到学生家时是正午，阳光虽然还能照在身上，但没有一丝暖意，似乎一阵风就能把轻薄的阳光从身上卷走，继而浓浓的寒意便罩在身上。

学生家就在大路边路坎上。爬上路坎推门进去，小姑娘穿着一件褪色的红袄蹲在门口洗衣裳，红袄看上去像是呢子的，但已污脏而破旧，上面缀着五颜六色的旧珠子，这样的衣服应该是在多年前作为一件新娘装出现在农村婚礼上的。

姑娘面无表情地放下衣服站起来搀扶你，伸出的手又红又肿，手背上全是冻裂的小口子，有淡淡的血丝沁出。你感到非常心疼，拉住她的双手仔细看，问她："姑娘啊，这么冷的天你都是这样洗衣服吗？"

姑娘苍白的小脸上没有一丝表情，只是低垂着头，轻轻地"嗯"了一声。

进去就是十多级台阶，上完台阶就是院子，院子正前方上三四级台阶是正房。姑娘的爸爸在正房屋檐下半躺在椅子上晒太阳，弟弟用一把椅子当桌子，坐在小板凳上写作业。

姑娘扶着你走过去，说了一句："爸，我们校长来了。"

她爸爸像才发现你一样，从椅子上站起来，耳朵上夹着香烟，过来和你握手，殷勤地把一行人让到屋檐下院坎上坐下来，又掏出烟递给同来的男老师，被谢绝了。

他又大声喊："你这个姑娘哟，人来了都不会招呼，快去泡茶。"

姑娘要往厨房走，你拉住她轻声说："不用了，姑娘，我们都带的有水。"你顺势把她拉到了身边。孩子没有一丝抗拒，也没有一丝表情，就沉默地低垂着头蹲在你身边，温顺得让人心疼。你伸手搂住了她的肩。

你抬眼打量了一下这个家。屋檐下衣服一件重一件，重叠成一大堆，撂在檐下铁丝上，把铁丝都坠弯了。苞谷粒到处散落着，鸡粪随处可见……

"她妈妈呢？"你心想，但凡有个女主人的家都不会是这个样子。

"跑了。家里穷嘛，她过不下去就跑了，晓不得跑到哪里去了。"爸爸鄙夷地说，并顺口骂了几句粗鄙不堪的脏话。

"你为什么这么冷的天让她去洗衣服？"

"她不洗谁洗？"

这位爸爸似乎觉得你问的话有点儿不可思议，语气里充满了不屑。

"儿子在做作业吗？"你问。

"嗯。"做作业的弟弟应着。

"为什么不让姑娘做作业？她已经高三了，时间非常紧，弟弟暂时不参加高考可以多干点儿活，让姐姐多复习一下啊！"

这位爸爸可能觉得你的问话很搞笑："她早就不应该去读书了，初中毕业就可以去打工了，读书除了费钱什么用都没有。"

"孩子上学，不用你交学费，姑娘的费用学校都出了，你还说什么费家里的钱？"

你愤怒地转头对同行老师说："把她的情况记下来，回头生活费学校也全部负责了，别再让她用家里一分钱，孩子我们来养。"

你俯下身轻轻拍着女孩的头说："姑娘，别怕，下学期起我们不再用家里一分钱。"

话音甫落，一直没有表情的姑娘忽然伏在你的膝盖上伤心地哭了起来。随着她的啜泣声，你的心如针刺般痛。你不停地拍着她的肩膀，轻声安慰着她。

她爸爸却轻飘飘地说："就算你们让她读完高中，我还不是没有钱供她读大学，那时候她还不是要回来打工！"

一个正值花样年华的姑娘的前途，在他的眼里什么都不是，而这是他的亲生女儿啊。

你几乎要吼出来："你姑娘你不用管了，她大学的钱我们想办法。你自己说，她这么小，你让她回来打工她能干什么？"

她爸爸理直气壮地回答："可以去餐馆里给人家洗碗洗盘子。"

姑娘伏在你膝盖上哭得无法自抑，搭在你膝盖上的红肿的双手结满了小血珠子。你一手搂着她，一手不停地轻拍着她的肩。

就在大家都愤懑不已的时候，她爸爸忽然站起来凑到你面前蹲下，仰脸看着你，像什么都没发生过一样问："张老师，你能不能帮我要一点儿补助？"

"什么补助？"

"就是钱那些，国家发的补助。"

"你这样子想领什么补助？"

"我穷啊,需要政府补助。"

你气不打一处来:怪不得姑娘的妈妈离家出走了,这还算是个男人吗?

你竟然被他气笑了,没好气地回他:"国家补助是扶持能扶持得起来的人,哪个愿意扶懒汉?"

她爸爸见你笑了起来,越发来劲:"村里每次发的时候都发得很少,有些时候别家都发得到,我就发不到,我觉得他们是故意整我的,我觉得你肯定能帮我要到补助,你和乡政府那些人说一下,有钱的时候多发一点儿给我。"

你心里五味杂陈,实在没办法和她爸爸继续交流下去,只得转头轻轻拍着姑娘的头,温柔而小声地对她说:"姑娘,你不属于这里,这样的家咱待着也没意义了。你一定要好好读书,考一个好大学,你别担心费用问题,有我们呢,考上大学了我们会继续对你负责的。"

姑娘一直伏在你的膝盖上哭,听到这里,终于抬起头擦干了眼泪。

她爸爸还在那儿说着争取补助的话,你不想再理会他,拉着姑娘的手往外走,姑娘默默跟在你身后。

"姑娘啊,一定要为自己争口气,走出这大山,摆脱不幸,你和你未来的孩子,一定会有更美好的未来。"

走到门外,姑娘要送你们到大路上,你拦住了她:"回去吧姑娘,做完家务多看看书、做作业。你不属于这里,今后不要再回家要一分钱,一切都有学校。咱们吃简单点儿,能吃饱就行,穿衣服只要不破、不冷就行,拼命学习,战胜贫穷和愚昧,知道不？"

姑娘使劲点着头。而你，含泪登车，认定她就是你的女儿。

幸福的人用童年治愈一生，不幸的人用一生治愈童年。既然她成为你的女儿，你便陪伴她一生来治愈童年！

你离开时，她爸爸嘴里一直在重复着争取补助的事，姑娘一直站在门外高高的地方，没有挥手，像一尊雕像，安静地站在那里，看着汽车远去。

大山的那边，你曾去看望另一个姑娘，和这个姑娘有着相似的命运，只是那个姑娘的父亲是继父。

那是一个雨季，你去她家时大雨刚歇，道路泥泞，艰难地走下了一个大陡坡后，姑娘在离家几十米远的地方等候。你们一起顺淌着水的乡村小道往她家走。对于行走不便的你来说，几十米的路走了很长的时间。

进了家，屋里出来一个中年男人，姑娘介绍说那是她爸爸。

你问："你妈妈呢？"

"她妈妈赶街去了，去卖点儿菜。"男人说。

姑娘把你们一行人让到屋檐下坐好后，对你说："张老师你先坐着，我去切点儿猪草就过来。"

"你不做作业切什么猪草啊？这都快高考了，要多做功课、多复习。"

你把姑娘喊回来，转头对她爸爸说："孩子要高考了，我们家长多担待一点儿呗，让孩子多有一点儿时间学习吧。"

"嘿，她读不读书都一样，不读都可以。"这个父亲轻描淡写地说。

姑娘一脸忍耐，对你说："没事的张老师，我很快就切完了。"姑娘说完便跑开了。

她父亲骂骂咧咧，满嘴脏话。

你忍不住回他："你不能好好说话吗？说话文明一些行不？"

他停了一下，并没有理解"说话文明"的意思，继续骂骂咧咧。跟着你家访的女记者皱着眉提着摄像机走到院子里去了，不想听他满口脏话。

他是姑娘的继父，家里有两个孩子，都是妻子和前夫的，他在替别人养孩子，所以让孩子读书不如让孩子去打工、放羊更实惠。

说话间，孩子切完猪草跑过来，听着她父亲夹杂着脏话和你交谈，脸上露出尴尬的神色，她的自尊心受到了伤害。你转头问姑娘："你父亲在家都干些什么活？"

姑娘说："不干什么。天晴嫌天热，下雨嫌地黏，阴天嫌气闷。家里种的有花椒，卖花椒的时候都是妈妈一个人去摘，他嫌花椒刺戳手。"

一番话让你瞠目结舌。住在妻子家，白捡了房住，白吃白喝，还什么活也不干。姑娘的妈妈到底看上了他什么？

本来你想等姑娘的妈妈回来告诉她，给孩子足够的时间复习功课，但你觉得似乎说了也没有用，只要妈妈不在家，家里的活全都得姑娘去做。

临别，你跟姑娘说："孩子，咱们不能向愚昧投降，要自强不息，好好读书，他越是盼你回家放羊，你越是要努力改变自己的命运，以后才有能力带着妈妈过上好点的生活，至少也不会让你的孩子再陷入这样的循环。"

家访中，这样的话你讲过千百遍。

效果是否都理想？

9. 走进被遗忘的角落

有一次家访的路非常烂，越野车颠簸起落，你全身被颠得像是散了架。

远远就看到有个姑娘在夕阳下等着你们。那是冬天，她只穿着一件长袖衬衣，你觉得她肯定很冷。

叫姑娘上车后，又颠簸了近二十分钟才到路的尽头。出乎意料的是，路的尽头是一个很大的硬化了的场坝，跟那条烂路相比，真是极尽光鲜。

"到了，就在这儿下车吧。"姑娘腼腆地说。

待下车来，展现在你们面前的是两个超级大的鱼塘，四周还围了栏杆，种了果树，夕阳倒映水中，风过处，涌起绵延不绝的金色水波。旁边是一幢很大的别墅，贴着富丽堂皇的瓷砖。回头看看衣衫单薄的姑娘，大家面面相觑。你有点儿恍惚，吃惊地指着别墅问姑娘："这是你家？"

"不是，这个别墅是一个煤老板的家，我家在那边，要在这边才看得到。"姑娘往旁边挪了几步，你看到了被豪宅遮住的一间极其矮小破旧的土房，孤立在冬日的夕阳下。

姑娘扶着你往地里走去，是的，没有路，只有田埂，田埂太窄的地方就直接走在田地里。田地里种着一些豌豆，更多的是苕子。

华坪高山上的乡村里，冬天土地暂时荒置，很多老百姓就会种上这种叫苕子的绿肥，一是可以喂牲畜，二是开春后直接赶牛将苕子犁到地里，是非常好的肥料。苕子是蔓生，茎条细软，匍匐在地上，纠缠成一大团一大团的绿，开满淡紫色的花，远观很美，但走进去一蓬蓬的苕子轻易就绊住脚了，让行走变得艰难。

"哎哟，这是没有路吗？"你一边艰难地行走一边问姑娘。

"原来是有路的，后来因为我家里没什么人，他们就把路给我们挖了种成地了。"姑娘说。

好不容易穿过几块地到达她家，入眼的景象让你感到震惊——院墙只是断壁残垣，没有大门，顺着倒塌的院墙直接就进到了小院里。两条非常凶猛的狗对着你们狂吠，一个小点儿的姑娘和妈妈费力地拦着它们。

"这是我妈妈和妹妹。"姑娘介绍道。

妈妈费了很大的力气把两条狗拴住，歉意地说着不好意思。

院子里坑连坑，没有平整的地面。小院正中堆着一些木材，姑娘妈妈给你们解释，那是她空闲的时候去山上砍来的，因为房子看上去快倒塌了，得先用木材把墙撑一下，等再过些日子想办法用这些木材搭一间木楞房。

家里三间土墙房屋，也许是筑墙的土不好，或者是土房年代过于久远，墙上裂缝差不多有巴掌宽，裂缝里被随手塞进去一些塑料纸或者杂物什么的，她们因陋就简地把裂缝变成了简易置物架。姑娘和妈妈拿出小木凳让你们坐。你试了一下，没一个地方可以把小木凳放稳，你便选择了站着。

姑娘妈妈说，她老公酗酒厉害，也不管她们母女三人，在哪儿喝醉就睡在哪儿，常常十天半月都不回家。她自己身体不好，只能在采茶时节帮人家采茶，采一斤茶叶一毛钱，就用这些钱供姐妹俩读书。说到伤心处，这位妈妈哭了。她拉着你的手，不停地说着感谢的话："要是没有你们学校，我家娃儿就读不成书了。"

孩子显得有点儿难堪，小声跟你说："我妈妈精神有点儿问题，有时清醒有时糊涂，她说的话老师不要在意。"

你瞬间明白了姑娘说的本来回家是有路的，因为家里没什么人，路被别人挖断种地了。为什么农村绝大多数家庭一定要生儿子？因为儿子是劳动力，除了耕种，还能看护家园。在农村，儿子越多的家庭越没人敢惹。像这个学生家，一个精神有问题的妈妈带着两个女儿，父亲完全不理事，在农村就是被人欺侮、被人掠夺的目标。

你走到堂屋前，再次被她家的贫困震惊了。堂屋正中靠前是火塘，火塘旁散放着几个小凳子，而火塘前是一个直径一米半左右的大坑，甚至有石头突出来。你觉得自己捡点儿石头泥土也能填平这个坑，不知道她们为什么不填。但你不能指责她们母女，看起来她们都在竭力地让生活继续下去。火塘的三脚架上支着一口非常大的锅，在农村这种锅通常用来煮猪食。旁边没有其他锅，你不知道这么大一口锅她们怎么做饭吃。整个堂屋里的家具只有一个黄色的橱柜，看不出里面装有什么东西。

堂屋两侧的耳房一般是住人的，你走进去想看看她们居住条件如何，但屋里太黑，什么也看不到。向外的墙上有一个大概四十厘米见方的窗户，一点点儿微光透进屋里，却只能照亮巴掌大一块地面，反而让屋里显得更黑暗。

你问姑娘能不能把灯打开，她羞赧地说因为没有交电费，已经被停电了。

你心里非常难过，打开手机的照明功能往屋里照了过去，但屋里似乎是一个黑洞，吞噬了手机的那点儿微光，仍然什么都看不清。

你准备进去，抬脚时发现门槛很高也很宽，应该是筑墙时用筑墙板筑的，差不多五十厘米高。你想，进门应该是踩在门槛上进去吧，但当时没有想那么多，你努力地跨过门槛，用了一个跳的姿势，然而落地时你突然失重，在应该踩到硬实的地面的时候，身体还在往下落，结果以一种极其难堪的姿势摔了下去。但出乎意料的是，你并没有摔到地上，因为房间非常小，在你往前趔趄的时候，已经跌跌绊绊直接扑在她家床上了。

姑娘很难为情，赶紧过来扶你。你自我解嘲地笑着从床上爬起来，跟在身后的老师也打开手机照明，才模糊看清门槛后有一个坑，跟堂屋里那个坑一样，你不明白为什么屋里到处是坑。

这个家的贫困程度完全超出了你的想象。你不知道她们晚上怎么睡觉，床上堆满了各种东西，在你看来已经没有容身之地，也许晚上睡觉的时候费力把东西往里推，空出一个地方来吧？

你问姑娘："你们睡哪里？"

"就睡这里。"

随行老师的照相机闪光灯亮起的时候，瞬间看清屋里的大概，除了床，还有一张辨不出颜色的桌子，桌子上也堆满东西、落满灰尘，床上有随便扔成一团的被子，有衣服，还有一些杂物。

出到门外，你继续和她妈妈聊天。她妈妈并不在意家里的贫困，只是憧憬着她的孩子考上大学后的光景。

你当即给姑娘家所在乡的领导打了电话，反映了她们家的情况，特别强调她家没有路、没有水、没有电，以及房屋危险的情况。你张桂梅在大山里有名望，你反映的情况对方说会认真对待。

你把详情告诉了孩子妈妈，并说如果情况没有得到妥善解决，要孩子开学时一定反馈给你，你会继续向有关方面反映。

养育了两个女儿的妈妈拉着你的手哭了起来，你锥心地痛。

回来的路上，同行的记者问："她家什么都没有，还喂那么凶的狗干什么？难道还怕人家偷她家东西吗？"

"因为她家有两个女儿。"你回答。

10. 永远在路上

老师授课，必先备课。

而你漫长的家访之路，就是你最切实、最有效的备课，也是你成功放飞理想的教育秘籍！

有记者统计：丽江华坪女子高级中学成立十三年，加上你在民族中学任教期间的家访路程，长达十万里。

这是一个何等令人震撼的里程！

四个县，数百个村庄，都留下了你的足迹。

你的交通工具也多元化：汽车、农用车、摩托车、自行车、骡马，还有你的双腿。

女高招的第一批 100 名学生，你对每一个家庭都进行了家访。

有的是在山上放羊的辍学女孩，你让她放下牧羊鞭，亲手把她领进了学校。

你是贴近人民群众的共产党人。

你披星戴月，去感受着大山的呼吸，倾听着山溪的诉说，闻吸着古老炊烟的气味，品尝着民间的酸甜苦辣。你是华坪大山里一棵会走的树，带着思想的雨露，带着母爱和果实。你的书包是"百姓银行"，你把劳动得来的工资、奖金慷慨地分发给有需要的家庭和孩子们，不惜牺牲自己的健康，节衣缩食。

在漫漫家访路上，你曾迷过路，曾累得晕倒，曾摔断过肋骨，曾病倒在路上，曾遭受过冷遇。

但你初衷不改，挥起教鞭，使两千多名山村女孩命运彻底改变，这是两千多个家庭命运的改变，也是无数后代命运的改变。

山路、石路、羊肠路，路路通民生；师心、初心、慈悲心，心心见党风。

但你也深知，农村基础教育之路艰难而漫长。

有一次，你家访途中路过大山里的一所小学校，破败不堪的校园让你忍不住走进去看看。

学校有100多名学生，7位老师中有5位是民办教师。你的到来让他们很激动，师生们围着你问长问短。

天真的孩子们仰着小脸，嘴里不住地喊着"张老师，张老师……"

在荒坡上，孩子们用民族语言给你唱了一首歌。老师们告诉你，他们唱的大意是"欢迎你的到来，欢迎你留下来"。看着学生们身上补丁摞补丁的衣服，你只觉得鼻子发酸。

你感动于他们的热情，也心疼学校的破败。老校舍老旧开裂，旁边有一栋已经立起来的新楼框架。老师们告诉你，那是新盖的教学楼，但因为差钱，施工被迫中断了。

你在心里估量，这所大概再花几万块钱就能建好的学校，是这片大山的希望和孩子们心灵向往的地方，不应该让它成为这片山上难看的烂尾楼。

几位老师拉着你坐在山坡上，你们交谈了很长时间。有两个男老师，穿着年代久远的中山装，约有六七成新，看得出来是着意保护的结果。他们的境况是：因为没有机会去脱产学习，代课二十年也没转成公办，工资只有 160 元。

那里的教学设备、教学手段的落后可想而知。虽然你在二十多年的教学生涯中，也一直是一支粉笔、一张嘴巴、一本教材，但你知道如今城市里的学校已经实现了多媒体授课，电脑、录像机、投影仪等现代教学设备改变了学生们传统的学习方式。

听你说起外面的世界，不只是学生，连老师都惊讶不已。那是他们渴望看见的世界啊！

你们聊了很长时间，几位老师留你一起吃晚饭，你没有推辞。在你心里，他们和你一样，是被人尊敬的山村教师。和你比起来，他们的条件差很多，可是你能感受到，他们是多么深爱着他们的教育事业。偏僻的大山，简陋的校舍，低得不可想象的工资，没有现代化的教学设备，可他们为了大山里孩子们的未来，都坚守于此，令人钦佩！

没有酒杯，大家便往饭碗里倒酒。平时你不喝酒，但在此刻，你和他们一样，举碗一饮而尽。他们为你的到来而干杯，你也向这几位坚守大山、坚守农村基础教育岗位默默奉献的老师敬酒。杯酒长精神，你觉得那一刻你们豪气冲天。

这些老师的坚守令人敬佩、令人感动，但这所简陋的学校向社会的投影却发人深思。

中国正在走现代化的道路，也即工业化、信息化、城市化的道路。作为后发型的现代化国家，由于工业主体存在于城市，所以"以经济建设为中心"的引擎亦在城市。农村建设、农村教育作为现代化建设的一部分，自然遵循先城市后农村的价值取向。教育资源的分配向城市倾斜已成事实。

城镇化召唤着成千上万的农民涌进城市打工，这不仅导致了农业和农村的"空心化"，在一些贫困地区也导致了农村教育的"空心化"。农村基层的学校老旧而简陋，不敢奢想与时俱进的现代化教育设施和器材。教育产业化的渗透，使得农村缺少资金去追赶与城市相当的教育条件，因为"产业化"即追逐利润最大化。

城市先于农村实现了九年义务教育的普及。虽然国家加大了对义务教育的投入，免除了义务教育阶段的学杂费，但谈不上教育资源分配的公平。其中尤为重要的是，师范院校毕业的教育人才很少能够抵达大山的深处，能留守下来的教师尤其是民办教师，工资待遇低，环境条件艰苦，提高教学质量难上加难。进城打工的农民经过打拼，生活稍有稳定，便想方设法把孩子带进城镇读书，努力去争取教育资源公平分配的权利。

当你下山时，已是夕阳西下，山顶上的片片红云，在山坳沟坎铺上一层耀眼的亮光。这时，从各个不同的角落里传出清脆的喊声："张老师再见！张老师再见——"

扭头看去，那散落在荒坡上的一家一户草屋门前，都站着一个小小的身影，是他们在向你挥手呼喊。

你热泪盈眶：国家在发展，国家在进行新的长征。这些孩子会沿着教育这条路走出这深邃的大山，虽然他们很穷很落后，但他们没有放弃，他们终将会看见他们想要看到的未来。

教师，是教育的第一资源。你的心一直牵挂着在大山里坚持执教的老师们。你们素不相识，却心灵相通，因为你们有一个共同的名字——山村教师。

第十章　路漫漫兮

1. 天涯乡愁

多年来你心中一直隐藏着一个愧疚。

有一年冬天，你应东北之邀去做报告，其中一站是黑龙江鸡西，高速路就从你老家门口经过。那片生你养你的黑土地，让你魂牵梦萦。虽然遥隔千里，但血脉相连，你生命之根还在东北。

你兴奋地打电话给老家的哥哥姐姐们，告诉他们你要回家了，并把到鸡西的时间和回家的时间告诉了他们。

家人都开心极了，轮流和你通电话，一部手机哥哥说完递到姐姐手里，姐姐说完递到侄儿侄女手里，问寒问暖、问长问短，一只漂泊的小船终于要回到出发时的港湾了。

到了天寒地冻的黑龙江，一下飞机，你冻得话都说不出来了。因为在南方待得太久，你没有足够御寒的衣服。来接机的鸡西领导急忙脱下自己的衣服给你穿上，紧张地问你感觉怎么样。你上下牙敲得咯咯响，半晌才说出一句："给我来碗热汤面。"

"给我来碗热汤面"，带着喜感，被爱你的人们相互传递。

做报告之前，你心里美滋滋地又给家人打电话，告诉他们三四个小时之后，你就可以回家了。家人说会在路边等候。你和好几个侄儿侄女至今都没见过面。你心里感叹，真是"少小离家老大回，乡音无改鬓毛衰。儿童相见不相识，笑问客从何处来"啊。

你却意外体悟到了"身不由己"的内涵。你是公众人物，命运已不能由自己安排。

在走进报告厅之前，云南省民委突然打来电话：今夜必须赶回云南。机票已经订好，做完报告立即去机场。

你问为什么，对方只说这是省委的安排，今晚必须回昆明。

挂了电话，你的泪水瞬间涌上眼眶。故乡近在咫尺，又远在天涯。报告主办方得知你接到了返滇的电话，用目光安慰着你，默默地等着你进报告厅。

你走进近千人的报告厅，座无虚席，没有人说话，都静静地望着你。

你站上报告台，忍着眼泪开口说："对不起大家，今天我无法脱稿，只能照着稿子给大家报告，辜负大家了。"

说完给大家深深地一鞠躬。会场上掌声雷动。是不是主持人已给听众示意过你今晚的变故？

你忽然意识到，心绪不宁是对听众的极大不尊重，也是对主办方的辜负。大老远从云南来到东北，就把这样的情绪带给故乡人民吗？

自己做的事情，每一件都历历在目。你放下了稿子，把全部的感情倾注到了报告上。你要把做过的每一件有意义的事、每一次感动，汇报给故乡人民，你的成长，你的事业，你没有给老家人丢脸。

听众们追随着你的生命历程，抽泣声很快蔓延至整个会场。报告结束后，你给大家鞠躬准备离开时，听到了台下的失声痛哭。

故乡为自己的女儿哭泣，为自己的女儿骄傲！

别了，故乡的亲人们！

车已经在门口等着你，报告厅里的人潮涌出来，他们拦住你的去路，和你拥抱，含泪说："回来吧，桂梅，回东北老家吧，我们都是你的亲人。"

你含泪回答："云南也是我的家，我回云南了，以后我还会回来看你们的。"

坐在车上，一路无语。你眼睁睁看着通往老家的高速路口被甩在身后。你知道亲人们此刻正站在路口，等着"小老五"的归来。

过了路口，你摸出电话含泪打给家人，告诉他们你有急事先走了，只好下一次再回家了。你知道这样冷的天，你的家人等了几个小时，你却这样抛下他们走了，他们的心一定也会冷得像今晚的天气。

接电话的姐姐还没说出一句完整的话，就哭了出来。电话又被传到其他人手里，再传，各种声音次第响起，最后却都变成了哭声。坐在车里的你也哭了。

你和亲人就这样擦肩而过。

2. 党员就是学校围墙

抵达昆明，一个惊喜在等待着你——为了尽快完成学校二期工程建设，省委决定拨付 1000 万元给学校。

你曾向各级领导表达过：学校没有围墙，党员就是围墙！

一位省委领导半开玩笑地问你："张老师，修围墙和大门够了吧？"

1000 万元啊，岂止够修围墙和大门？

有了这 1000 万元，女高很快建起了宿舍楼、图书室、食堂、操场、厕所，完善了供水设备，而且还建起了多媒体教室。

接下来的几年里，省委、省政府，市委、市政府和县委、县政府都给予了学校特别的重视和关注，学校陆续收到各级党委、政府拨款 5000 多万元，建起了球场、跑道。

围墙和大门也如愿建成。

建围墙时，有人建议建成复古式的镂空花墙。你坚决不同意，镂空花墙虽然好看，也和校园氛围能配得上，但学生都是十六七岁的小姑娘，正值青春期，隔壁民中的小男生下课都会趴在窗户上大声向这边喊话，虽然你也明白这只是青春期的躁动，他们只是在宣泄过剩的精力。学校是免费的女子高中，在如今信息纷繁复杂的年代，在孩子们没有学会辨别是非之前，就被动地接受大量良莠不齐的信息，而青春的叛逆，会鼓动着她们去尝试一些自己没有认知的东西。你要求建坚实、牢固的实心围墙，还要至少三米高。

有人说：那样会影响学校整体观感。你说：镂空围墙会影响学校整体教学和学生安全。虽然双方都在笑谈，却谁也不肯让步。僵持几天后，对方笑着说："好吧，张老师，我们犟不过你，你说了算。"

感谢领导的包容和理解。

于是，三米高、约一千米长的围墙像一道长城，把外界的浮躁拒之门外。

你在围墙外面用红油漆写上：

党给了我翅膀，社会给了我天空。

在大门里面，你请人画上了鹰的翅膀，寓意着孩子们将像鹰一样搏击长空。校门右上方，你写了一段校长寄语：

孩子们：

　　走出校门，请遵守社会道德、家庭美德，独处时请自律。

　　　　　　　　　　　　　　　　——校长语

在没有围墙的几年里，学校没有发生过一起安全事故，也没有发生过学生不请假外出和夜不归宿的问题。

你和全体共产党员兑现了承诺，你们是护卫学生最好的围墙。

3. 挺立的脊梁

2014年秋,一场特大暴雨席卷华坪。从入夜到天明,雨一直没有停。

凌晨5:30,你起床离开宿舍,穿过校园,走向教学楼的办公室。

你撑着伞走在操场上,四处一片漆黑,只有路灯昏暗的光飘摇在风雨中。雨太大了,从宿舍到教学楼,不足百米的距离,打着伞的你几乎湿透了全身。

进了办公室,你想把衣服脱下来拧一下水,刚关上门,急促的敲门声就响了起来:"张老师,张老师……"

这是和你住在一起的一个女生的声音。你应着:"来了,来了!怎么回事儿?"一边系着扣子,一边拉开门,看到女生一身稀泥,浑身湿透,极其狼狈地站在你的面前。

"发生了什么事情?"

"院墙……"学生气喘吁吁,紧张到了口吃的地步。

莫非院墙垮了?你没时间多想,抓起电瓶灯就冲进了风雨中。

还没走出教学楼,就听到外面轰隆隆的水声和噼噼啪啪石块互相撞击的声音。

冲到院子里,在电瓶灯昏黄的光下,你看到一大股泥石流翻越了学校的围墙直接冲进操场,而旁边就是学生宿舍楼。

孩子们都还没起床。从操场通往宿舍的路已经被泥石流堵住了,泥水还在不断地翻涌进来。你拔腿就想蹚过去叫学生起床,刚一迈步，就被报信的学生死死拉住了。风雨声太大，她吼了起来："张老师，会被泥石流卷走的！"

你瞬间清醒过来，波涛般翻涌的泥石流，根本过不去。

怎么通知还没起床的师生们？眼看着泥石流就要扑向学生宿舍楼旁的食堂。食堂的灯已经亮了，工作人员已经开始准备早餐，但风雨太大，你声嘶力竭的喊声被淹没，没有人出来。

"张老师，我们去拉铃。"学生急中生智，搀着你一同奔向电铃处，拉响了起床铃。半军事化的管理，已经让女高的孩子学会了一切行动以铃声为准。五分钟不到，全部女孩子和老师就已经集中到了宿舍门口。

你隔着泥石流大喊："孩子们，别乱动，等泥石流不动了我们想办法过来。"

逐渐冷静下来的你立即给县委、县政府打电话报告了险情。

泥石流的速度逐渐减缓了，因为泥石流是顺着山坡翻过围墙进来的，围墙起到了阻挡的作用。但雨并没有变小，宿舍依山而建，谁也说不清泥石流还会不会再来，然后把围墙冲垮，酿成大祸。教学楼的位置离山体稍远，孩子们只有转移到教学楼里，才算到达安全地带。

你试探着用脚踏踏院子里的稀泥，学生马上把你拉回来，宿舍那边的老师们也大声喊着："张老师，你不要动，我们叫人给你打把伞。"你和学生因为太过慌急，都没有打伞，全身已经彻底湿透。

老师们开始尝试着挽手走进稀泥，并交代学生："我们不说过来，你们不要动啊。"

你突然听到有一位老师在喊:"党员们,快过来,我们先上。"这一声,让你的泪水顿时就涌出了眼眶。

这些老师啊,平时爱岗敬业,如今,在危急关头,喊出了"党员们,我们先上!"

鲁迅曾说过:"我们从古以来,就有埋头苦干的人,有拼命硬干的人,有为民请命的人,有舍身求法的人……这就是中国的脊梁。"

此刻,这群站在泥水中的男女年轻人,你将他们视作校园的"中国的脊梁"!

老师们手挽手站在稀泥里,从宿舍楼门口一直站到你面前,像长长的护栏,然后向孩子们喊:"可以过来了。"学生的手从第一位老师的手里被交付到第二位老师手里,逐次接力,一直到通过泥石流。

站在你旁边的老师对着你大声喊着:"张老师,你快回到教学楼里去,雨太大。"

你摇摇头,和他们站在一起,作为终端,接过被老师交过来的孩子们。

很快,消防员们接到县委、县政府的通知,也赶到了学校,立即加入转移学生的行列中。很快,400多名学生全部被安全转移进了教学楼。

你悬着的心终于放了下来。在清淤中,老师和消防员一起,奋力将淤泥石块抬出学校。你看着满身泥水的老师,问他们累不累,他们笑着对你说:"张老师,我们是党员!"

事后你才知道,那天凌晨你刚走过围墙,泥石流就翻过围墙扑进了校园。而跟在后面的学生也非常幸运，她也刚好躲过那股泥石流，只是被飞溅的泥沙浇了个满身，要是再晚几秒，也许就被泥石流埋住了。

过后，你仔细检查那堵围墙，不得不说，施工方是非常负责的，那堵围墙居然没有被冲垮。

看来你选择实心围墙是对的。

你在心里一直把这道围墙称为"墙坚强"。

而真正坚强的核心力量，是校园里佩戴党员徽章的园丁们。

4. 红色精神播校园

党的十八大以来，丽江华坪女子高级中学进入了发展机遇期。习近平总书记强调指出，理想信念是共产党人精神上的"钙"，坚定理想信念、坚守共产党人精神追求，始终是共产党人安身立命的根本。

党的十八大之后，你在办学中一直要求党员佩戴党员徽章，每周重温一次入党誓词，每周唱一支革命歌曲，每周组织一次政治理论学习，每周观看一部具有教育意义的影片。这就是"五个一"党性教育活动，并以此为载体，对师生进行革命理想信念教育，形成长效机制，勉励师生珍惜年华、敏于求知、勤于实践、脚踏实地，努力成为德智体美劳全面发展的社会主义建设者和接班人。

新生入学后，学校要求她们在宣读入团誓词的同时，和党员教师一起学习党章，一起写学习心得，让学生将"刚强、勤敏、宽厚、慈惠、知礼、质朴"的校训融入日常生活。

对学生来说，和老师一起唱革命歌曲、忆红色历史、颂革命伟人、读红色著作、记红色名言、学党章、宣读入党誓词，自然而然地就将理论和实践联系在了一起，把"知党史、感党恩、跟党走"落实在了学习与生活中触手可及的细节里。

女高探寻出了党建引领教育完善的模式。

学校以党支部建设为着力点，突出抓好教职工思想政治工作，坚持"三会一课"制度，坚持开展"五个一"党性教育活动，使党员在各项工作中起到了模范带头作用，让教书育人、爱岗敬业、乐于奉献成为全校教职工的思想基调。

全校教职工自觉比奉献、比业绩、比美德，视学生如女儿。从校园卫生到教学研究，从素质教育到精神塑造，从基础工作到特色办学，不懈怠，不迟疑，全校形成了风正、气顺、校兴的良好氛围。

在这样的教学环境下，女高的成绩逐年上升。2016年，本科上线率达到99%，综合上线率保持100%。学校先后被中共云南省委高校工委、省教育厅党组命名为"云南省教育系统创先争优先进学校"，被中共丽江市委授予"市级先进基层党组织"称号，成为全市教育系统中唯一荣膺省、市表彰的基层党组织。

很多人对你说：张老师，现在女高成了丽江的名校了，你也可以休息一下了。

由于长年过度劳累，你体力、脑力透支，觉得自己的身体不能坚持更长的时间，很多时候全身痛得连呼吸都困难。这时，你就会提醒自己：张桂梅，你的时日无多，你对要做的事真的尽力了吗？你的梦想真的实现了吗？孩子们会有更好一点儿的未来吗？

> 如果说我有追求，那就是我的事业；如果说我有期盼，那就是我的学生；如果说我有动力，那就是党和人民。

你把自己的铭言挂在办公室里，天天在实践。

习近平总书记指出："我们党在长期艰苦卓绝的奋斗中，历经曲折而不畏艰险，屡受考验而不变初衷，由小到大，由弱变强，靠的还是坚定的理想信念和百折不挠的革命精神。"

女高建校十三年来，经历了很多挫折和艰难——四处筹款的艰辛、老师辞职、学生流失，一些人认为学校不出一年就会办垮。然而，女高人靠着坚定的信念和敢为人先的精神，最终带领学校走出困境，发展成为如今拥有70多亩校区、建筑面积达11000平方米、各项设施齐全的现代化学校。

女高经验所产生的示范带动作用，超越教育领域，已经辐射成为推动全县各项工作奋发向上、开拓创新、与时俱进、砥砺前行的强大精神动力。

5. 为什么是华坪？

2016年，华坪县在贯彻落实习近平总书记重要讲话精神时发文指出："弘扬女高精神是落实习总书记讲话精神，赢得执政最大优势的需要，是践行知行合一思想、加强党性教育、提高党员干部思想道德素质的需要,是党委、政府清政爱民、密切联系群众的需要。"

你为华坪树立起一座精神的丰碑。县委组织部安排全县党员干部分批分期到女高,采取与师生同吃、同住、同学的方式,零距离学习女高精神,让干部在耳濡目染中受教育,同时还组建了"女高精神"宣讲团。

从来到华坪执教起,你就一直用双脚亲吻着每一条山路,丈量着华坪的嬗变。

你的脚步丈量出华坪由"黑"转"绿"的变化。

熬过产业转型的阵痛,华坪县逐渐实现了生态环境修复、环境质量提升和群众增收致富的良性循环。这个曾经以煤为生的重点产煤县转型为依托生态产业致富的绿色生态产业县。

你在家访的途中,看到荒芜的山坡一年年变绿,浑黄的江水渐渐变清,灰蒙蒙的天空逐渐高远蔚蓝,八个乡镇全部修通柏油路,农村家家通电,迎来了光明的生活。

家访中,家长和你交谈的内容不再仅仅是东邻西舍、房前屋后,他们已经可以通过手机,帮孩子把目标锁定在心仪的大学上。

2020年因受疫情影响,线下教学转为线上教学,全县学生无一因为网络问题而缺课。

你家访时那个家里全是大坑的姑娘家,当时房子要塌了,妈妈砍木材回来把墙撑住。如今,你再次家访路过她家,发现原来破败的土屋已经被一排整齐的砖混小平房所取代,门口有个硬化的小院子,户外有卫生厕所、太阳能设备,院前地里种满了花椒树。

一个曾经的煤矿老板，转行在一片喀斯特地貌的荒山上种起了蓝莓。和其他地方大棚种植不一样的是，他采用了露天、生态的种植，一些石漠化严重的地方甚至要买泥土来铺上。笔者在华坪采访期间正值蓝莓成熟时节，应他之邀至蓝莓庄园盘桓半日，见到了一幅人与自然和谐相处的至美之景。他对笔者说，园里有一半的蓝莓被小鸟儿吃掉了。

在蓝莓成熟时节，他热情邀请儿童福利院（儿童之家）的孩子去摘蓝莓。

他租了大巴接上儿童福利院（儿童之家）的所有孩子和生活老师去了，你记得孩子们回来时兴奋的小脸、闪亮的眼睛，亲近自然让他们兴奋而激动。

全县从事绿色产业的人口占全县总人口的41.6%。

2020年10月，华坪县被评为全国第四批"绿水青山就是金山银山"实践创新基地。2021年7月，华坪县去"黑"转"绿"促产业生态化模式入选生态环境部发布的第一批18个"绿水青山就是金山银山"实践模式与典型案例之一。

华坪县委书记认为，努力探索出从煤炭经济向绿色经济转型的可持续发展之路，是县委、县政府牢固树立"绿水青山就是金山银山"的发展理念，带领全县各族群众加快推动绿色产业高质量发展、共同打造长江上游绿色经济强县、筑牢长江上游绿色生态屏障的必然选择。

你看到每个女孩的家庭都在这些嬗变中收获了幸福的笑容。

仓廪实而知礼节，衣食足而知荣辱。日子幸福美好的华坪人定下了家乡人民共同遵守的"文明公约"。

笔者在华坪采访时，有幸在一位县委领导引领下去了一趟鲤鱼河畔的夜市。在奔流不息的鲤鱼河边，一条小街两边摆满各种应季水果、蔬菜和特产，玉米粉熬的麻糖金黄灿烂，山间野果做的冰粉晶莹剔透，豌豆、大米做的凉粉配上红红的辣椒油和绿绿的香菜，只需一眼，就能让人垂涎。小城将新鲜和盘托出，家里家外、日常所需应有尽有，小街显示出了华坪人民的富足与和谐。

身着各色民族服装的美丽姑娘，热情的大婶，纯朴的老农和小伙子们，热情地发出邀请：

"尝尝吧，尝尝不要钱哟。"

"这是我家自己种来吃的，吃不了来卖一些。"

"这是野生的，我家房背后长着的呢。"

"我家橘子真的很甜。来，你吃一个，吃一个嘛，不要钱的。"

每一张面孔上都写满了幸福。

他们中一定有你学生的父亲母亲、爷爷奶奶、哥哥姐姐等亲人，他们的笑容联结着女孩们的命运。

没有人来打破这祥和气氛，每一个农民心里都有一个鲤鱼跳龙门的故事，善良的人们怎么忍心去打碎这个梦想呢？

烧烤摊区，百姓们三五人一桌，几样小菜，一杯啤酒，惬意地吃着、饮着、聊着，喧闹而温暖的人间烟火，比城市艳丽的霓虹灯和空洞的大街更能听到生活律动的脉搏，更能展示出一片祥和气象。

你和女高，为什么会立于华坪，成长于华坪，成为新时代一道壮丽的风景？因为在这片土地上，有一代代坚守信仰、为人民谋幸福的共产党人，有坚定不移跟随着共产党人攻坚克难的17万纯朴的人民。是他们托起了你和女高！

当年办学时，县委书记把自己的工资卡和密码交到了你手中："你先拿着用。"

一个敢给，一个也真敢拿，你去银行取了3000元，卡里还余40元。

书记的秘书悄悄找到你说："书记吃饭都开始记账了，您看能不能不用他的工资？您可以请他帮您募捐，怎么样啊？"

这主意好啊！

你把工资卡还给了书记："书记，你这点儿钱给学校也解决不了啥问题，你还是帮我募捐吧。你是书记，有号召力。"

书记果然开始行动。2万、5万、10万，找来不少钱。

当时坊间百姓也自发捐款。一对退休老教师找到你，一层层打开旧报纸包着的6万块钱。那是他们一辈子的积蓄，是他们养老的钱。你含泪推辞，他们紧紧拉着你的手说："张老师，你收下吧，你为华坪做了这么大的好事，作为华坪人，我们只是添砖加瓦。"

有的儿童在家长鼓励下，把自己的存钱罐寄来，用童心支持你的梦想，令你感动不已。

从你办学伊始，华坪县为你划拨土地、募集资金，各行各业为你捐款。你身体不好，每次生病时同事们都会及时把你送到医院，领导去看望你，老百姓为你寻找偏方、挖草药。你得到了华坪人民的拥戴。

没有一种根基比扎根人民更坚实，没有一种事业比造福人民更崇高。

你是党的女儿！你是为华坪而生！你是应新时代而生！

第十一章　桃李不言

1. 再打我一次呗

有一个女生，她出生时父亲听到优美的、极具乡土气息的西北民歌《兰花花》，便给她取名兰花。

兰花考上女高后，她的妈妈跋涉百里从大山里来学校看她，妈妈破旧的衣衫和黝黑的面孔使她感到自卑、没有面子，因此她不愿搭理妈妈。妈妈伤心得哭了。

班主任把学生和她的妈妈领进你的办公室，你怒火爆发："你信不信我揍你？"

"信。"

学生话音刚落，你拿起一本厚厚的教科书就砸向她，班主任越拦，你火气越大，接连拿书去砸，一边砸一边骂："你个兔崽子！你个没良心的！"

你还要冲上前去踹她，被班主任死死抱住。最后孩子的妈妈哭了起来，心疼女儿了。

好钢需淬火。就是这样一个女生，三年下来品学兼优，考上了大学，毕业后在昆明找到了工作。她挽着妈妈的胳膊一起来看望你，并在你面前撒娇："你再打我一次呗！你再打我一次呗……"

曾经的暴怒，只有在至亲的亲人身上才会发生。

这是什么样的人情滋味啊！

2. 寻找往事

还记得女高第一届招了 100 名学生，由于学校刚创建，条件艰苦，继 9 名老师辞职之后，还有 6 名学生离开了学校。6 名学生都说是转学，你力劝其中一个女孩的家人，让她不要转学，但你最终没有留住她。

女高走上了正轨，你经常想起离校的那 6 个女孩，她们离开女高继续就读了吗？后来考上大学了吗？命运改变了吗？

后来一个班主任告诉你，她看到了一个离校的女孩。

"她在做什么？她怎么样了？"

"她在一个市场上打工。"

你在一个周日去了那个市场。那个女孩已经是孩子的妈妈了，背着孩子在打扫摊位，很辛苦的样子。你想走上前去和她谈些什么，她看见了你，警觉地转身不知去向。

她已经和青春告别，她不愿意与往事重逢。生活带给她的创伤她将背负终生。

为什么会这样子？为什么会这样子？当初为什么没有用力把她拉住？

一擦肩成千古恨。

你含泪离开市场，不愿再去那个地方。

3.怎一个"谢"字了得？

这是一个2021年的毕业生、同你住在一个宿舍的学生，高考前给你留下了这封信。

亲爱的张老师：

您好！我是您的学生，您的舍友，您的女儿琪琪。

人世间致谢最失诚意的莫过于写信了，但我害怕面对您时我的眼泪会坏事，从而无法表达我的全部心意。望您见谅。

初见时，半是好奇半是敬畏；相逢后，才知您背后的那些艰难坎坷；离别时，半是忧伤半是不舍。

匆匆三年转瞬而过，而我有幸的是与您有一年的同居时光。这段同居时光，既带给了我遗憾，又教会了我成长。遗憾的是一年来未曾扶您下过楼，还让您总是担心会吵醒我，影响我，其实我从未受您的打扰，恰恰相反的是我打扰了您一年之久。开始我曾和您在晚间畅聊，但后来瞌睡和高考让我们的相处时间锐减，您还在为一些事向老班询问过我的近况，我很感动。

您可知道，您的每一句鼓励，我都备受感动。每次望着您离开的背影，我都告诉自己不要辜负您的期望。我可能不是您期盼的那只金凤凰，但我努力去做，我期待未来的某天您会对我说一句"不错",我也希望自己能成为您的优秀舍友。

从小到大,我都渴望遇到神队友,但上天总未满足我。直到遇到您,我见识了神队友的优秀与强大,跟优秀的人在一起就连呼吸都是极为有意义的事。

您让我获得接受采访的机会,从而增长我的见识,锻炼我的能力。您的每一份苦心栽培都是我成长的甘露,您每一次为我开灯都是最温暖的慰藉。您是我的宿舍长,与您相伴的日子不多,您或许只能陪我们到这儿了,而我亦是。未来会有更多小师妹陪您,我要扬帆远航了,把女高、把您给我的"善"和"美"传播到更远的地方,把每份感动也以同样的方式给予那些需要的人。

您知道吗?看到您日渐苍老的背影,我的内心很疼很疼。这本该是您颐养天年的时候,您却在用生命陪我们奋斗,浇灌我们的梦想之花。其实这三年您做了很多,可许多付出是我们这个叛逆年龄无法理解的,甚至有时被迫接受我们的怨言。您知道吗?您是除了我母亲,第二个在我拼命熬夜时告诉我别熬了、早点儿睡的人。高三的无数个日夜有您陪伴胜似千杯牛奶万碗鸡汤。

其实我知道每一次开门都会惊醒您,每一个打呼噜的中午您都无法休息,但您没说,您就像母亲一样用宽广的胸怀与无私的爱包容我。与中国的"时代楷模"当舍友,我多么幸运;有像母亲一样的校长,我多么快乐。我会骄傲地告诉别人我有过。

同时我想问您个问题，您介意我称您"张妈妈"吗？因为这三年我的确收获了太多的母爱。您关心我的每个小情绪，也同我分享进步的快乐；您激励我勇敢追梦并和我共同憧憬美好未来。"春蚕到死丝方尽，蜡炬成灰泪始干"都不足以表达您的无私和奉献。

最后，要话别了，我向您提个要求：把爱留一份在自己那儿吧！或许您习惯了疼痛，但每一个关心您的人也同样会心痛啊！

我希望毕业后再回首时，您仍站在那里送我远去；再回校探望您时，您还能与我们谈笑风生，听我们谈论大学趣事。

愿您身体安康，寿比南山。

六月的离别

送走的是学生时代最后一段旅程

离不了的是与您的情缘

六月的风

吹走的是盛夏的酷暑

吹不散的是您无私的爱

六月的雨

淋落的是空中的扬尘

淋不灭的是感恩的心

昔我似一粒种子

有您栽培花红叶绿

今我愿成大树

为您提供一方阴凉

您的舍友　琪琪
2021 年 6 月 3 日

4. 压岁钱

2020 年，姗姗考进女高。

高一下学期，姗姗妈妈找到班主任张琼瑶，说自己难以负担姗姗的生活费，希望学校能帮助。

班主任立即把情况反映给了你，你当即决定去家访。

姗姗却有些不安，她不想让学校里的任何人知道她的情况。

早在姗姗上初一时，妈妈受够了爸爸酗酒家暴，执意要离婚。

爸爸提出了一个苛刻的条件，要姗姗的抚养权，不然不同意离婚。

姗姗哭得很厉害，不知道离开妈妈的日子会是什么样子。

法院阿姨温和地给姗姗解释，即使跟着爸爸，妈妈也还会继续关心女儿。为了妈妈不再挨打，姗姗在恐惧中同意了跟着爸爸，妈妈含泪离去。

然而，爸爸并没有给姗姗足够的安全感。一个周末，姗姗从学校回家，酒醉的爸爸不知道什么原因，莫名其妙地把姗姗赶出了家门。

姗姗哭着到伯母家过了一夜，第二天天一亮，就回到四十里外的学校，找到了在城里打工的妈妈。

世上只有妈妈好。妈妈在学校附近给姗姗租了间小屋，到了周末，她会来陪姗姗住一晚上，那是姗姗最幸福也最快乐的时光。周五晚上回到出租屋，总是有妈妈温馨的笑脸和香喷喷的饭菜等着她。

在妈妈的支持下，姗姗顺利读完初中，选择了读女高。

然而，高一下学期开学不久，妈妈供给姗姗生活费显得力不从心，妈妈就到学校向姗姗的班主任求助。

你在星期一晚上得知情况，星期三就去家访，让姗姗十分感动，但她也怕自己的情况被你知晓后看不起自己、觉得自己可怜。

你让班主任把姗姗带到了你的办公室。

"孩子，你为什么不早说你家里的情况？"

你关切地询问，让姗姗的心宽了下来。

"以后你不用回去了，生活费从我这儿拿，周末放假了和我去儿童之家，吃住都在那里。"

你拿出300块钱塞到姗姗手里："这是你这个月的生活费，先用着。不够了再来跟我说啊。"

拿着钱，姗姗的泪水瞬间流了出来。这跟她想象的老师会看不起她完全不一样。

"别哭，孩子。"你把姗姗搂在怀里，轻轻拍拍她的脊背，"有什么事一定要第一时间告诉老师，你不说，我们怎么知道呢？你说了我们就能解决。记住了吗，孩子？"

"知道了。"姗姗哽咽着说道。

拥有监护权的是父亲。你去家访时，要么大门紧锁，要么在家醉卧。当初离婚他坚持要姗姗，其实是为了不让姗姗妈妈离开他。

你面对醉卧的男人极其愤怒，对村干部说："他醒来后告诉他，他女儿我们管了，他这个父亲白当了！"

姗姗暑假先跟妈妈住了一段时间，因为高中作业很多，如果姗姗做作业没有做家务，继父就一脸不高兴。晚上做作业时间太长，灯亮太久，继父也不高兴。

回到儿童福利院（儿童之家）解决了姗姗极大的困难。

在这里，姗姗不用操心自己的吃住，隔几天你就会主动问姗姗缺不缺生活用品和学习用具，就怕她因为害羞，钱没了不好意思开口。

姗姗高二那年的国庆假期，一位和你认识多年的老师来儿童福利院（儿童之家）玩，听说了姗姗的遭遇，想带姗姗去买一套衣服。那天姗姗非常开心。

"我从来都是一个人去买衣服，从来没有感受到那种被人关心被人爱的感觉。"姗姗说。

你面带微笑感受着她的幸福。

"那个姐姐不停地把衣服取下来让我试，告诉我哪件好看哪件不好看。从来没有一个陌生人这样待过我。"

姗姗一边说一边拿出衣服试给你看，你开心地夸姗姗穿着那套衣服更显示她的气质之美。

"就是衣服太贵了，我觉得挺不好意思。"姗姗说。

"你只要好好读书，用优异的成绩来报答她们就好。"

过春节了，你给儿童福利院（儿童之家）的孩子发压岁钱时，姗姗也得到了一个大红包。

谁的记忆中没有压岁的红包呢？

5. 再坚持一下，攀登高峰

顾笙家虽然在大山深处，但父母都是很有远见的农民，并不因为顾笙是女儿就让她回家务农。因此，顾笙从小读书就很努力。初中毕业，她中考分数是523分，达到了市一中录取分数线。顾笙毫不犹豫地选择了女高，因为家里还有上小学的妹妹和弟弟，爸爸妈妈种一年的洋芋和荞麦供姐弟三人上学显然很困难。

初进学校，顾笙很受震撼，学校干净得可以用一尘不染来形容，高二、高三的师姐已经开学在正常上课了，校园里安静得可以用空寂来形容，除了老师讲课的声音和师姐们偶尔的朗读声，竟无其他杂音。偶尔老师停下讲课声的时候，校园里就只有风声鸟鸣。这样的学校太棒了，顾笙瞬间喜欢上了这里。

一个星期的军训紧张地过去了，当顾笙领到那套艳红的校服时，抑制不住内心的喜悦和激动："我也是女高的学生了，从今天开始，我和师姐们一样了。"

然而，喜悦没有维持多久，顾笙就被学校严酷的作息时间打败了。每天早上5:30起床，早读到7:20，十分钟扫地吃早点，继续上课到12点。中午饭十分钟，12:10午自习到1点。四十五分钟的午睡，继续上课到下午5:30，吃饭打扫卫生洗衣服，全部半小时，6点准时上课到晚上11:30下自习。

"我坚持不下去了。"

"不，你行的！加油啊顾笙！"

顾笙每天心里都有两个小人交战，一个强调自己无法坚持了，转学吧，一个在说没有什么苦是熬不过去的。

班主任很快发现了顾笙的异样，开始找她谈话。

"顾笙，你来女高前一定是经过深思熟虑的，要相信自己的选择。当你困惑时，你把当初选择这所学校的理由再拿出来，再好好想想，把选择和怀疑的理由全部拿来对比一次。那么多师姐都冲过难关、实现理想了，你真的不能坚持下去吗？"

顾笙找出一张纸，写道："我选择女高的第一个理由：免费；第二个理由：升学率高。我逃避女高的理由：太累。"

这样一对比，顾笙忽然觉得自己是个可耻的弱者，转学就是要让父母更辛苦。

"再坚持一下。"班主任说。

原来"再坚持一下"是你的口头禅。每次师生们看到你贴满止痛胶布的双手，看到你拖着病弱的身躯陪着同学们学习、劳动，总有人会问你为什么不去休息，你总是笑着回答："我还能再坚持一下，你们也还能再坚持一下。"

就在顾笙因为学习成绩下降而极端沮丧时，你把顾笙叫到办公室，拍拍她的肩膀："姑娘，再坚持一下，不要着急，一着急就会觉得自己哪儿都不行，哪儿都想去补、去抓，然后这里看一下、那里看一下，最后忙了半天，一处都没有补起来。你是不是有这样的情况呢？"

"好像是，因为是一周三考，每次发试卷发现某一科目有问题，还没认真解决，第二次考试又来了，马上又发现另一个科目有问题，还没解决好，第三次考试又来了。在周而复始的考试中，我发现自己的不足，却总是抓一科又丢一科，不停地在抓下一科，人累得筋疲力尽，成绩却不升反降了。"

"你看，我们一直在忙，但总是没有真正静下心来。我们应该先来订一个计划，复习物理的时候就静心复习物理，哪怕明天考化学考得不好我们也别着急，一样一样地来，觉得物理差不多了，再补化学，一科一科地补，别想着一次全弄好。这样几个星期下来，不懂的地方差不多也清楚了。"

"我明白了，张老师，我累得人仰马翻，成绩却始终没有起色，太急于求成了。"

明白问题在哪儿后的顾笙开始有针对性地复习，一个星期一个科目，不再每天所有科目全部要抓一遍。

2021年，"再坚持一下"的顾笙以646分的高考成绩成为女高理科最高分，也是华坪县理科最高分。

6. 垃圾与成绩的关系

琳子第一次走进女高宿舍时很震惊，床铺整齐得如军营，洗漱用品摆放一致，鞋尖统一朝外，地面一尘不染，跟曾经住过的学生宿舍大相径庭。这里太干净了。

琳子有一段和同学的对话："呀，我做不到这些，我的东西可能永远都摆放不了那么整齐。"

"这是千锤百炼完成的。"

正式上课后，琳子发现那么大的学校居然没有垃圾桶，更别提垃圾池了。

"我的垃圾扔到哪里？"拿着果皮，琳子不知所措。同宿舍都是刚进校的新生，没有一个人知道垃圾应该怎么处理。琳子想把垃圾扔到教室某个角落，但教室干净得让她没办法下手。

"张老师，我们的垃圾要扔在哪里？"

"自己收起，放学后扔在大垃圾袋里带到学校门口。"

你面孔严肃："哪儿来那么多垃圾？一天就是吃啊吃啊，好好上课的同学没有那么多垃圾要扔。"

有垃圾就是没好好上课？垃圾多少可以判断学生的好坏？琳子觉得你这位老师太奇葩了。

除了垃圾不落地，教室地板还要反复拖、反复擦，这也是为什么琳子不敢随便把垃圾扔在教室角落里的原因，因为教室地板太干净了。不只教室，整栋教学楼的地面、楼梯都被师姐们擦得一尘不染。

自己制造的垃圾中零食垃圾占据大半，而这些垃圾有时需要保管几节课或几天的时间。琳子觉得太麻烦了，慢慢地便养成了爱惜物品、少吃零食的好习惯。

个人内务不好在女高是不被宽容的。被子没有叠好要被批评，鞋子没有摆好要被批评，轮到自己打扫卫生动作慢了要被批评，哪里没有擦干净要被批评，甚至上课了，卫生没打扫好的同学还要被叫出教室重新打扫卫生。

这简直就是炼狱，琳子疲惫不堪地想。

一个月，两个月，半年……琳子发现自己不知道从什么时候开始，起床的速度加快了，奔向教学楼的步伐更迅捷了，打扫卫生、整理宿舍轻松了，而抱怨和唠叨少了。

高一还没念完，这个曾经在妈妈嘴里不爱收拾的邋遢姑娘，变得哪儿稍有一点儿凌乱都会去收拾好，同时也极少再吃零食。

良好习惯的养成，亦是一种素质教育和自我管理的教育。

大学毕业的琳子，第一年公考没有考上，第二年就有同时考试的朋友开始放弃了。

"只要坚持，就会有好的结果，这是我在女高学到的。"

第二年，琳子考进了外县的烟草部门，一个人背着行囊踏上了异乡的土地。

这一切拜打扫垃圾所赐。

7. 背影的力量

燕子说她还在很小的时候就知道张桂梅了。

燕子的外公在乡政府工作，经常回家跟她提起县城里有一所免费的女子高中，女子高中的校长叫张桂梅。外公让她一定要好好读书，初中以后考到女子高中去。

燕子读初三的时候，有两个女高的姐姐去学校做报告。听姐姐们说到你如何关心她们、如何支持她们读书，燕子觉得女高真的好温馨。特别是一个姐姐讲到自己失去亲人，处于极大的悲痛中，张老师抱住她跟她说"别担心，一切都有我"的时候，台上的姐姐哽咽了，台下的燕子被深深感动了。

进了女高，高一、高二时燕子的成绩还算拔尖，数学稍弱一点儿。你找燕子谈话，她说有点儿怕数学老师，不太敢找老师问问题。

燕子的数学老师是周小云，燕子为什么会怕她呢？你有些不解。

"就是成绩不太好嘛,就怕她,就不敢问。"

你分析燕子可能是因为六门学科中数学是弱项,让她有自卑感,所以不敢问。

你就燕子的问题跟周小云老师交流,周老师说:"她的成绩不算差啊,她在怕什么?"

是啊,你心里也说,外公还是乡干部呢,怎么没有一点儿胆量?不过数学老师都认为不算差,那只能是她对自己的要求比较高。

周小云老师也开始留意燕子的情况,每次考试过后,不管燕子考得好不好,都不批评她,只是认真地给她分析考卷上的失误。

燕子慢慢地从不敢和数学老师讲话到可以自己去办公室问问题,成绩逐渐稳定下来。

日子一天天过去,燕子变得沉静自信。

你看在眼里,喜在心里,但又有些担忧:燕子近来忽然不大爱说话,是为什么呢?

你和周小云老师进行了探讨。

直到有一天,燕子说出了实情:有一天她去食堂打饭,排在最后,看到你一直站在窗口旁盯着地面发呆。她最后一个打饭,站在你旁边时,你还是那样落寞地盯着地面,她忽然觉得好心疼,打完饭离开窗口忍不住又回头看了一眼,你已经转过身面对着窗口,背影瘦弱孤独。燕子心里塞塞的,忽然有想流泪的冲动,却不知道为什么。后来燕子想,伟人应该都是孤独的吧,要伟大就要忍受孤独,历史上很多名人都是这样。

就是这个简单的原因,燕子收敛了爱说爱笑的性格,沉浸在学习中。

你哭笑不得，这是"背影的力量"，抑或是"孤独的力量"？

你认识到，为人师表者，一言一行、一举一动都会对学生造成深刻的影响，高中阶段的学生可塑性非常强，一名好的老师，通过言传身教，能让学生养成正确的世界观、人生观、价值观。

2020年，燕子高中毕业，考上了中南大学。

在新学校里，燕子曾有过短暂的不适应，但很快就克服了。

"伟人都是孤独的"这种心理预设被周围一群优秀刻苦的同学冲淡了，而你的另一句话重新鼓励着燕子："我们女高人不比别人差！"

燕子积极申请加入学校团委的社团部，主要负责社团各项活动的策划，并跟其他社团进行工作对接。她还参加学校举行的心理剧比赛，参与剧本制作、表演，军训时也能大胆展示才艺。

那个曾被你孤独的背影感染的姑娘，拥有了飞扬的时光。

如今，燕子还报名参加了支教和传媒社团。

得知这些消息你很欣慰：燕子的背影不是孤独的，她有自己的天空，也有自己的翅膀。

8.孩子，妈妈心疼你

严格意义上来说，麦子是女高学生，不算儿童福利院（儿童之家）的孩子，但麦子一直把自己当作这里的孩子。

麦子出生在大山深处一户普通农家。父母只生了麦子一个女孩，这在贫困山区是不多见的。农村户口、少数民族，就算在计划生育年代，也是可以生二胎的，但麦子的父母仍只生了她一个女孩，这足可见麦子的父母有多爱她。4岁以前麦子过得像公主。所有的噩梦是从麦子4岁开始的。

4岁的某一天，妈妈说身体不舒服，坐在地上半天没起来，爸爸慌忙找人把妈妈送到医院，可是一个星期后，妈妈还没来得及和麦子说一句话，就离开了这个让她不舍的世界。

妈妈遽然离开让爸爸无法接受，办完妈妈的后事后，爸爸无法继续住在和妈妈共处了几年的家里，开始四处流浪，白天黑夜地醉酒。麦子被寄养在叔叔家。从那时起，4岁的麦子就开始学习洗衣、做饭、干农活、看人脸色。

麦子六七岁的时候，叔叔搬出老屋，把两间破烂的房子留给了麦子，麦子独自住在那并不能遮风避雨的破烂房子里等爸爸。

那时候麦子太小，小得记不清等了多久爸爸才回来。当麦子哭着迎上去想要爸爸抱抱时，爸爸却全然不理睬她，醉醺醺地踉跄着进了屋，倒头就睡。麦子哭了。

接下来的日子更糟糕，爸爸不仅对麦子不管不顾，还一不开心就打麦子。每次挨打麦子都怀疑自己会被打死。

8岁时，麦子被爸爸送进寄宿学校，从此没有再管过她。小小的麦子学会了一个人生存，并在好心老师的帮助下完成了九年义务教育。

麦子成绩不错，班主任觉得如果麦子就此辍学的话太可惜了，四处打听到了免费的女高，托一个好心人将麦子带出大山，去了刚成立两年的女高。

开学那天，你第一次见到麦子，又黑又瘦又小，营养不良造成发育不好，完全就是一个小孩子的模样。

带麦子来的小姐姐把麦子的情况一一告诉你，你听得很心酸，这个孩子太苦了。

"好吧，让她在这儿学着吧。"你答应负担她的一切生活费用。

开学后，你观察麦子，她好学、内向、胆小、敏感。

"麦子，这个星期放学了你跟我回儿童之家吧！以后不用回家了，反正家里也没有人，好吗？"

"嗯。"麦子低头小声回答。

此后，麦子的"两点一线"从家和女高变成了儿童福利院（儿童之家）和女高。

刚到儿童福利院（儿童之家）时，麦子很紧张，躲在角落里看书做作业。下午你回去，大大小小的孩子们都欢呼着冲出来，大声喊"妈妈"，跑过来给你拎包，搀着你回房，麦子只是站在远处看着，从来不主动走过来，表现得非常内向。因为营养不良造成个头矮小，儿童福利院（儿童之家）大点儿的孩子和工作人员都叫她"小娃儿"。

"麦子，过来我看看最近长胖点儿没有。"学期末，你叫过远远站着的麦子。她拘谨胆怯地走到你面前，眼神里有明显的恐惧和戒备。

"怎么啦孩子？有谁欺负你吗？"

麦子只是摇头不说话。你抬手想拉她，她却往后躲。

"怎么了？你怕我吗？你不喜欢这里吗？"

麦子垂下眼帘不说话。

"你到底怎么了？"你耐心地问麦子。在儿童福利院（儿童之家）住了也有一段时间了，她一直这样不说话，孤独着。"有事你得说嘞，你不说我不知道啊，你说出来我们就能解决了，是吧？是哥哥姐姐、弟弟妹妹欺负你吗？是阿姨对你不好吗？还是平时生活用品不够？你总得说啊。"

"我想回家。"麦子如蚊子般小声哼唧着。

"什么？"你的火气一下就上来了，刚刚的耐心荡然无存，"你回去干吗？你回哪里去？你那小破屋都倒了，你要回去干什么？"

她家的小破屋已经倒了，爸爸已经成了十足的酒鬼，这样的情况怎么能让麦子回去？回去住什么地方？难不成和她酒鬼爸爸一样，睡别人家屋檐下？

"不行！"你断然拒绝了。

麦子的眼泪哗哗往下掉。你又心软了，伸手去拉麦子，她却仓皇往后退，并迅速抬起手遮住头，似乎怕你打她。你缩回手怔怔地看着麦子。

"过来，孩子……"你放下手，也放轻声音。

麦子流着眼泪，迟疑着缓慢走过来。你在她眼里看到了恐惧和抵触。

"我听你们老家人说，你家那两间小房子已经倒了，回去住哪儿呢？那些过去了的，咱不要去想了，以后咱们好好读书好吗？"

"我想回去看看妈妈的坟。"

"是这样啊……"

"我不想住在家里，我怕爸爸把我卖了买酒喝……可是，我想妈妈……"麦子眼泪汹涌，却使劲咬着唇不哭出声。

"哭出来吧，孩子。"你的心里痛起来。虽然大家都叫她"小娃儿"，但毕竟她已是一个高中生了，她有情感、有思想，哪怕她不善于表达。

你轻轻地摊开手掌，向麦子表示没有恶意，她没有再退避，你缓缓伸手拉住她的手，明显感觉到她的手甚至身体都有些僵硬。

"孩子，现在我们没有能力，去看妈妈也不能做什么，也没有什么值得开心的事告诉妈妈。你要听话，好好学习，等咱日子过好了，有能力了，我们再去看妈妈，告诉妈妈让妈妈放心不好吗？"

"可是……我不想叫你妈妈……"麦子倔强地小声说。

"不想叫就不要叫，你本来就是女高的学生，你叫我张老师就行了。"

"我怕你打我，怕他们嘲笑我。"麦子开始哭出声。

"我不会打你，你和他们一样，都是我的孩子。虽然我不是你亲妈妈，但我会像亲妈妈一样待你的，放心吧孩子。"你轻轻把麦子抱在怀里。

"我在家的时候，那些孩子都嘲笑我，说我死了妈妈，我不敢跟他们玩……"麦子终于哭出了声。

只要孩子能用哭声发泄出来，就好多了。

"这里的兄弟姐妹们都和你一样，他们都是要么没有爸爸，要么没有妈妈，或者爸妈都没有，大家都一样，没有人会嘲笑你，也没有人会欺侮你，我们都是一家人，在这里你也不会再挨冻受饿，你放心，这里就是你的家……"

你轻轻拍着麦子羸弱的脊背,让院里阿姨去库房里给她找几件衣服,又吩咐阿姨空闲时带麦子去把头发剪剪。

开学后,你让麦子和你一起住 3-8 宿舍。从女高宿舍楼建好后,你就一直和学生住在这间宿舍里。

你睡眠不太好,因为身上随时会痛,迷糊中会踢掉被子,甚至枕头也会在你不清醒的痉挛中掉到地上,但迷糊中总会感觉到麦子轻轻抬起你的头把枕头塞回你脑后,轻轻给你掖被角。

有一天凌晨 3 点左右,突如其来的剧痛让你从梦中惊醒,你感觉浑身骨头都碎成片了,心肝肠胃都在扭曲,痛得你不能动也发不出一点儿声音。宿舍里的学生们安静地沉睡着,没有人知道你已经痛得快失去知觉了。

好一会儿,你才从大汗淋漓中缓过来,那种疼痛让你疲惫至极,你张张口,只能发出极其轻微沙哑的声音。一阵恐惧席卷了你:我可能会死,在孩子们的睡梦中悄悄死去。不行,我不能死在这里,会吓着她们……你忍住剧痛,摸索着拿起枕边的手电筒打亮,对着麦子的床头晃了晃,麦子马上惊醒了。

"张老师,你怎么了?"麦子翻身下床扑过来问。

"我痛……"你含糊不清地表达。

麦子马上跑出去,又很快跑回来对你说:"张老师,我已经叫了值班老师了,我们马上送你去医院。"她扶起浑身无力的你,半抱半拖把你弄出宿舍,你感觉麦子在发抖。

值班老师骑摩托车,你坐在中间,麦子坐在后面紧紧扶着你。你太痛了,痛得神志不清,只能无意识地发出模糊的呻吟。随着摩托车向医院驶去,你觉得意识从身体里慢慢抽离,最后听到的是麦子焦急惶恐的声音："张老师，张老师……"又好像听到值班老师在叫麦子："麦子，叫你妈别睡，我们马上就到了。"

你不知道麦子有没有叫你妈，那以后你已经没有了意识。

再次醒来是早晨5点，麦子苍白着小脸坐在你床前。你抬头看吊瓶里的液体也没有多少了。

"麦子？"你小声喊。

"妈妈，我在的……"麦子颤抖着声音回答。

麦子叫你妈妈了，你虚弱地笑了。

5：30左右，针水滴完，你感觉好了很多，坚持要回学校。

"妈妈，你休息一下，天亮了再回去吧。"麦子紧张地拉着你的衣角说。

"回去吧，学校里还有那么多学生呢。还有，回去不要跟人说我生病了。"你叮嘱着麦子，麦子眼里噙着泪。

从那声"妈妈"喊出口以后，似乎就没有什么阻碍麦子了，她很自然地喊你"妈妈"。你看得出来，那天晚上麦子怕你死去，怕你会像她的妈妈那样抛弃她，使她失去人间最后的爱。

一晃就要到高考了，麦子因为太过紧张，成绩不升反降，看你的眼神越来越小心翼翼，你知道她怕你骂她。

"没事儿，姑娘，咱就坚持着，能学多少就学多少，不管考上什么，就是技校咱们也去读，放轻松点儿。"你尽力安慰麦子。

高考结果公布，麦子上了大专线。

"老妈，要不我去打工吧……"麦子听说专科花费很高，便想放弃。

"打什么工？去读三年再说，学费不用担心，有我呢。"

开学了，你给麦子准备好行李、生活费，找人送麦子去学校。三年中，麦子长大了，也懂事了。每次你给她打电话，问在学校里怎么样，她都说："老妈，我很好，不用担心我。"

三年时间过得很快，转眼麦子就毕业了。麦子学的是珠宝玉石鉴定，毕业后去瑞丽实习。那期间你很不放心，总想着她一脸小心翼翼的样子，就怕她在外面吃亏。电话频繁不必说了，每次都要反复叮嘱她要积极乐观、独立自强，要学会分清好坏，拒绝社会上的各种诱惑，又怕她钱不够用，一人在外生活太拮据。

每个春节前你都要打电话问她回不回来过年，她回来过年要走时，你又总担心她的终身大事，叮嘱她合适就处个对象……

终于有一年春节，麦子带了一个男孩回来，告诉你那是他的对象。

你一点儿都不满意她的对象——华坪本地农村人，又黑又瘦——你觉得麦子怎么看都远比他好很多。

你和所有挑剔的丈母娘一样，板着脸表示各种不满意。

你奇怪麦子是怎么认识这个男孩子的。

"是有次我坐车回来，师傅一直和我闲聊，说在你学校上过一年班，听我说是女高毕业的，就说把他侄子介绍给我。"

"路遇的缘分。你就不能找一个更好的吗？"

"我觉得他就很好了。"麦子迟疑着说。

你板着脸不想和麦子说话。这个苦了那么多年的姑娘，有权利过上幸福的生活，你希望她能找一个家境较殷实的人家、疼她爱她的丈夫，后半生美满幸福。

男孩子看上去很腼腆，话不多，但很能干。第一次来正遇上儿童福利院（儿童之家）阿姨在做饭，他挽起袖子就进厨房帮忙去了。麦子说他务农的同时也是一名厨师。虽然那天饭菜可口，孩子们吃得很开心，你却味同嚼蜡，看着坐在你对面的男孩子，恨不得把碗扣到他脸上去。

春节过后，麦子又回去上班了，你再也没见着那个男孩子。

"也许麦子重新找对象了呢？毕竟他们见不了面。"你这样安慰自己。

但你错了，第二年春节，麦子又带着男孩子来了。男孩子还是进到厨房帮忙，麦子和一班姐妹们开始磨着你，说着男孩子的各种好话。

吃过饭后，男孩子规规矩矩坐在你面前，正式开口提亲。

那一刻你开始痛恨自己，你觉得刚刚不应该吃那顿他做的饭，但转念一想：我是吃人嘴软的人吗？我不是，我是一个坚持原则的人！

你清清嗓子准备开口拒绝，眼光一瞥，就看见满脸期待的麦子和她那班兄弟姐妹，话就卡在喉咙了——

"你们干吗啊……"再开口时，说出来的话你自己都不相信，"那个谁，我跟你说啊，我姑娘很善良，没有什么心眼，小时候吃了很多苦，你们不能欺负她的，你爸妈要像对自己孩子那样对她的，别给她饿着、冻着……"

"哇……"兄弟姐妹们开心得跳了起来，你只想狠狠抽自己两耳光——不是的，这不是你想说的话，你明明想说的是："不可以！我不同意！"

麦子含泪而笑。

春节过完，麦子又回去上班了，她的婚事是你一手操持的，虽然你心里还是觉得苦。

一切准备妥当，离婚礼只有一个星期了，麦子还没回来。莫非她不想嫁了吗？你心里一阵窃喜：咱是怕人说闲话的人吗？不是，我姑娘不嫁了最好。

可是婚礼前三天，麦子风尘仆仆地回来了，带回满脸喜悦。

2019年9月，麦子出嫁了。儿童福利院（儿童之家）的兄弟姐妹、阿姨们全部送麦子出门，浩浩荡荡齐聚女婿家。你们也没别的意思，只是想告诉他们麦子娘家人挺多的。

因为工作关系，麦子婚假都没休完就返回瑞丽上班了。她的婆家人很心疼她，因为麦子离家远，有什么好吃的，婆婆能寄就给她寄过去，不能寄的都放在冰柜里等她过年回家吃。据说婆婆经常打电话问她工作好不好、累不累，女婿农闲时节都会去瑞丽看麦子，一家人虽两地分居，但家庭和睦。

你也经常打电话问麦子："那个浑小子有没有欺负你？如果欺负你了一定要告诉我，我去收拾他。钱够不够花？没钱了我给你打点儿去……"

麦子说都很好，丈夫和公公婆婆都很疼自己。

你那女婿家在华坪盛产水果的一个乡，每逢水果成熟的时节，他都会拉一车自己家种的水果送到儿童福利院（儿童之家），孩子们都很喜欢他。

遇上儿童福利院（儿童之家）的孩子结婚，他会独自一人过来不遗余力地帮忙——因为麦子不在家。

2020年春节，疫情躲着华坪这个有爱的小城，麦子回来过年。此时的麦子已经变得性格开朗、爱说爱笑，幸福湮没了曾经的苦难。

2021年，瑞丽疫情出现反复，麦子没能回家过年。第一次封城时你急得不行，反复打电话确认麦子的安全。后来，因工作需要，麦子从瑞丽调往腾冲，让你心里稍安。

下半年，听说麦子的老公也很担心她，去腾冲陪了麦子一段时间，然后在昆明找了一份厨师的工作，工作时间很长，从早上卖早点到晚上卖烧烤，很辛苦，但工资很高。最重要的是，休息时间他都会去陪着麦子。

麦子说："妈妈，感谢你，虽然我上班离你们远，但我心里有牵挂，有归属感，也能感受到有人牵挂，我真的觉得很幸福。"

你知道，麦子找到了她的幸福，虽然很平淡，但她活得很认真。

麦子不久就会成为一个母亲，也许她生下的是一个女儿，你坚信她的女儿不会再重复她的童年。她的女儿也会成为母亲，那时，麦子就成了一个外祖母，向她的外孙女讲述着你和女高的故事……

9. 精神脱贫的女孩

每一个清晨，当旭日冉冉升起，你迎着徐徐的山风，披着一身霞光，走在学校宽大的足球场上，看着党建墙上"共产党人顶天立地，代代相传"的巨大红字，听着孩子们齐声唱着那支动人的歌：

妈妈哟妈妈，亲爱的妈妈，

是你含辛茹苦把我养大，

是你领我走上光明的人生路啊，

是你叫我长大要听党的话。

……

党啊党啊，伟大的党啊，

我在你的旗帜下茁壮地长大，

是你领我走上光辉的人生路啊，

是你叫我爱人民爱国家。

……

这青春的合唱总会让你内心涌起莫名的感动。十三年过去了，学校在各级党委、政府的大力帮助支持下，已成规模。一届届学生在歌声中来了，一届届学生又在歌声中毕业走了。两千多名毕业生，带着刻录在心中的歌声，像种子一样撒遍了全国各地、各行各业。

女高学生从进校那天起，就要求学唱革命歌曲。

前面曾提到过那个家境较好的女孩子，长相俊美，但调皮顽劣，家里无法管教，其父亲是警察，制伏过无数歹徒、犯罪分子，唯独对女儿束手无策，她胡闹时，只差动用手铐了。父母无奈把她送到女高来，恳切地请求你收下她，只要求她不要变成坏女孩，上不上大学都无所谓。因为第一年招生名额不紧张，你以"精神扶贫"的名义收下了她。

入校后，你首先让她将手机交给父母，她根本不理睬。你再要求一次，她居然怒气冲冲地将手机从包里抓出来摔到地上。你什么也没有说，弯腰捡起摔成几块的手机，交给她父母带走了。

学校背《弟子规》《雷锋日记》，她就睡觉。开校会她在队列中讲话，你骂了声"开会不许讲话，小兔崽子"，她立即回答"我不是兔崽子，因为我爸爸妈妈不是兔子"。

操场上一片哄笑。

气人不？

老师们耐心地给她做思想工作，但收效甚微。因女高的绝大部分孩子来自大山深处，大家都很珍惜上学的机会，没有人跟她一起违规违纪，久而久之她自觉无趣。

学校规定，每天都唱革命歌曲。

有一次，她和几个女生合唱《红色娘子军》，由于她调皮、起哄，几个人总唱不齐。你正好路过，便对着她大声批评："连歌都唱不好，还能干什么？"

她反戈一击："老师你唱一个呗。"

这明显是挑衅。

这下鸡蛋碰到石头上了。她不知道你自小就能歌善舞，东北秧歌不用说了，交谊舞跳得漂亮，在大理还学会了白族、傈僳族、傣族舞蹈；说到唱歌，初中时就主演过歌剧《江姐》，一副金嗓子不知倾倒了多少观众。这一切她并不知道。你微微一笑，说：老师献丑了，听好了——

　　向前进，向前进，

战士的责任重，

妇女的冤仇深。

砸碎铁锁链，翻身闹革命。

我们娘子军，扛枪为人民。

向前进，向前进，

战士的责任重，

妇女的冤仇深。

共产主义真，党是领路人。

奴隶要翻身，奴隶要翻身。

……

优美的旋律，坚贞的气质，如万泉河水般优美的音色，震撼了整座教学楼。学生和老师们纷纷涌来倾听，报以热烈的掌声。

歌声亦是一种教育，这个叛逆女孩被征服了，从此向你投来敬佩的目光，不良行为从此收敛，学习成绩很快就有了起色。你让老师抓住这个时机，对她进行鼓励，激起她自尊、自爱、自强、自立的信念。很快，跟同学比成绩就成了她快乐的源泉，唱革命歌曲比谁都唱得响亮，《弟子规》和白求恩、焦裕禄的故事背得滚瓜烂熟。

你阅人无数，这个女孩长得真是可爱，做的事情真是可恨，但你对这个女孩早有明确的判断：她的顽劣中藏着聪慧，她的特立独行中藏着坚强的个性，她的调皮捣蛋中藏着睿智。世界上没有废品，只有放错了地方的东西。

那年高考，她以全班最高分——再强调一次，是最高分——考上了一所教育部直属的世界一流大学建设高校的本科。

对于她的父母来说，这不啻天上掉下个大大的馅饼，夫妇俩又哭又笑地来感谢你。

这个女生假期专程来看望你，她对你说："张老师，我进大学后，天天在宿舍唱革命歌曲，宿舍里的同学取笑我是'村花'呢。"

她边说边哈哈大笑。这还是那个把手机砸在你面前的嚣张小女孩吗？

你被她的笑声感染，跟着一起笑："那人家笑你你怎么办啊？"

她说："我一开口就技压群芳，唱得比她们都好。我不唱不开心啊。"

姑娘身上仍留着小小的任性，不过这种任性让你觉得很可爱。

她说："宿舍里的人说，是你奶奶教你唱的吧？我才不管她们呢，我想唱就唱，我天天都唱。"

这个青春飞扬的姑娘身上是满满的自信。她说："开始时她们笑我是'村花'，后来全都在唱革命歌曲。"

你很吃惊，问她是怎么做到让大家都唱的。

她说："系里经常会组织去敬老院做义工，每次做完后，我都会主动给老人们唱革命歌曲。刚开始，同学们说老人们不会喜欢的。结果每唱完一首，老人们都要求再唱一首，临走还拉着我的手问我下次什么时候来。

"后来有一次因为我有事没有去，老人们就问同学，那个唱《红梅赞》的姑娘怎么没有来？同学们就轮流给老人唱了流行歌曲，老人们不喜欢，说就爱听《红梅赞》。然后同学们回来就让我教他们唱，我就在宿舍里天天唱，系里开晚会也唱《红梅赞》，后来整栋楼、整个学校都开始唱了。"

姑娘叽里呱啦地说着笑着，还说革命歌曲唱久了，思想就会产生一些微妙的变化，会慢慢形成一种积极向上的心态，会培养起爱国主义情感和集体荣誉感，会从内心深处感受到国家的伟大和共产党的好，更加坚定积极向上的理想和信念。

对于十七八岁的孩子来说，他们的世界观、人生观、价值观并不成熟，叛逆的性格让他们总想与众不同，他们"三观"的形成处于一种两可状态，好与坏很大程度上取决于周围环境的影响。唱革命歌曲，对于他们构建道德体系、树立理想信念有着极大的帮助。

这个女生在大学里站在党旗下宣了誓，成为一名共产党员，并被特招入伍，成为一名戍边的战士！

10. 她变成了你

2015年秋天，你有一个烦恼。

对一个校长来说，开学前缺教师，没有谁能心平气和。那时，女高差一名数学老师，秋季学期马上开学，你每天都在绞尽脑汁地想：从哪里去招一名数学教师呢？

"东方红，太阳升……"你的手机响起来。

"喂，张老师吗？"手机里传来清脆的青春女声。

"我是。你是谁？"

"我是周小云啊，张老师你还记得我吗？一班的。现在我云师大毕业了。"

"哦，是你啊，好姑娘啊，你有出息了。"听到这个消息你非常开心。

"张老师，是不是女高还缺一个数学老师啊？"

"怎么啦？你有同学要来吗？"

"不是，我觉得我可以。"

这出乎你的意料。周小云性格开朗，为人亲和，在女高的三年，学习努力，肯钻研，你很欣赏她的品行，可是听说她已经考上宁蒗一所中学的教师岗位。

"呃，你还是好好在宁蒗教书吧，考上不容易。我这边没有编制，只能是编外。"

"张老师，没关系，我就是想回女高。"

"你为什么想回来？"

"因为是女高给了我今天的一切。没有女高，今天我可能什么都没有。还有我姐姐，没有女高，就没有我们的现在。所以我想回女高去，可以帮助如当年我和姐姐一样的学生。"

"孩子，你要想好了，在那边你是有编制的，这边只能是临聘教师。"

"没有编制我可以再考的，只要你同意我就回来。"

你的思绪回到 2008 年 8 月底。女高刚建成开学时，一位残疾父亲带着两个姑娘来到你办公室，父亲小心翼翼地问你学校是不是真的免费。

在得到肯定的答复时，老父亲的眼眶瞬间就湿了，他用粗糙黢黑的手掌在饱经风霜的脸上擦了一把，如释重负地把两个姑娘推到你面前哽咽着说："我这两个姑娘可以读书了。"

你拉着老父亲让他坐下，递过纸巾给他擦眼泪。

"我家两个姑娘妈死得早，是我一手拉扯大的。今年两个姑娘同时考上高中，我没办法供她们都上学，老大就说她不读了，去打工让妹妹读。老二民中毕业的，回去说民中旁边刚刚修了一所不要钱的高中，我们就来看看。"

两个长相清秀的姑娘乖乖地站在父亲身后，姐姐周小翠大两岁，显得很稳重，妹妹周小云却很活泼。

你接受了山里父亲的嘱托，收下姐妹俩，她们都避免了辍学的命运。

开学后，招收的100个学生分为两个理科班、一个文科班，周小云在理科一班，姐姐周小翠在文科三班。

你了解到，周小云1岁时母亲过世，除了父女三人，家里还有年迈多病的奶奶，一家人全靠残疾的父亲劳作生活。周小云从小营养不良，上二年级时才长到二十多斤。父亲靠卖鸡、卖猪、卖苞谷给姐妹俩做学费，即便再困难，他也没有放弃过。父亲长年劳作患上了胃病，有时一天只吃一顿饭。家里曾遭遇过两次小偷，竟没翻到一分钱，有一次小偷还大胆留下一张纸条："你们家穷光光，害我霉运。"

升初中时，周小云考上了县里的民族中学，姐姐成绩没有妹妹好，在乡镇读初中，参加中考没有考上高中，但父亲支持姐姐复读，第二年两姐妹一起考上了高中。

姐姐知道父亲的艰难，主动要求辍学打工，供成绩好的妹妹读书。父亲爱女心切，坚决不答应，心想着还可以去哪家借点儿钱，自己再去哪里打份工。

父亲不需要再靠卖鸡、卖猪、卖苞谷交学费了,学校连被子、衣服、洗漱用具、行李箱都给准备好了。老父亲要用中华民族最传统的方式跪地给你磕头谢恩,你赶忙止住了他。

姐妹俩顺利入校后,读书都很用功。当时学校条件极其简陋,开学不久就有6个学生离校。社会上风言风语说女高为什么建在民中旁边,就是为了办不下去的时候就归并给民中。

姐妹俩丝毫没有表现出对学校的失望,一直珍惜这来之不易的机会认真读书,尤其是周小云,脸上天天都挂着明媚的笑容。

姐妹俩高三时,你家访去到她们家,知道了周小云脸上的笑容从何而来——家虽贫寒,但父亲非常热爱生活,小院打扫得干干净净,菜地收拾得整整齐齐,连菜地边的土埂都拾掇得清清爽爽,院里甚至还种了花。这样整洁的农家小院在家访中并不多见。听邻居说,周小云的父亲不管是种西瓜还是种杧果,在附近都是种得最好的。有这样热爱生活的父亲,孩子开朗活泼非常正常。家风亦是一种家教。

开校会时,你眉飞色舞地向师生们描绘着家访的感受:哇,好整洁的小院子!哇,好漂亮的菜园子!哇,家里养着鸡、鹅、羊、猪,还有牛!哇,一切都井然有序!周小云有一个多么勤劳能干的父亲……

周小云和姐姐在下面听着你的夸赞,眼睛闪亮,面颊泛红。

女高三年苦读,姐妹俩都考上了大学。大学期间,周小云申请了助学贷款,如今顺利毕业了。

此刻,正缺数学老师,周小云带着行装,笑着站在你面前:"张老师,我回来了。"

当年大山里走出的学生又回到大山里当上了老师，有什么比这种往复更具有诗意？

周小云接手了新高一的数学课。

老师也要学习。她沉浸在新的学习世界中，每天自己找试卷做题，然后拿着试卷请老教师指导。她的案头堆放着高高的书本，笔记记了一本又一本，从早到晚几乎不离开办公室。

周小云吃住全部在学校里，每天待在教学楼和办公室的时间超过十二个小时。

在她的不懈努力下，三年后，她带的班级高考数学成绩全县第一。又一个三年后，她带的第二届班级高考数学成绩又是全县第一。

而她的编制，是到女高后第二年才重新考上的。

现在，姐妹俩都成了人民教师，父亲的负担减轻了，家境慢慢好了起来。周小云还完了助学贷款，父亲还考了驾照，你多次在路上看到她父亲开着车送她返校，父女俩笑得非常开心。

2021年的一个春日，笔者走进你的办公室，你正和一个面带笑容的年轻女教师谈着事情，她手里拿着两页纸，见来客人，礼貌地打了招呼退出。笔者好奇问询，你说她是来交入党申请书的，原来是女高的学生，现在回来都当老师了，她叫周小云。

笔者有幸看到了周小云的入党申请书：

丽江华坪女子高级中学党支部：
  我怀着十分激动的心情向党组织提出申请：我申请加入中国共产党，并愿意为党的事业奉献终身！

作为一名人民教师，是中国共产党把我从一个不懂事的孩子培养成一名具有大学文化程度的教育工作者。我是90后，是沐浴在党的阳光下成长起来的新世纪的青年人，我们赶上了好时代。回顾自己的成长历程，我的成长无时无刻不感受到党的温暖，我的每一个进步无不蕴含着党的教育和培养。我之所以要求加入党组织，就是为了能在党组织的领导下，更加牢固地树立全心全意为人民服务的宗旨，干好本职工作，为早日实现共产主义做出自己应有的贡献。

我志愿加入中国共产党，拥护党的纲领，遵守党的章程，履行党员义务，执行党的决定，严守党的纪律，保守党的秘密，对党忠诚，积极工作，为共产主义奋斗终身，随时准备为党和人民牺牲一切，永不叛党。

中国共产党，是具有光荣历史的党，是使亿万中国人在世界面前站起来的党，是带领中国人民摆脱贫困落后、实现社会主义现代化的党，是全心全意为人民服务、带领中华民族走向伟大复兴的党。中国共产党以实现共产主义的社会制度为最终目标，以马克思列宁主义、毛泽东思想、邓小平理论、"三个代表"重要思想、科学发展观、习近平新时代中国特色社会主义思想为行动指南，是用先进理论武装起来的党，是有能力领导全国人民进一步走向繁荣富强的党。

中国共产党始终代表中国先进生产力的发展要求，代表中国先进文化的前进方向，代表中国最广大人民的根本利益，始终坚持全心全意为人民服务的宗旨。我希望并愿意成为为人民服务浪潮中的一滴水，贡献自己的微薄之力。

在进入女高工作后，我踏实肯干，认真完成本职工作。在工作中，我爱岗敬业、积极进取、敢于钻研，在不断地成长和进步。同时，我就工作、生活在优秀党员同志的身边，他们时刻以党员的标准严格要求自己，吃苦在前享受在后，勤勤恳恳工作，从不叫苦叫累。我从他们身上看到了党的优良传统和作风，进一步坚定了我加入党组织的决心和信心。

今天，我虽然向党组织提出了申请，但我深知在我身上还有许多缺点和不足，因此，希望党组织从严要求，以使我更快进步。习近平总书记指出，青年是社会上最富有活力、最具创造力的群体。我国广大青年要拿出"初生牛犊不怕虎"的锐气，解放思想，实事求是，与时俱进，踊跃投身全面深化改革的大潮，聚焦国家发展战略和人民美好生活需要，各尽所能、各展所长，让创新活力充分涌流。今后，我将用党员的标准严格要求自己，自觉接受党员和群众的监督与帮助，努力克服自身的缺点，弥补不足，在工作中，脚踏实地，不忘初心，不懈奋斗，请党组织在实践中考验我。

　　此致

敬礼！

申请人：周小云

2021 年 4 月 9 日

孩子们的生命是如此美丽！

尾　章

你的生日是端午节。

六十五年前的端午节,你啼哭着来到人间。

这让人想起两千三百年前楚国三闾大夫留下的传世诗句:

> 长太息以掩涕兮,哀民生之多艰。

> 亦余心之所善兮,虽九死其犹未悔。

> 路漫漫其修远兮,吾将上下而求索。

楚国三闾大夫分管的是贵族教育,而你做的是平民教育,你为大山里无数的牧羊女插上了理想的翅膀。

你志存高远。为党育人,为国育才,是你的使命和实践。你期冀她们用学到的知识和赤子之心去回报社会,为实现强国梦添一分巾帼气节。如今,从遥远的兴安岭下,到西藏的雪域高原,从珠三角、长三角,到广漠的大西北,从北上广深,到大山深处,都有女高人奋发图强、肩负起民生和国运的身影。

人生而平等。出身和环境造成的差异并不能注定命运的贵贱，每个生命都可以通过教育获得生活的权利和尊严，并由此走上共同富裕之路！

教育是一个民族的呼吸和脉搏，你在华坪打通了教育的"最后一公里"，给大山带来了公平和希望。

你荣耀无数，却平凡依旧，怀一颗平常心，做一个平常人。你没有子女，但你的女儿遍天下，作为母亲，你告诫她们：飞翔去吧！向前走！莫回头！

现代文明使人类失去故乡，而你拥有着整个祖国。你为新时代重塑了中华民族伟大的人格精神！

每一种伟大的后面都由苦难支撑。我们从你身上感知到历史前进的强大力量！

真正让人成长的不是岁月，而是那些抹不去的挫折和历练，还有染着无数烈士鲜血的国家历史！

所以，我们不能宽恕背叛，不能宽恕冷漠，不能宽恕不公，不能宽恕贪婪，不能宽恕伪善，不能宽恕强者对弱者的欺凌和剥夺。

如今办学条件比以前改善了很多很多，你的生活也必定有所提升。在民族中学时，你曾一天只花3元钱的伙食费，清汤寡水。这应该成为过去，我们好奇你现在吃些什么。

我们发现你每顿几乎吃着一样的饭菜：一碗不见油星的清水煮南瓜，一份青菜炒肉末，一小碗白米饭。

你铺了一张餐巾纸在办公桌上，用筷子挑出肉末放上去。

"你在做什么？"

"我不吃肉。"

"为什么挑在餐巾纸上？"

"喂小鸟儿。一会儿它们会来吃。"

"你吃得太素了啊。"

"习惯了。"

"你浑身骨头疼，可以吃点山药养肾呢。"

"哎呀，我不能吃那些东西，吃了肚子不舒服。"

"可是学生食堂的饭菜都比这好得多啊。"

"我不吃学校食堂的饭菜。"

"为什么？"

"那是国家拨款的，有补贴。"

"那你吃的饭哪儿来的？"

"儿童之家送来的。"

"儿童之家的孩子们也吃这个吗？"

你不再回答。饭已吃完，你开始拉开抽屉把各种药拿出来放在贴满止痛胶布的手中，凑成一大把，用白开水仰头送下去。

然后你微笑着站到窗前，看着小鸟儿在草地上叽叽喳喳吃着肉末和剩菜。

"好多小鸟儿啊，它们天天来赶饭点哟。"

难道儿童福利院（儿童之家）的饭菜这么差吗？

我们来到儿童福利院（儿童之家），询问你的饭菜来源，一位生活老师讲出了实情：你从来不吃儿童福利院（儿童之家）的饭菜，你把工资拿出一部分给她们托管，让她们每天为你点最便宜的外卖送到学校，并且告诉她们不要声张。

我们彻底被震撼了！我们世俗的认知崩塌了一地！

你到底是一个什么样的人啊？

你到底要什么？

你的人生只要三件东西——

信仰，大爱，生命的尊严！

张桂梅

作者 _ 李延国 王秀丽

编辑 _ 魏洋   装帧设计 _ 吴不累   主管 _ 王光裕
技术编辑 _ 丁占旭   责任印制 _ 杨景依   出品人 _ 毛婷

营销 _ 礼佳怡 刘进 曹慧娴 苑文欣

鸣谢（排名不分先后）

陈亮 杨越颖 李剑

果麦
www.goldmye.com

以 微 小 的 力 量 推 动 文 明

图书在版编目（CIP）数据

张桂梅 / 李延国，王秀丽著 . -- 2 版 . -- 昆明：云南人民出版社，2025.6. -- ISBN 978-7-222-23772-8

Ⅰ . I25

中国国家版本馆 CIP 数据核字第 20253D56J4 号

项目监制：尚　语
组稿统筹：马　非

责任编辑：范晓芬　闵艳平　起　源
责任校对：王以富　李奕扬
宣传推广：张益珲　刘　娟
责任印制：窦雪松

张桂梅
ZHANG GUIMEI

李延国　王秀丽　著

出　　版	云南人民出版社
发　　行	云南人民出版社
社　　址	昆明市环城西路 609 号
邮　　编	650034
网　　址	www.ynpph.com.cn
E-mail	ynrms@sina.com
开　　本	880mm × 1230mm　1/32
印　　张	11.75
字　　数	300 千
印　　数	30000
版　　次	2022 年 3 月第 1 版　2025 年 6 月第 2 版　2025 年 6 月第 1 次印刷
印　　刷	北京世纪恒宇印刷有限公司
书　　号	ISBN 978-7-222-23772-8
定　　价	68.00 元

如有图书质量及相关问题请与我社联系

审校部电话：0871-64164626　印制科电话：0871-64191534